NORA ROBERTS

Avec 145 millions de livres traduits en 19 langues, Nora Roberts est connue dans le monde entier et, aux Etats-Unis, pas une semaine ne s'écoule sans que l'un de ses romans ne soit classé sur la prestigieuse liste des meilleures ventes du *New York Times* et de *USA Today*.

Star incontestée dans le monde de l'édition, elle a reçu de nombreuses récompenses et distinctions littéraires. Sa saga familiale « Les MacGregor » a été applaudie par la critique et a déjà remporté un immense succès aux Etats-Unis.

PRÉSENTATION DES PERSONNAGES

Entrez dans le clan très fermé des MacGregor. Ouvrez sans plus tarder « Les héritiers ennemis », le troisième volume de votre saga et faites connaissance avec les personnages principaux du roman.

QUI SONT-ILS ?

SHELBY CAMPBELL :

Jeune femme anticonformiste et artiste de talent, la fougueuse Shelby craint deux choses dans la vie : les obligations sociales et les hommes ennuyeux. Un sens de la fronde et un goût immodéré pour la liberté qu'elle a hérités de son clan : les Campbell, ennemis ancestraux des MacGregor.

ALAN MACGREGOR :

C'est l'aîné des fils MacGregor. Ambitieux, brillant, il vient d'être élu sénateur et semble promis aux plus hautes destinées. Mais lorsqu'il rencontre Shelby, sa vie prend un tour beaucoup moins sérieux. Séduit par la beauté et la vitalité de la jeune artiste, il n'appréhende qu'une chose, la réaction de son père en apprenant qu'il fréquente une Campbell !

NORA ROBERTS

Les héritiers ennemis

éditions Harlequin

Cet ouvrage a été publié en langue anglaise
sous le titre :
ALL THE POSSIBILITIES

Traduction française de
JEANNE DESCHAMP

HARLEQUIN®

est une marque déposée du Groupe Harlequin

Originally published by SILHOUETTE BOOKS,
division of Harlequin Enterprises Ltd.
Toronto, Canada

Photos de couverture :

Drapé rouge : © PHOTODISC / GETTY IMAGES
Ecossais rouge et vert : © PHOTODISC / GETTY IMAGES
Château et joueur de cornemuse : © ROYALTY FREE / CORBIS
Torrent : © W. KRECICHWOST / ZEFA

1.

Pour Shelby, Washington avait toujours été une ville un peu folle. Une particularité qui, à ses yeux, faisait une grande partie de son charme. On trouvait tout et son contraire dans la capitale fédérale des Etats-Unis : c'était un lieu marqué par l'histoire, bien sûr, mais pas seulement. Cosmopolite et vivante, Washington était également le royaume de la musique, de la création et du spectacle. Certains quartiers impressionnaient par leur élégance, d'autres étaient inquiétants et sombres. En parcourant la ville, on passait des monuments officiels d'une blancheur étincelante à des rues bordées de gracieuses maisons en brique. Les statues étaient omniprésentes, si oxydées, parfois, que personne ne se souvenait plus de ce qu'elles étaient censées immortaliser.

Mais ce n'était pas sans raison que les quatre secteurs de Washington étaient articulés autour du Capitole. La ville entière était centrée sur la politique. Une activité frénétique régnait en permanence sur ses vastes avenues et le long de ses esplanades. L'agitation ambiante était très différente de la désinvolture pressée des New-Yorkais. A Washington, on était sur le qui-vive. Peut-être parce que les nombreux hauts fonctionnaires de la ville craignaient de perdre leur poste à chaque nouvelle élection.

« Washington ? C'est l'antithèse de la ville qui ronronne », disait souvent Shelby. Voilà pourquoi elle adorait y vivre. Qui disait stabilité disait ennui. Et elle avait toujours fui l'ennui comme la peste.

Georgetown, son quartier d'élection, était Washington sans être Washington. Avec ses universités, ses boutiques, ses restaurants ethniques, Georgetown vibrait de l'énergie de la jeunesse tout en gardant la calme dignité que confère l'ancien. On y trouvait des avenues résidentielles bordées de murs de brique où s'enchevêtraient de vieux lierres. L'atelier de Shelby donnait sur une rue étroite et pavée du vieux Georgetown. Elle avait son appartement juste au-dessus, avec un balcon sur lequel elle s'asseyait les soirs d'été pour écouter la ville respirer. Lorsqu'elle voulait être coupée du reste du monde, elle pouvait tirer les stores à lamelles de bambou devant ses fenêtres. Mais c'était un besoin que Shelby ne ressentait que rarement.

Résolument sociable, elle aimait les gens, les conversations, la foule. S'entretenir avec des étrangers la passionnait autant que deviser avec des amis proches. Et pour elle, le bruit avait plus de charme que le silence. Cela dit, elle aimait vivre à son propre rythme et ses deux compagnons de vie partageaient son esprit d'indépendance.

Moshé, son chat borgne, et Eulalie, son perroquet muet aimaient l'un et l'autre leur tranquillité. Ils cohabitaient donc tous les trois de façon relativement pacifique dans les quelques pièces encombrées que Shelby appelait son « chez-moi ».

La jeune femme était potière par vocation et commerçante par caprice. Trois ans auparavant, sur un coup de tête, elle avait aménagé le local attenant à son atelier afin de l'ouvrir à la vente et d'écouler ainsi ses propres créations. A cette occasion, elle avait découvert que le contact avec la clientèle la passionnait tout autant que les longues heures passées assise à son tour de potier. Le côté administratif, en revanche, représentait un véritable pensum pour elle. Mais Shelby estimait que c'était le prix à payer pour son indépendance et elle s'astreignait stoïquement à ses corvées de paperasse. Sous le regard amusé de sa famille et à la grande surprise de ses amis, elle s'était donc lancée dans le commerce. Et contrairement à certaines prédictions alarmistes, sa petite boutique, Calliope, ouvrait et fermait à heures régulières et connaissait même un franc succès.

A 18 heures précises, Shelby plaça l'écriteau « Fermé » sur sa porte. Même s'il lui arrivait de façonner l'argile jusqu'aux petites heures du matin, elle refusait d'effectuer la moindre heure supplémentaire sous sa casquette de commerçante.

Ce soir, d'ailleurs, elle devait faire face à ce qu'elle fuyait le plus souvent possible mais qu'elle respectait une fois qu'elle s'était engagée : une obligation sociale. Shelby éteignit les lumières et monta à l'étage. Aussitôt, Moshé abandonna son poste sur le canapé et s'étira longuement avant de venir se frotter contre ses jambes. L'oiseau, lui, se lissa dédaigneusement les ailes et attaqua son os de seiche d'un vigoureux coup de bec.

Shelby se baissa pour caresser le chat derrière une oreille.

— Alors, Moshé ? Tu as encore dormi toute la journée ?

Le matou pencha la tête sur le côté, dans une attitude qui mettait en valeur son œil de pirate, et poussa un miaulement impérieux.

— Bon, bon, O.K., j'ai compris, je te donne ta pâtée. Tu sais que je meurs de faim, moi aussi ? Et comme par hasard, il n'y a que des graines pour oiseau et des boîtes pour chat dans cette maison.

Avec un peu de chance, elle trouverait quelque chose à grappiller à la réception. Sauf s'il n'y avait que quelques tristes canapés ? Enfin… elle avait promis à sa mère qu'elle ferait au moins une apparition au cocktail que donnait le député Write. Donc pas moyen de se défiler.

Shelby adorait sa mère. Deborah Campbell était d'ailleurs la seule personne au monde pour laquelle elle acceptait de s'infliger les corvées mondaines qu'elle fuyait d'ordinaire à toutes jambes. Une affection très forte ainsi qu'une réelle complicité les liaient l'une à l'autre. Souvent les gens les prenaient pour deux sœurs malgré leurs vingt-cinq années de différence d'âge. Mère et fille avaient exactement la même chevelure, d'une nuance de roux intense et lumineuse. Mais alors que Deborah avait choisi de porter ses cheveux courts et lisses, Shelby les laissait friser librement autour de son visage. Elle avait également hérité de sa mère ses yeux gris et son teint de porcelaine. Mais si la combinaison de ces trois particularités physiques conférait à Deborah un air d'élégante fragilité, Shelby, elle, faisait plutôt penser à l'héroïne pauvre d'un roman du XIXe siècle. On l'imaginait facilement en frêle orpheline vendant ses quelques bouquets de violettes au coin d'une rue. Elle avait un visage très fin — où les creux prédominaient sur les pleins. Et elle adorait jouer avec son image en s'habillant de vêtements anciens qu'elle dénichait chez des brocanteurs.

Si Shelby avait hérité du physique de sa mère, sa personnalité, elle, lui revenait en propre. Jamais, elle n'avait *cherché* à avoir l'air hors du commun ou excentrique. L'originalité lui venait aussi spontanément que l'air qu'elle respirait. Son côté bohème n'était pourtant lié ni à son milieu ni à son éducation. Elle était née à Washington dans un univers fortement marqué par la politique. Mais la pression liée aux années électorales, les campagnes qui les privaient de la compagnie de son père des semaines d'affilée, le lobbying, les amendements à faire passer ou à bloquer, tout cela appartenait pour elle au passé.

Shelby gardait le souvenir de surprises-parties données pour son anniversaire, organisées aussi méticuleusement que des conférences de presse. Pour un éminent sénateur comme son père, les moindres détails de sa vie privée avaient une importance en termes d'image. Rien ne pouvait être laissé au hasard pour un politicien de haut vol, promis à occuper les plus hauts postes.

Cela dit, l'image publique de Robert Campbell n'avait pas été fabriquée de toutes pièces par un directeur de campagne particulièrement efficace. Son père avait *réellement* été un homme généreux, épris de justice, avec un esprit ouvert et des convictions profondes pour lesquelles il s'était battu pied à pied.

Toutes ces qualités n'avaient pas empêché le forcené qui l'avait pris pour cible quinze ans plus tôt d'abattre Robert Campbell d'une balle en plein cœur.

Pour Shelby, c'était la politique qui avait tué son père. La mort concernait tout le monde, bien sûr. Même à onze ans, elle en avait conscience. Mais pour Robert Campbell elle était arrivée avant l'heure. Et si elle avait frappé son père — l'être qui lui avait paru invulnérable entre tous —, c'est que la grande faucheuse pouvait sévir aveuglément, à tout moment, n'importe où.

Avec toute la ferveur de l'enfance, Shelby s'était juré alors de vivre en mettant les bouchées doubles. Et pour cela d'explorer toute la richesse de l'instant présent, d'investir chaque minute, chaque seconde comme autant de perles précieuses ajoutées à un collier qui pouvait se rompre à tout moment.

Quinze ans plus tard, elle n'avait toujours pas modifié sa philosophie. Elle irait donc au cocktail des Write, dans leur magnifique demeure donnant sur le Potomac. Et elle trouverait quelque chose sur place qui pourrait l'intéresser ou la distraire.

Pour qui savait voir, il y avait toujours une expérience à accomplir, une découverte à faire, de la beauté à percevoir.

Shelby se présenta en retard à sa soirée. Ce qui chez elle était systématique quoique non délibéré. Ses arrivées décalées n'étaient ni une provocation ni une façon de se faire remarquer. Elle sous-estimait simplement le temps qu'il fallait pour accomplir les choses. Cela dit, la grande maison blanche de style colonial débordait de monde. Le cocktail n'avait rien d'une petite réunion entre intimes, et personne, à part sa mère, n'avait dû s'apercevoir que Shelby Campbell manquait à l'appel.

Le salon des Write était large comme son appartement et deux fois plus long. Le décor dans les tons de blanc, d'ivoire et de crème ajoutait encore à l'impression d'espace. Quelques œuvres originales de peintres paysagistes français célèbres se détachaient sur les murs. Shelby appréciait le style et l'élégance de ces magnifiques demeures de type colonial, mais elle aurait été incapable, pour sa part, de vivre dans un cadre aussi pompeux.

Elle huma les odeurs mêlées de tabacs fins, de cuir, de parfums. Les conversations roulaient sur les sujets habituels. Comme partout ailleurs, on commentait les tenues des uns et des autres, on évoquait les festivités du moment, on se donnait rendez-vous sur le terrain de golf ou de tennis. Mais Washington étant Washington, on entendait également de discrets murmures sur l'indice des prix, les dernières mesures prises par l'Otan ou la récente interview télévisuelle accordée par tel ou tel ministre.

Shelby connaissait la grande majorité des personnes présentes. Evitant de se faire happer au passage, cependant, elle distribua des sourires de loin et se fraya directement un passage jusqu'au buffet. S'il y avait une chose qu'elle prenait très au sérieux dans la vie, c'était la nourriture. Lorsqu'elle repéra un très joli assortiment de salades et de quiches, elle conclut avec satisfaction que sa soirée n'était pas entièrement fichue.

— Ah, Shelby, j'ignorais que vous étiez arrivée, s'exclama Carol, leur hôtesse, en fendant la foule pour venir l'embrasser.

Elle tendit docilement les deux joues à l'épouse du député, vêtue d'un délicat ensemble en lin mauve.

— Vous avez une maison magnifique, Carol.

Le sourire de Carol s'élargit.

— Merci, Shelby. Si je trouve le moyen de m'échapper un moment tout à l'heure, je vous la ferai visiter. Comment va votre petit commerce ? Vous voyez toujours défiler autant de monde dans votre atelier ?

Shelby acquiesça vaguement. Elle savait que Carol ne faisait que s'acquitter de son devoir d'hôtesse, avec le quasi-professionnalisme qui caractérisait ces épouses d'homme politique, rompues aux tâches mondaines.

— Mon mari tient à vous complimenter personnellement pour votre travail. Il a adoré la grande jarre que je vous ai commandée pour son bureau.

Si Carol Write avait une pointe d'accent traînant du Sud, elle ne s'en exprimait pas moins avec toute la rapidité d'un colporteur new-yorkais débitant ses arguments de vente. Pour ces femmes de politicien, le rôle d'hôtesse qu'elles tenaient presque à temps plein exigeait beaucoup d'à-propos, une mémoire d'éléphant et le tact d'un diplomate confirmé.

— Venez, Shelby, ne restez pas dans votre coin, je veux absolument que vous vous amusiez, lança Carol en l'entraînant d'autorité loin du buffet.

Shelby jeta un regard lourd de regret vers la salade aux coquilles Saint-Jacques sur laquelle elle s'apprêtait à faire main basse.

— J'ai besoin de vous pour égayer un peu les conversations, Shelby. Si on les laisse faire, ils vont parler politique toute la soirée et il n'y a rien de tel pour casser une ambiance. Vous connaissez la plupart des personnes présentes, bien sûr, mais… Ah, voici Deborah ! Je vous laisse d'abord à votre maman.

Libérée, Shelby opéra un demi-tour stratégique et reprit aussi sec le chemin du buffet.

— Ça va, maman ?

— Je commençais à croire que tu t'étais défilée.

Deborah examina sa fille d'un rapide coup d'œil amusé. Il n'y avait décidément que Shelby pour pouvoir se présenter à un cocktail vêtue d'une jupe paysanne, d'une blouse blanche à dentelle et d'un boléro sans avoir l'air d'une figurante costumée égarée sur le mauvais plateau.

— Je t'avais promis que je viendrais, non ?

Entraînant sa mère vers le buffet, Shelby inventoria les stocks d'un regard expert.

— Mmm… Pas mal du tout, il faut le reconnaître. Contrairement à ce que je craignais, ils ont su choisir leur traiteur.

— Shelby ! Tu me désespères ! Arrête de ne penser qu'à ton estomac, commenta Deborah avec un léger soupir en glissant son bras sous le sien. Au cas où tu ne l'aurais pas remarqué, il n'y a pas que des vieilles barbes ici, ce soir. J'ai repéré quelques hommes jeunes et attirants.

Shelby posa un baiser sur la joue délicate de sa mère.

— Tu persistes à vouloir me trouver un mari ? Je commençais tout juste à te pardonner le pédiatre que tu voulais m'imposer à tout prix, le mois dernier.

— Je ne perdais rien à essayer, si ? Il me paraissait bien sous tous les rapports, ce jeune homme.

— Mmm…

Shelby ne jugea pas utile de préciser que le merveilleux « jeune homme » en question se comportait en privé avec toute la délicatesse d'un satyre en manque aigu de chair fraîche.

— D'autre part, je ne cherche pas à te marier, j'ai simplement envie de te voir heureuse.

— Et toi, tu l'es, heureuse ? répondit Shelby du tac au tac.

Deborah porta machinalement la main à une boucle d'oreille en perle.

— Eh bien… oui. Bien sûr que je suis heureuse !

— Et quand as-tu l'intention de te marier ?

— Mariée, je l'ai été, moi, protesta Deborah. J'ai eu deux enfants et…

— Deux enfants qui t'adorent. J'ai deux places pour le spectacle de danse au centre Kennedy, la semaine prochaine. Ça te dit de m'accompagner ?

Deborah ne put s'empêcher de sourire.

— Tu es redoutable, Shelby. Je ne connais que toi pour passer de l'exaspérant à l'adorable en l'espace d'une seule phrase. Mais c'est d'accord pour le spectacle.

Shelby sourit.

— Super. Je passe chez toi avant d'y aller et je m'invite à dîner.

Elle s'interrompit pour sourire à une connaissance.

— Hé, Steve ! s'exclama-t-elle en tâtant l'avant-bras de l'arrivant. Tu t'es remis à la musculation ?

Deborah suivit sa fille des yeux. Avec le plus grand naturel, elle papillonnait de groupe en groupe, bavardant avec un secrétaire d'Etat par-ci, charmant un ambassadeur par-là. Il n'y avait rien de maniéré ni d'artificiel chez Shelby. Elle était naturellement sociable, sincèrement heureuse de retrouver ces gens que, pour la plupart, elle avait côtoyés toute sa vie.

15

Contrairement à son frère Grant, Shelby était tout le contraire d'une ermite. Alors pourquoi se raccrochait-elle aussi obstinément au célibat ? Si Shelby avait simplement été opposée au mariage, Deborah aurait pu l'accepter. Mais il ne s'agissait pas seulement d'un rejet de principe. Depuis des années, Deborah sentait que la solitude affective de sa fille était liée à une résistance plus tenace, à un blocage plus profond.

Deborah ne souhaitait pas à sa fille d'être malheureuse. Loin de là. Mais même un chagrin d'amour lui aurait paru plus rassurant que cette indifférence perpétuellement enjouée. Depuis quinze ans que Robert était décédé, elle voyait Shelby déployer une panoplie complexe de stratégies défensives pour éviter de souffrir à tout prix.

Mais éviter de prendre le risque de souffrir, n'était-ce pas *aussi* éviter de prendre le risque de vivre ?

Deborah ne put s'empêcher de sourire en voyant sa fille manœuvrer pour se rapprocher du buffet. D'un autre côté, Shelby n'avait rien d'une névrosée sinistre et recroquevillée sur elle-même. Elle était bourrée d'énergie et de talent. Et toujours si gaie, si entourée, si active.

Sans doute était-ce le propre des mères de s'inquiéter pour rien au sujet de leur progéniture ? Les formules du bonheur étaient nombreuses et chacun était libre de construire le sien à sa façon.

Si Shelby préférait consacrer sa vie à la poterie et aux amis plutôt qu'à un mari et des enfants, pourquoi pas, après tout ?

Du coin de l'œil, Alan observait la jeune femme aux cheveux flamboyants, vêtue comme une riche Bohémienne. Régulièrement, il entendait son rire flotter jusqu'à lui. C'était un rire franc, spontané — sensuel et innocent à la fois. Sans être beau au sens classique du terme, son visage retenait l'attention, séduisait par un mélange fascinant de vivacité, de finesse et de charme. Son âge ? Indéfinissable. Elle pouvait avoir dix-huit ans comme elle pouvait en avoir trente. Une chose était certaine : elle n'avait pas le profil type des femmes que l'on croisait d'ordinaire dans les cercles politiques, à Washington.

Elle n'avait pas le côté contenu, réservé qui caractérisait un milieu où l'on ne s'extériorisait que selon certains codes bien établis. Et pourtant, elle avait manifestement sa place parmi ces ambassadeurs, ces juges siégeant à la cour suprême, ces hommes politiques de tous bords.

Qui diable pouvait bien être cette fille ?

— Alan ! Quelle surprise ! Comment va mon jeune ami le sénateur ?

Write, leur hôte, lui assena une tape amicale dans le dos.

— C'est un vrai plaisir de vous voir ailleurs que dans l'hémicycle, Alan. Je suis content que vous ayez accepté de vous laisser distraire de vos dossiers, pour une fois.

Alan leva son verre.

— Vous ne savez pas ce que je serais capable de faire pour déguster un whisky écossais d'une qualité pareille.

— Oh, il en faut plus que cela pour vous appâter, rectifia Write en lui prenant le bras pour faire quelques pas en direction des portes-fenêtres donnant sur le jardin. On dit que vous passez vos soirées à plancher sur les projets humanitaires qui vous tiennent à cœur.

Alan ne put s'empêcher de sourire. Tout le monde savait toujours tout sur tout le monde, à Washington.

— Pas *toutes* mes soirées, comme vous pouvez le constater, rétorqua-t-il avec bonne humeur.

Write hocha la tête et prit une gorgée de son vermouth.

— Je serais curieux d'avoir votre opinion sur le projet de loi que Breiderman soumet au Congrès la semaine prochaine ?

Sachant que Write faisait partie des supporters convaincus de Breiderman, Alan soutint calmement le regard du député.

— Je suis contre. Cela se traduirait par des coupes sombres dans le budget de l'éducation. Or, aucun pays démocratique ne peut se permettre de rogner sur ce poste essentiel. C'est le genre d'erreur qu'on finit toujours par payer sur le long terme.

— Je suis entièrement d'accord avec vous. Mais on ne fait pas de la politique qu'avec de beaux principes, Alan. Vous savez comme moi qu'il faut composer avec les réalités économiques et sociales du moment. Rien n'est jamais ni tout blanc ni tout noir.

— Sans doute, oui. Mais le gris n'est pas la panacée non plus. A force de ne voir les choses qu'en demi-teintes on finit par perdre l'essentiel de vue.

Alan n'avait aucune envie de se lancer dans un long débat. Et encore moins de parler politique. Un état d'esprit pour le moins étonnant chez un sénateur convié à un cocktail qui réunissait essentiellement des politiciens et des hauts fonctionnaires.

Quoi qu'il en soit, la politique lui avait enseigné l'art toujours très utile de dévier adroitement une conversation.

— Dites, je croyais connaître tout le monde ici… Mais cette jeune femme qui ressemble à un croisement réussi entre Heidi et Esméralda, c'est la première fois que je la vois dans une soirée.

— Un croisement entre Heidi et Esméralda ?

Intrigué, Write suivit la direction de son regard et sourit.

— Ah, vous voulez parler de Shelby ! Ne me dites pas que vous ne l'avez jamais rencontrée ! Vous aimeriez que je vous la présente ?

— Je crois que je vais plutôt me débrouiller par moi-même, murmura Alan. Merci.

18

Abandonnant son hôte, il passa de groupe en groupe, ne s'arrêtant que brièvement pour échanger quelques salutations rapides ici et là. Tout comme Shelby, il était à l'aise dans le monde. Il savait sourire lorsqu'il fallait sourire, trouver le mot juste au bon moment. Ce comportement était devenu un réflexe acquis. Dans une profession comme la sienne, le contact avec le public comptait presque autant que les compétences purement techniques.

Comme son frère Caine, Alan avait étudié le droit. Mais si Caine, en tant qu'avocat, s'intéressait à l'application et à l'interprétation des lois, lui-même avait très vite été fasciné par la Constitution en amont. Aujourd'hui, à trente-cinq, il avait déjà un mandat de député derrière lui, et un mandat au Sénat en cours. Et il n'avait pas perdu ses idéaux en route. Les possibilités d'action concrète que lui offraient ses fonctions continuaient à le stimuler comme au premier jour.

— Hé, dis-moi que je rêve ! Tu es venu seul, ce soir, mon bel ami ?

Myra Ditmeyer, l'épouse du président de la cour suprême, le retint par le bras alors qu'il passait devant le buffet.

Alan lui sourit avec affection.

— Non, tu ne rêves pas, Myra. Mon cœur est à prendre, ce soir. Si tu es intéressée, c'est le moment ou jamais.

Elle éclata d'un rire généreux qui fit danser les pendentifs en rubis à ses oreilles.

— Si j'avais vingt ans de moins, je te prendrais au mot, espèce de séducteur écossais ! Mais explique-moi pourquoi je ne te vois pas avec une de ces brillantes créatures que tu traînes généralement à ton bras ?

— Parce que j'avais espoir de te convaincre de venir passer un week-end en amoureux à Puerto Vallarta avec moi.

Myra secoua la tête.

— Si j'avais accepté, cela t'aurait servi de leçon, espèce de jeune démon. Tu me le demandes parce que tu es persuadé que tu ne risques rien avec moi.

— Mais… ?

Myra soupira.

— Mais rien. Tu as raison, hélas… Tu ne crains rien, en effet. Mais des risques, il serait temps que tu en prennes, mon jeune ami. Et des risques sérieux, même. Trente-cinq ans et encore célibataire, ça ne va pas du tout, ça ! Tu sais bien que les Américains n'élisent que des hommes mariés comme président !

Le sourire d'Alan s'accentua encore.

— J'ai l'impression d'entendre mon père.

— Ce vieux bougre de Daniel ? Je ne sais pas si je dois être flattée par la comparaison, protesta Myra, les yeux étincelant d'humour. Cela dit, les conseils paternels sont parfois bons à suivre. Un politicien qui veut faire carrière est un politicien marié.

— Tu voudrais que je prenne femme pour des raisons purement opportunistes, Myra ?

— Ah non, sûrement pas ! Ne me fais pas dire ce que je n'ai pas dit, surtout.

Myra allait poursuivre lorsqu'elle vit Alan tourner la tête au son du rire de Shelby Campbell. Pendant les quelques secondes où le regard du jeune sénateur glissa sur la fille de Deborah, une idée germa dans l'esprit de Myra. « Tiens, tiens. Voilà qui ferait une union pour le moins intéressante : le renard et le papillon. »

— J'organise un petit dîner la semaine prochaine, improvisa-t-elle sur-le-champ. Juste quelques amis intimes ; rien d'officiel. Et inutile de chercher à te défiler, je ne te le pardonnerais pas. Mon secrétaire appellera à ton bureau pour te donner l'heure et le jour.

Tapotant la joue d'Alan d'une main chargée de bagues, Myra s'éloigna avec un sourire en coin.

Quelques secondes plus tard, Alan vit Shelby se dissocier du petit groupe avec lequel elle était en conversation. Il en profita pour se déplacer dans sa direction. Si près même qu'il perçut les arômes de son parfum. Ni floral, ni musqué, ni marin, mais un subtil et tentateur mélange des trois. C'était plus une aura qu'un parfum d'ailleurs. Mais Alan savait d'ores et déjà qu'il le reconnaîtrait n'importe où.

Shelby s'était accroupie devant une vitrine.

— De la porcelaine du XVIIIe siècle, commenta-t-elle tout haut en percevant une présence derrière elle. Et l'enduit utilisé est à base de poussière de thé. Etonnant, non ?

Alan jeta un bref coup d'œil au vase puis reporta son attention sur la couronne de cheveux flamboyants en dessous de lui.

— Je reconnais que cela attire l'œil. Irrésistiblement même.

Au son de sa voix, elle tourna la tête par-dessus l'épaule et sourit spontanément.

— Bonjour.

Fasciné par le sourire, Alan prit la main qu'elle lui tendait et la garda d'autorité dans la sienne.

— Dites, j'ai été détournée de mon objectif, lui glissa-t-elle à l'oreille. Vous ne voudriez pas me rendre un petit service ?

Il haussa les sourcils. Bizarrement, sa façon de parler évoquait à la fois la gamine des rues et la jeune fille de bonne famille dûment éduquée dans un pensionnat suisse.

— Quel service ?

— Tout ce que vous avez à faire, c'est rester là sans bouger. Juste une minute.

Le contournant d'un mouvement rapide, elle s'empara d'une assiette et entreprit de la remplir avec une rapidité saisissante.

— Chaque fois que j'essaye de venir me restaurer quelqu'un se précipite sur moi pour m'entraîner loin du buffet. Et je n'ai pas eu le temps de dîner ce soir, j'ai l'estomac dans les talons... Venez, on sort sur la terrasse, décida-t-elle en se dirigeant vers les portes-fenêtres.

Dans l'air tiède et printanier flottait l'odeur des premiers lilas. Un vieux saule pleureur déversait ses longues tresses vert tendre jusqu'au sol dallé de la terrasse. Et la pleine lune transformait le jardin en un étrange décor en noir et blanc qui évoquait les paysages antiques.

Shelby s'installa à une table de verre et s'attaqua aussitôt au contenu de son assiette.

— Mmm... Je me sens déjà mieux. Mais il était temps que je me restaure.

Elle avala quelques crevettes, puis saisit un petit hors-d'œuvre entre ses doigts pour l'examiner, sourcils froncés.

— Ça, je ne sais pas ce que c'est, en revanche. Vous voulez bien le goûter pour moi ?

Amusé, il s'exécuta et prit une bouchée.

— Voyons... une pâte feuilletée... du foie gras... un soupçon de châtaigne, apparemment.

— Parfait, déclara-t-elle en engloutissant le reste... Je m'appelle Shelby, au fait.

— Alan.

De plus en plus intrigué par le personnage, il s'assit à côté d'elle. A la voir manger ainsi, on aurait pu penser qu'elle n'avait rien avalé depuis une semaine. Incroyable. Et si elle picorait avec une sorte de grâce naturelle, elle le faisait sans chichis et sans complexes.

Qui pouvait bien être cette fille ?

Il avait toute la soirée devant lui pour trouver la réponse, après tout. Et les senteurs du printemps dehors le changeaient agréablement de l'air saturé de fumée et de la chaleur étouffante des salons.

— Vous m'invitez à partager votre collation ?

Shelby s'interrompit pour le regarder. Elle l'avait remarqué de loin dès son arrivée à la réception. Parce qu'il était plus grand que la moyenne, peut-être. Avec une allure naturellement athlétique comme on en voyait assez peu à Washington. Des silhouettes soigneusement entretenues, oui, on en croisait dans les salons. Nombreux étaient les hommes présents ce soir qui prenaient le temps de s'astreindre à une gymnastique régulière ou à pratiquer un jeu de raquettes. Mais Alan avait les épaules d'un excellent nageur et toutes les caractéristiques physiques d'un sportif authentique.

Son visage n'était pas lisse ; quelques plis le marquaient, soulignant encore son aspect aristocratique. Il avait une bouche large et mince. Et un nez pas tout à fait droit, ce qui n'était pas fait pour déplaire à Shelby. Il était très brun, avec un regard sombre, méditatif. Une atmosphère de calme se dégageait de lui. Reposante, oui. Et néanmoins, il suffirait d'un rien pour que ces yeux de rêveur vous transpercent et vous déstabilisent.

Avec l'ombre d'un frisson, Shelby chassa cette pensée.

— Servez-vous. Vous avez bien mérité quelque chose à grignoter, acquiesça-t-elle en souriant. Qu'est-ce que vous buvez ?

— Du whisky. Pur.

— Parfait. Je savais que l'on pouvait vous faire confiance.

Elle lui prit sa boisson des mains et but une gorgée. Alan vit ses yeux rieurs par-dessus le bord du verre. Une brise légère jouait dans ses cheveux. La lumière de la lune seyait à son personnage. Elle avait l'air d'un elfe, d'une créature d'un autre monde, susceptible de se volatiliser à tout instant.

— Qu'est-ce que vous faites ici ? ne put-il s'empêcher de lui demander.

— Pression maternelle, admit-elle sans hésiter. Il vous arrive d'expérimenter le phénomène ?

— Je suis plutôt spécialisé dans la pression paternelle, pour ma part.

— J'imagine que le résultat final est plus ou moins le même, supputa Shelby en savourant son whisky.

Elle cala sa joue contre sa paume.

— Vous vivez à Alexandrie, Alan ?

— Non, à Georgetown.

— Ah, oui ? Où exactement ?

La lune éclaira ses yeux, confirmant à Alan qu'ils étaient du gris le plus pur qu'il ait jamais vu.

— Sur P. Street.

— C'est étonnant que nous ne nous soyons jamais croisés. J'ai ma boutique tout près.

— Vous tenez un commerce ?

Il l'imagina vendant des robes gitanes, des gilets en velours de couleurs vives. Et des bijoux fantaisie, peut-être.

— Je suis potière, précisa Shelby en lui rendant son verre.

— Potière ?

Sur une impulsion, Alan lui prit la main et la retourna pour l'examiner. Elle était petite et fine, avec des ongles coupés court, non vernis.

— Et vous avez du talent pour ce que vous faites ?

— Suffisamment pour en vivre, oui. Et au risque de paraître prétentieuse : même beaucoup plus que cela !

En règle générale, Shelby avait le contact facile. Mais bien qu'Alan n'eût rien de rebutant — au contraire —, son réflexe premier aurait été de lui arracher sa main. Comme si elle

24

était en danger de ne plus pouvoir se détacher si elle la lui abandonnait trop longtemps.

— Vous n'êtes pas originaire d'ici, commenta-t-elle. Voyons… La Nouvelle-Angleterre ?

— Le Massachusetts, oui. Bravo.

Conscient d'une légère résistance dans les doigts qu'il tenait emprisonnés entre les siens, Alan se surprit à raffermir sa prise.

— J'entends une trace de Harvard dans votre accent, poursuivit Shelby en l'examinant avec attention. Qu'avez-vous donc étudié entre ces murs vénérables ? La médecine ?… Non, pas la médecine, conclut-elle lorsqu'il entrelaça ses doigts aux siens. Vous n'avez pas la paume suffisamment lisse pour être médecin. Les lettres, peut-être ?

La passion de la littérature s'accorderait bien avec son expression pensive et même un soupçon mélancolique.

— Pas les lettres, non. Le droit.

— Vous êtes juriste !

Sa réaction étonnée le fit sourire.

— Cela vous déçoit ?

— Disons que cela me surprend… Mais je suppose que ma vision des hommes de loi doit être aussi dépassée que caricaturale. J'ai toujours tendance à imaginer de gros messieurs avec des bajoues et des lunettes en écaille… Vous ne pensez pas que la loi est un obstacle à quantité de choses simples de la vie, en fait ?

Il haussa les sourcils.

— Comme le meurtre et la destruction, par exemple ?

— Ce ne sont pas des choses simples de la vie. Enfin… pas le meurtre, en tout cas, rectifia Shelby en reprenant une gorgée de son whisky. En fait, je pensais surtout aux tracas bureaucratiques auxquels l'homme ordinaire est soumis au quotidien. Avez-vous la moindre idée du nombre de formulaires que je dois remplir pour pouvoir vendre mes pots, mes vases et mes cruches ? Ce ne serait pas plus simple de laisser les gens vaquer paisiblement à leurs affaires sans étouffer leur élan créatif sous des monceaux de paperasse ?

En l'écoutant, Alan jouait distraitement avec la bague qu'elle portait à son petit doigt. Déjà, il oubliait qu'il s'était juré de ne pas se laisser entraîner dans un débat ce soir-là.

— C'est difficile de s'en remettre à la bonne volonté de chacun lorsqu'on a affaire à des millions d'individus. Tout le monde n'aurait pas l'honnêteté d'établir des bilans justes. Personne ne payerait ses impôts. Et il n'y aurait pas plus de protection pour le client que pour le vendeur.

— J'ai du mal à imaginer que le fait de remplir des dizaines de formulaires en trois exemplaires nous assure sécurité, prospérité et paix sociale. Mais si vous m'assurez que c'est le cas…

La façon dont le pouce d'Alan glissait sur le dos de sa main était déjà assez troublante en soi. Mais lorsqu'il souriait — lorsqu'il souriait *vraiment* —, il était totalement irrésistible. À cause de la sobriété de son humour, peut-être ?

— Bureaucratie et nécessité se recouvrent malheureusement en partie, rétorqua Alan en se demandant ce qu'il faisait dehors sur cette terrasse à converser avec cette originale.

— Pour moi, le seul intérêt des lois, des règles et des principes, ce sont les possibilités de transgression qu'ils génèrent, admit-elle en riant. Et c'est d'ailleurs ce qui fait votre gagne-pain, non ?

Deux invités passèrent alors devant les portes-fenêtres ouvertes et l'écho de leur conversation parvint jusqu'à eux.

— Ce Nadonley fait peut-être la pluie et le beau temps dans les relations israélo-américaines. Mais s'il maintient sa politique actuelle, il va finir par ne plus avoir que des ennemis.

— Tout le monde commence d'ailleurs à se lasser de son éternelle allure froissée de voyageur en classe touriste.

Une lueur sarcastique brilla dans le regard de Shelby.

— Même les vêtements ont une coloration politique, murmura-t-elle. Enfilez un costume sombre et vous êtes un conservateur. Des mocassins et un pull-over feront immédiatement de vous un homme de gauche. C'est un univers où on ne plaisante pas avec les codes.

Alan était habitué aux stéréotypes dédaigneux qu'inspirait régulièrement sa profession. D'habitude, il n'y prêtait aucune attention. Mais la réflexion de Shelby, inexplicablement, le fit réagir.

— C'est une habitude chez vous, les généralisations ?

— Je ne généralise que sur les sujets qui m'ennuient, admit-elle. Et la politique est un fastidieux produit dérivé de nos sociétés depuis les premières tractations entre Ramsès et Moïse.

Mis au défi, Alan retrouva le sourire.

— Vous n'aimez pas les hommes politiques, de toute évidence ?

— Ils font partie des rares choses que je déteste dans la vie. Il en existe pourtant de toutes sortes, des politiques : les zélés, les guindés, les affamés de pouvoir, les timorés et les imprudents. Mais aucun ne parvient à m'intéresser vraiment. J'ai toujours trouvé effarant que la destinée du monde dépende d'une poignée d'individus pas spécialement plus sages ni plus avisés que la moyenne de leurs congénères. Donc je préfère me réfugier dans l'illusion que j'ai moi-même le contrôle de ma vie en main.

Elle se tut un instant pour regarder l'ombre des branches du saule glisser sur le visage d'Alan. Et lutta contre la tentation de porter la main à sa joue.

— Vous voulez retourner à l'intérieur rejoindre les autres, Alan ?

Il laissa glisser un doigt sur son pouls et eut le plaisir de le sentir s'accélérer.

— Non. Il a fallu que je sorte ici avec vous pour m'apercevoir à quel point je m'ennuyais là-bas.

Shelby le gratifia d'un sourire étourdissant de spontanéité et de charme.

— C'est un joli compliment. Vous ne seriez pas irlandais, par hasard ?

Il secoua la tête. Et songea qu'il avait déjà follement envie d'embrasser cette jolie bouche médisante.

— Non, écossais.

— Oh, mon Dieu ! Moi aussi. Je vais finir par croire que notre rencontre est un signe du destin. Et je n'ai jamais été à l'aise avec la prédestination.

Sur une impulsion, Alan porta ses doigts à ses lèvres.

— J'imagine que le destin fait peur lorsqu'on veut garder le contrôle de sa vie en main ?

— Je préfère être au volant que me laisser conduire, acquiesça-t-elle. Au sens propre comme au sens figuré. Nous avons l'esprit pratique, chez les Campbell.

— Parce que vous êtes une *Campbell* ?

— Cela vous choque ?

Alan eut une pensée pour son père et éclata de rire.

— Je bois à une vieille, vieille inimitié, lança-t-il en levant son verre. Il fut un temps où nos ancêtres s'exterminaient mutuellement au son plaintif des cornemuses. Je suis un descendant du clan des MacGregor.

Shelby partagea son amusement.

— Mon grand-père me mettrait au pain sec et à l'eau pendant un mois s'il apprenait que je vous ai adressé la parole.

« *Aye,* ma petite fille, si tu rencontres un de ces chiens fous de MacGregor, crache-lui à la figure », comme il dit toujours.

Alors même que le sourire d'Alan s'élargissait, celui de Shelby s'évanouit brusquement.

— *Alan MacGregor…,* murmura-t-elle. Autrement dit, vous êtes le sénateur du Massachusetts.

— Je plaide coupable, en effet.

Avec un soupir de regret, Shelby abandonna sa chaise.

— Dommage.

Sans lâcher sa main qu'il tenait toujours dans la sienne, Alan se leva à son tour. Il se dressa devant elle, si près que leurs corps se touchaient presque. Aussitôt de violents courants d'attirance mutuelle se mirent à circuler entre eux. Les vibrations étaient si fortes qu'ils demeurèrent un instant muets l'un et l'autre.

— Dommage pourquoi ? finit par demander Alan.

Le cœur battant, Shelby prit le temps de laisser courir sur son visage un long regard scrutateur.

— Je crois que j'aurais été prête à braver le juste courroux de mon grand-père… Oui, j'aurais pris le risque. Définitivement. Mais là, c'est non. Je ne sors pas avec les hommes politiques.

— Ah vraiment ? murmura Alan, le regard fixé sur ses lèvres.

Il aurait pu lui rétorquer qu'il ne lui avait encore rien demandé. Mais Shelby, indubitablement, faisait partie de ces femmes qui prenaient des initiatives amoureuses sans attendre d'y avoir été invitées. Elle ne ressemblait en rien aux créatures passives et distinguées qu'il fréquentait d'ordinaire.

— S'agirait-il d'une des lois incontournables qui régissent la vie de Shelby Campbell ? s'enquit-il doucement.

— Oui, c'est un de mes rares principes.

Alan contempla son visage, si proche du sien qu'il n'aurait eu qu'à pencher la tête pour que leurs lèvres se trouvent, se découvrent, s'expérimentent mutuellement. Elle avait une très jolie bouche, vierge de tout maquillage. Une ébauche de sourire en relevait les coins, comme si elle voyait un certain humour dans leur situation.

Dans ses yeux gris pétillait comme une étincelle de défi. Au lieu de l'embrasser, cependant, Alan souleva leurs deux mains jointes et, le regard rivé au sien, posa délicatement les lèvres sur son poignet. Il sentit l'accélération brutale de son pouls, vit une légère rougeur monter à ses joues pâles.

— Le seul intérêt des lois, des règles et des principes, ce sont les possibilités de transgression qu'ils génèrent, dit-il la citant mot pour mot.

La jeune femme semblait avoir du mal à retrouver son souffle.

— Vous pratiquez l'art éminemment politique de frapper l'adversaire en retournant ses armes contre lui, commenta-t-elle d'une voix mal assurée en lui retirant sa main.

Shelby se secoua mentalement. Fallait-il être stupide pour se laisser troubler par un geste aussi désuet ! Il l'avait fait exprès pour la déstabiliser, en plus. Il y avait eu comme un éclair de malice, au fond de ses yeux sombres et pensifs.

— Ma foi, monsieur le sénateur, ce fut un agréable interlude.

Alan la laissa s'éloigner jusqu'à la porte avant de lancer :

— Nous nous reverrons, Shelby.

Elle s'immobilisa pour lui jeter un regard par-dessus son épaule.

— Peut-être.

— Certainement, rectifia-t-il.

Debout à côté de la table de verre, Alan n'avait pas tenté de la suivre. Avec l'éclat de la lune dans son dos, il paraissait grand, sombre, impénétrable. Pas un muscle de son visage ne bougeait. Mais si aucune tension ne transparaissait dans son attitude, il n'en avait pas moins l'air d'un fauve prêt à bondir. Shelby réprima la tentation imprudente de lui faire un pied de nez, rien que pour voir à quelle vitesse il pouvait réagir.

Le pire, c'était le demi-sourire qui jouait sur ses lèvres et qu'elle brûlait de lui rendre. Secouant la tête pour rejeter ses boucles en arrière, elle passa le seuil en laissant Alan MacGregor derrière elle.

« Bon. Voilà qui est réglé », conclut-elle.

Et il s'en fallut de peu qu'elle ne parvienne à se convaincre que l'épisode MacGregor était effectivement bouclé.

2.

Deux ans plus tôt, Shelby avait embauché un vendeur à temps partiel pour la remplacer au magasin. La présence de Kyle lui permettait de s'accorder une journée de liberté occasionnelle. Ou de se consacrer entièrement à sa création lorsque l'inspiration frappait.

Kyle, un poète désargenté, avait des horaires flexibles, un sens aigu du beau et un tempérament qui s'accordait au sien. Il venait la relayer systématiquement tous les mercredis et tous les samedis. Et acceptait d'assurer des heures supplémentaires ici et là lorsqu'elle faisait appel à lui. En échange, Shelby le payait généreusement et écoutait sa poésie.

Tous les samedis, qu'il pleuve ou qu'il vente, elle se barricadait dans son atelier pour enrichir ses stocks de nouvelles pièces uniques. Mais elle aurait hurlé si quelqu'un s'était risqué à dire qu'elle avait une vie professionnelle parfaitement organisée. Shelby restait convaincue qu'en se mettant au travail le samedi matin, elle agissait sur l'impulsion du moment. Ces samedis paisibles passés à façonner l'argile structuraient pourtant sa vie. Mais elle avait toujours le sentiment de fonctionner sans horaires et sans habitudes, dans un esprit de joyeuse anarchie.

Son atelier était situé derrière la boutique. De solides étagères étaient fixées le long des murs, où s'alignaient les pièces qui attendaient la cuisson. Il y avait des rangées et des rangées d'enduits pour les bains d'émaillage — l'équivalent pour elle de la palette du peintre. Dominant le mur du fond, se trouvait le four de potier, actuellement fermé et en marche.

Comme la pièce n'était pas grande et que le four était réglé à plus de mille degrés, il y régnait une chaleur d'étuve. Shelby avait coutume de travailler en débardeur et en short, le tout couvert d'un tablier blanc pour se protéger des éclaboussures. Les deux fenêtres ouvraient sur une allée, si bien qu'elle n'entendait quasiment rien du vacarme de la rue. Avec sa radio allumée en guise de compagnie, les cheveux retenus dans la nuque par une lanière de cuir, elle était penchée sur son tour et s'attaquait à son ultime réalisation de la journée.

De toutes les phases de la création, c'était sans doute celle qu'elle préférait : tenir un simple boudin de terre et le manipuler jusqu'à ce qu'il prenne forme. Chaque fois, son imagination lui faisait la surprise de produire un objet absolument neuf et unique. De la masse encore informe pouvait surgir tout aussi bien un vase qu'une jatte, une urne, un saladier ou une amphore. Dans les premiers instants, toutes les possibilités restaient ouvertes. Et Shelby était fascinée par le moment décisif où son œuvre, soudain, se dessinait, issue de presque rien — juste un peu de terre et d'eau.

L'émaillage, le choix des couleurs et des décors faisaient appel à un autre aspect de sa créativité. C'était un travail de finition, moins physique, plus réfléchi. Mais lorsqu'elle travaillait l'argile à mains nues, elle entrait vraiment en création : elle pressait, modelait, coulait l'objet dans le moule de sa propre volonté.

Lorsqu'elle travaillait ainsi, il lui arrivait de penser que certaine personnes appliquaient les mêmes techniques, mais sur leurs semblables. Comme leurs enfants, par exemple. Shelby trouvait ces pratiques détestables et se contentait pour sa part d'exercer son esprit de domination sur la matière. Quant aux êtres humains, elle les préférait de l'espèce non malléable. Seuls les objets inanimés étaient destinés à entrer dans un moule. Pour Shelby, tout individu un peu trop conforme était déjà un individu à moitié mort.

Elle avait commencé par supprimer les bulles d'air qui subsistaient dans l'argile. Humide et souple, la terre avait désormais une consistance parfaite. Elle ajouta des fragments de poterie broyée pour donner de la consistance. Puis elle se mit au travail. Des deux mains, elle appuya sur l'argile lorsque la girelle se mit à tourner. Pressant la terre fraîche entre ses paumes, Shelby ferma brièvement les yeux, sentit quelle forme allait émerger.

Complètement absorbée dans sa tâche, elle avait cessé d'entendre la radio qui continuait à murmurer dans son dos. Le tour vibrait, l'argile s'enroulait, cédant sous la pression de ses mains et de son imagination. Elle forma un anneau aux parois épaisses en pressant le pouce au centre de la motte d'argile. Puis, lentement — très lentement —, elle le tira vers le haut entre ses doigts, de manière à créer un cylindre. A présent, toutes les options étaient encore possibles. Elle pouvait l'aplatir pour en faire une assiette ou un plat, l'ouvrir pour créer un saladier ou même le fermer pour le transformer en sphère.

Shelby se sentait inspirée. En phase avec la matière comme avec sa propre créativité. La forme qu'elle voulait serait symétrique, décida-t-elle. Peu à peu des images s'imposaient : l'objet serait à dominante masculine ; avec des lignes sobres et pures. Une élégance discrète.

D'un geste rapide et sûr, elle ouvrit l'anneau et commença à former une coupe. Profonde, avec un bord large, à la manière des poteries romaines. Peu à peu, le pot prenait forme sous ses doigts. C'était un travail long et exigeant de trouver les proportions justes, d'élever, d'amincir, de jouer sur les volumes. Mais lorsque Shelby était à son tour, sa patience était infinie, son calme sidérant pour qui connaissait son tempérament impétueux.

Lorsqu'elle parvint au résultat qu'elle ambitionnait, elle résista à la tentation de continuer à fignoler. Vouloir faire trop bien était presque aussi dangereux que de bâcler. Eteignant son tour, elle se leva pour porter la coupe à sécher sur une étagère. Le lendemain, lorsqu'elle serait dure comme du cuir, elle la replacerait sur le tour et se servirait de ses outils pour la lisser en raclant le surplus d'argile. « Mmm… je l'émaillerai en vert jade, décida-t-elle en l'examinant une dernière fois. Et pas de décor. »

Bâillant largement, Shelby s'étira le dos pour chasser les tensions qui s'étaient installées à son insu au cours de cette longue journée de travail. Ce qu'il lui fallait, dans un premier temps, c'était un bain chaud. Puis elle irait rejoindre des amis dans un nouveau club sur M Street. Avec un soupir qui exprimait un mélange à parts égales de satisfaction et de fatigue, elle se retourna. Et écarquilla les yeux de surprise.

Alan se tenait sur le seuil, les mains dans les poches de son jean.

— C'est passionnant de vous regarder… Vous savez déjà quelle forme vous voulez donner quand vous commencez à le tourner ou l'objet s'impose de lui-même au fur et à mesure ?

— Ça dépend.

Shelby souffla sur la frange qui lui tombait dans les yeux. Elle aurait pu lui demander ce qu'il faisait là et comment il s'était débrouillé pour entrer. Mais à quoi bon ?

Elle haussa les sourcils, vaguement surprise de le voir vêtu d'un jean délavé et d'un polo à manches longues. L'homme qu'elle avait rencontré la veille lui avait paru trop conventionnel a priori pour porter une tenue aussi décontractée. Ses tennis étaient de bonne qualité sans être pour autant flambant neuves. Pas plus que la montre en or qu'il portait au poignet. Si on le sentait à l'aise dans le luxe, il n'était manifestement pas du genre à jeter l'argent par les fenêtres. Ni à brandir de façon ostentatoire tous les habituels signes extérieurs de richesse.

— Je suppose que je devrais m'étonner de votre présence ici, monsieur le sénateur ? Votre but était bien de me surprendre, j'imagine ?

Il hocha la tête.

— Vous étiez tellement absorbée que je n'ai pas voulu vous interrompre. C'est fascinant de voir des artistes à l'œuvre. J'ai l'impression que vous dépensez autant d'énergie que des athlètes de haut niveau lorsque vous êtes en plein processus créatif… J'aime bien votre boutique, au fait.

Le compliment était suffisamment simple et sincère pour qu'elle s'autorise à sourire.

— Merci… Vous avez visité ?

Alan résista à la tentation de laisser glisser un second regard prolongé sur ses jambes. Elles étaient longues — infiniment plus longues qu'il ne l'avait imaginé à première vue.

— Votre vendeur ne m'en a pas laissé le temps. Il était en train de fermer lorsque je suis arrivé. Il m'a dit de vous transmettre qu'il pouvait éventuellement revenir lundi si vous aviez besoin de lui.

— O.K., merci… J'en conclus qu'il est 6 heures passées, donc, commenta-t-elle en se tournant vers la fenêtre pour juger du degré de luminosité. Si vous voulez jeter un coup d'œil aux poteries que j'ai en exposition, je vous ouvre la boutique le temps que je prenne ma douche.

Alan prit sa courte queue-de-cheval frisée dans une main comme pour en tester la consistance.

— En fait, j'avais plutôt pensé vous emmener dîner. Vous n'avez pas encore mangé.

— Non, c'est un fait. Mais ce n'est pas pour autant que je partagerai un repas avec vous, monsieur le sénateur. En revanche, si vous êtes intéressé par une cruche à eau orientale ou par un vase, je vous les vendrai avec le plus grand plaisir.

Alan se rapprocha de quelques centimètres, fasciné par son assurance et stimulé par l'idée qu'il saurait la faire vaciller. C'était la raison — la seule raison — de sa présence ici, après tout. Il était venu lui retourner les quelques flèches qu'elle lui avait décochées la veille en critiquant sa profession.

— Si vous préférez dîner à domicile, ça me convient également, suggéra-t-il en laissant glisser sa main de ses cheveux à sa nuque. Je suis très adaptable, dans l'ensemble.

Shelby poussa un profond soupir en s'efforçant stoïquement d'ignorer les sensations qui naissaient au contact de ses doigts.

— Alan… Vous savez tout de la politique étrangère, de la politique budgétaire, de la politique de défense… Or hier soir, je vous ai exposé ma politique à moi. Et il me semble qu'elle est suffisamment simple pour qu'aucun complément d'explication ne s'impose.

— Mmm…

Elle avait une nuque extraordinaire, fine et souple, avec une peau si douce qu'il commençait à se faire une idée de ce qu'il trouverait plus bas, sous le débardeur et le tablier.

— Vous me décevez, Alan, reprit Shelby avec une pointe d'irritation dans la voix destinée à masquer le trouble que générait son contact.

Il n'avait pas des mains de bureaucrate, songea-t-elle distraitement en se laissant aller au plaisir de ployer la nuque sous ses doigts.

— Ce serait insulter votre intelligence que de vous énoncer une seconde fois ma position sur les politiciens, vous ne croyez pas ?

Avec une légère pression des doigts, Alan amena Shelby plus près de lui.

— Aucune politique n'est immuable. Toutes sont soumises à une constante remise en question, au contraire. Nous savons cela mieux que personne, nous autres, hommes politiques.

— Eh bien lorsque je réviserai la mienne, je vous ferai signe.

Comme il continuait à l'attirer irrépressiblement vers lui, elle stoppa le mouvement en plaquant la paume contre son torse. Au même moment, ils prirent conscience de l'état de saleté de ses mains et baissèrent la tête. Shelby éclata de rire.

— On peut dire que vous l'avez cherché, sénateur !

L'humour de la situation chassa à la fois la tension sexuelle et l'irritation. L'empreinte de ses doigts se détachait avec netteté sur le polo blanc d'Alan.

— Pas mal… pas mal du tout, même. Je suis sûre qu'on pourrait lancer une mode, commenta-t-elle en reculant d'un pas pour juger de l'effet produit. Vite ! Brevetons l'idée. Vous avez des relations bien placées, je suppose ?

Un sourire plissa les yeux d'Alan.

— Quelques-unes, oui. Mais avez-vous songé au nombre de formulaires à remplir ? Il y en aura des centaines.

Elle soupira.

— J'avais oublié ce détail. Eh bien, tant pis pour ce beau projet.

Shelby se détourna pour se laver les mains et les bras dans un grand évier à deux bacs.

— Tenez, vous feriez mieux d'enlever votre polo pour rincer l'argile. Sinon, vous aurez du mal à faire partir la tache.

Elle avait donné l'ordre avec tant de désinvolture qu'Alan se demanda si elle avait l'habitude de recevoir des hommes à moitié nus dans son atelier. Avec Shelby, tout paraissait possible. Mais la jeune femme s'était déjà détournée pour aller ouvrir la porte de son four.

— Vous avez fabriqué vous-même toutes les poteries en vente dans votre boutique ?

— Oui, bien sûr, murmura-t-elle distraitement.

— Et comment avez-vous découvert votre vocation ?

— Je pense que tout a commencé très tôt, avec la pâte à modeler que ma gouvernante me donnait pour essayer de me faire tenir tranquille. J'étais une enfant assez turbulente… Et je le suis d'ailleurs restée, malgré la pâte à modeler. Mais je prenais un réel plaisir à manipuler cette substance.

Alan tourna la tête juste au moment où elle se baissait pour ajuster la température du four. Son regard tomba sur le short tendu sur des hanches à la fois rondes et minces. Un élan de désir le traversa, si brutal, si physique, si élémentaire qu'un vide total se fit dans son esprit.

— Et cette tache ? Elle est partie ?

Revenant à lui-même, Alan examina le vêtement qu'il tenait toujours sous l'eau. Il était surpris que son rythme cardiaque se soit accéléré à ce point. Sans doute un effet de la chaleur qui régnait dans l'atelier.

— Oui, c'est bon. Plus l'ombre d'une trace.

Il coupa le robinet et essora le polo.

— Cela dit, le retour à pied chez moi risque d'être assez spectaculaire si je déambule dans la rue torse nu, observa-t-il pensivement.

Shelby se tourna dans sa direction pour lui lancer une remarque ironique. Mais la vue d'Alan vêtu de son seul jean la coupa net dans son élan. Il était mince, très mince même, mais ses épaules étaient larges, superbes. Et sa musculature aussi puissante qu'elle l'avait imaginée la veille. La vue de son corps, étrangement, effaça d'un coup le souvenir de tous les hommes qu'elle avait connus.

A ce moment précis, Shelby réalisa que c'était Alan qui avait nourri son inspiration alors qu'elle façonnait sa coupe. L'excitation qui s'empara d'elle était si forte et délicieuse qu'elle laissa la première vague de désir déferler librement.

Puis elle se ressaisit et reprit le contrôle d'elle-même.

— Vous avez gardé une excellente condition physique, monsieur le sénateur, commenta-t-elle d'un ton léger. Il ne vous faudra pas plus de trois minutes pour regagner vos pénates si vous prenez un bon rythme de course à pied.

— Shelby, voilà une attitude franchement inamicale.

— J'irais même jusqu'à dire : franchement grossière, rectifia-t-elle en réprimant un sourire. J'imagine que si j'étais bonne fille, je vous proposerais de le passer au sèche-linge.

— C'était *votre* main et *votre* argile, après tout.

— Peut-être. Mais ce n'est pas moi qui ai essayé de vous prendre dans mes bras, monsieur le sénateur.

Avec un haussement d'épaules, cependant, elle lui prit le vêtement mouillé des mains.

— Bon, allez, venez avec moi là-haut.

Retirant son tablier d'une main, elle le jeta sur une chaise avant de passer la porte.

— Si vous êtes sage, vous aurez même droit à une boisson gratuite.

— Votre cœur est trop bon, commenta Alan en la suivant dans l'escalier.

— Ma réputation de générosité me précède partout où je vais.

Shelby poussa la porte de son appartement.

— Tenez, rendez-vous utile. Si vous voulez du whisky, vous en trouverez par là-bas, précisa-t-elle avec un vague geste en direction du salon. Si vous préférez un café, continuez à avancer tout droit jusqu'à la cuisine. Il y a un percolateur à côté de l'évier et du café moulu sur le rebord de la fenêtre.

Sur ces mots, elle disparut dans une pièce adjacente. Demeuré seul, Alan regarda autour de lui avec la plus grande curiosité. Son intérêt pour Shelby s'aiguisait encore à présent qu'il découvrait son cadre de vie. Pas question ici d'unité dans les thèmes et les couleurs. Encore moins de sobriété ! Les verts audacieux faisaient bon ménage avec des bleu canard et des touches de violet occasionnelles. Ce qui aurait choqué partout ailleurs trouvait ici une sorte d'harmonie flamboyante. Tout comme la femme qui l'habitait, l'appartement était résolument bohème.

Et en désaccord total avec son style de vie à lui.

Sur un sofa, des petits coussins en satin de couleurs vives avaient été dispersés dans le plus parfait désordre. Une fougère géante se dressait dans un grand pot en terre cuite orné d'immenses coquelicots.

Une imposante tenture dominait un des murs et les tapis en laine de couleurs contrastées se détachaient en zigzag sur la nudité du bois. Une paire de sandales italiennes avec des talons aiguilles vertigineux penchait en appui précaire contre une chaise basse de bois sculpté, près d'un gros hippopotame en céramique.

Ce n'était pas une pièce destinée au repos et à la méditation mais un lieu d'activité, de mouvement, de passage. Alan se tourna dans la direction indiquée par Shelby, puis s'immobilisa en découvrant le chat. L'énorme matou était étalé sur le bras d'un fauteuil et tenait rivé sur lui le regard suspicieux de son unique œil valide. La bête était à ce point immobile qu'Alan crut dans un premier temps avoir affaire à une imitation.

Le bandeau sur l'œil du félin aurait dû paraître ridicule. Mais tout comme les couleurs de la pièce, il passait bien dans le décor.

Au-dessus du chat était accrochée une cage octogonale où perchait un perroquet à l'allure plutôt morne. L'oiseau aussi fixait sur lui un regard où semblaient se mêler curiosité et suspicion.

Alan secoua la tête et se pencha sur le chat.

— Je t'offre un verre ? murmura-t-il en le caressant d'une main experte sous le menton.

Le matou plissa les yeux d'un air d'intense satisfaction.

— Ce sera sec dans un quart d'heure, annonça Shelby en resurgissant dans la pièce. Je vois que vous avez fait connaissance avec mes colocataires.

— Les présentations sont en cours, oui… Pourquoi le bandeau, au fait ?

— Moshé a perdu un œil à la guerre. Mais il n'en parle pas volontiers… Je ne sens pas l'odeur du café. Vous avez opté pour le whisky ?

— Le whisky m'ira très bien, oui. Et le perroquet ? Il parle ?

— Cela fait deux ans qu'il n'a plus prononcé un mot, expliqua Shelby en sortant une bouteille et deux verres. Depuis que Moshé est venu s'installer avec nous, en fait. Eulalie a la rancune tenace. Il ne lui a pourtant renversé sa cage qu'une seule fois.

Alan jugea plus prudent de ne pas faire de commentaires. Il se demanda fugitivement ce qu'il était venu faire dans ce capharnaüm. Même la façon dont elle parlait de ses animaux de compagnie le prenait au dépourvu. Shelby faisait partie de ces femmes dont l'esprit fonctionnait de façon un peu trop mystérieuse pour le parfait cartésien qu'il était.

42

— Merci, dit-il en acceptant le verre qu'elle lui tendait…
Il y a longtemps que vous vivez ici ?

— Trois ans.

Shelby se laissa tomber sur le sofa et s'assit en tailleur, à la manière des Indiens. Sur la table basse devant elle reposaient des ciseaux à poignée orange ainsi que le *Washington Post* du jour, une boucle d'oreille en saphir sans sa jumelle, une pile de courrier qu'elle n'avait pas pris la peine d'ouvrir et un exemplaire usé de *Macbeth*.

— Je n'ai pas fait le rapport hier soir, dit-il en s'asseyant à côté d'elle. Mais Robert Campbell était-il votre père ?

— Oui. Vous l'avez connu ?

— De réputation, seulement. J'étais en deuxième année à Harvard au moment du drame. Mais j'ai eu l'occasion de faire la connaissance de votre mère, bien sûr. C'est une femme délicieuse.

— Ma mère est une femme charmante, en effet. Je me suis toujours demandé pourquoi elle n'avait pas repris le flambeau en se lançant dans la course à la présidence à son tour. Elle a toujours été comme un poisson dans l'eau dans ce milieu.

Une fois de plus, Alan perçut une pointe de ressentiment dans sa voix. Mais il était encore trop tôt pour lui demander de but en blanc pourquoi elle avait une telle aversion pour la politique. Un jour viendrait où il explorerait le sujet plus avant. Mais pas tout de suite. De même que dans une campagne électorale bien menée, tout n'était au fond qu'une question de timing.

— Vous avez un frère, n'est-ce pas ?

— Grant ?

Le regard de Shelby glissa sur le journal ouvert à la page des dessins humoristiques.

— Il évite Washington tant qu'il le peut, précisa-t-elle, sa voix couvrant à peine le hurlement d'une sirène au-dehors.

Il préfère le grand silence qu'il a trouvé dans le Maine, sur un coin de côte battu par le vent.

Un sourire amusé joua un instant sur les traits de la jeune femme. « Un secret », comprit Alan. Et il aurait beau faire, elle refuserait de le lui livrer. Dans l'immédiat, en tout cas.

Surpris par la dérive de ses pensées, il secoua la tête. Il n'avait strictement aucune raison de s'intéresser aux secrets de Shelby Campbell, bien sûr. Il était juste venu la pousser un peu dans ses retranchements.

— Et il ne s'est pas lancé dans la politique, lui non plus ?

— Non. Ni Grant ni moi n'avons hérité du syndrome du serviteur de l'Etat.

— C'est ainsi que vous désignez la maladie ? s'enquit-il avec l'ombre d'un sourire.

— Vous connaissez les symptômes, n'est-ce pas ? Un dévouement aux masses plus qu'aux individus, une obsession pour la paperasse, l'amour du pouvoir.

De nouveau, il fut frappé par le dédain qui assombrissait sa voix.

— Un homme politique ne recherche pas forcément le pouvoir pour lui-même, observa-t-il doucement. Mais parce qu'il donne la puissance d'agir. Vous n'aimez pas le pouvoir, vous ?

— J'aime avoir un pouvoir sur ma propre vie, mais pas intervenir dans celle des autres.

Il se mit à jouer avec la lanière de cuir dans ses cheveux, tirant doucement jusqu'à ce qu'elle se défasse. Peut-être qu'un débat de fond s'imposait, tout compte fait. Elle semblait le mettre au défi de défendre ses convictions les plus profondes. Celles qui gouvernaient ses choix d'existence.

— Chaque vie est comme un caillou qui tombe dans l'eau, Shelby. Elle fait des cercles concentriques autour d'elle. Et forcément, les cercles des uns et des autres se croisent, se chevauchent, s'entremêlent.

Shelby ne dit rien lorsque ses cheveux défaits retombèrent sur ses épaules. Ils lui chatouillèrent le cou à l'endroit précis où jouaient les doigts d'Alan. Etre assise à côté de cet inconnu torse nu avait quelque chose de bizarrement naturel.

— L'image est belle, admit-elle. Mais à chacun de juger s'il souhaite repousser ou intégrer les « cercles » de l'autre, trancha-t-elle d'un ton délibérément léger. C'est ma philosophie, en tout cas. Je vais voir si votre polo est sec.

Lorsqu'elle voulut se lever cependant, Alan l'en empêcha d'une pression sur la nuque. Shelby tourna la tête et son regard fut happé par ses yeux sombres, contemplatifs.

— Les cercles entre nous ont à peine commencé à se croiser. Il serait peut-être intéressant d'examiner les interférences plutôt que de faire mine de les ignorer ?

Elle prit une profonde inspiration pour chasser l'émoi physique qui montait irrépressiblement à son contact.

— Alan… je vous ai déjà expliqué qu'il ne se passerait rien entre nous, sur le plan personnel, d'accord ? Vous êtes très attirant et même plutôt sympa pour un politicien, mais je n'ai aucune envie de tomber dans vos bras.

— Ah non ? chuchota-t-il en lui entourant le poignet de sa main libre. Votre pouls s'emballe, pourtant.

Contrariée, Shelby releva le menton.

— Vous vous flattez, sénateur. Je vais chercher votre polo.

— Juste une seconde encore, plaida-t-il en l'attirant plus près.

Un baiser. Un seul baiser et il saurait tout ce qu'il voulait savoir sur Shelby. Elle n'était pas son type de femme, après tout. Il n'avait jamais été attiré par les révoltées en guerre perpétuelle contre le monde, par les artistes aux opinions échevelées qui faisaient du rentre-dedans pour le seul plaisir de bousculer les valeurs établies.

Un baiser et il aurait de nouveau l'esprit libre. Libre d'oublier Shelby Campbell.

Shelby hésita à se dégager. Qui aurait cru que M. le sénateur s'entêterait à vouloir briser ses résistances ? Il devait avoir d'autres chats à fouetter, pourtant. Et on ne pouvait décemment imaginer qu'elle soit son type de femme.

Le problème, c'est qu'elle ne s'était pas attendue non plus à ressentir une bouffée de désir aussi vertigineuse lorsque le souffle d'Alan glisserait sur ses lèvres.

Elle poussa un soupir qui se voulait dissuasif. Ainsi le sénateur du Massachusetts avait décidé de tenter sa chance avec une artiste libre-penseuse. Histoire de varier un peu ses plaisirs, sans doute ? Se demandant soudain pourquoi elle s'acharnait à lutter, Shelby se détendit. Si c'était un baiser qu'il voulait, il l'aurait. Un baiser étourdissant même.

Elle allait l'embrasser avec tant de fougue qu'il verrait trente-six étoiles. Puis elle le jetterait dehors avec son vêtement sec sous le bras. Et adieu, Alan MacGregor.

Pour de bon, cette fois.

Même lorsqu'elle cessa de résister, cependant, il ne s'empara pas immédiatement de ses lèvres, se contentant dans un premier temps de la regarder fixement. Pourquoi n'agissait-elle pas de son côté ? se demanda Shelby alors que la bouche d'Alan descendait en direction de la sienne avec lenteur. Qu'est-ce qui la rendait si passive alors que sa nature la poussait normalement à l'action ?

Du bout de la langue, Alan traça alors le contour de sa bouche. Shelby cessa aussitôt de se poser des questions et, fermant les yeux, se concentra sur l'essentiel : savourer l'expérience.

Elle n'avait encore jamais été embrassée avec autant de soin et d'attention. Leurs lèvres ne s'étaient même pas encore touchées et, déjà, elle avait oublié les fatigues d'une longue journée de travail. La langue d'Alan poursuivait son parcours méthodique, lapant ses lèvres comme un chat goûtant délicatement une crème onctueuse et tendre. Toutes les sensations de Shelby étaient concentrées sur la dégustation dont elle faisait l'objet.

Comment se serait-elle doutée qu'une bouche pouvait éprouver une telle variété de sensations ? Et qu'un baiser qui n'était même pas encore un baiser la maintiendrait plaquée sur son sofa, incapable de faire un geste ou d'articuler un son ?

Alan attrapa alors sa lèvre inférieure entre les dents et Shelby se mit à respirer plus vite. Il mordilla la chair sensible, puis l'aspira dans sa bouche pour la téter doucement, jusqu'à ce que les tiraillements du désir se répercutent dans les profondeurs de son corps, comme une série de mini-électrochocs. Il se mit à sucer plus vite, instaurant un rythme primitif, sexuel qui se communiquait à elle, se répercutant jusque dans les battements violents de son cœur.

Et Shelby avait déjà oublié jusqu'à l'idée même de résistance.

Du pouce, il lui caressait le poignet ; ses doigts pétrissaient sa nuque. Le plaisir s'étirait, se propageait, faisait vibrer son corps tout entier. Et il n'avait même pas encore, à ce stade, pressé ses lèvres contre les siennes ! Dans un sursaut de frustration, elle poussa un gémissement qui fut un appel autant que l'aveu d'une défaite.

Et leurs bouches se mêlèrent, les transportant presque instantanément de l'excitation à la frénésie.

Avant même de la toucher, Alan avait su que sa bouche serait brûlante, son corps à la fois ferme, fort et doux. Etait-ce à cause de ce singulier mélange de douceur et de passion qu'il s'était réveillé ce matin-là en pensant à elle ? Etait-ce ce même pressentiment qui l'avait conduit jusqu'à son atelier de potière alors que l'après-midi tirait à sa fin et que le crépuscule doré hésitait à tomber ?

Alan qui, sa vie entière, avait eu besoin d'analyser et de comprendre découvrit avec stupéfaction que les raisons importaient peu. Il voulait Shelby dans ses bras. Le reste — tout le reste — avait cessé de compter.

Dans ses cheveux, il retrouva le parfum indéfinissable qui l'avait attiré la veille. Il enfouit ses doigts dans l'or rouge de sa chevelure comme s'il pouvait se pénétrer tout entier de son odeur. La langue de Shelby cherchait la sienne. Il fouilla, explora, prit ses marques jusqu'à ce qu'il ne conçoive plus une autre bouche, d'autres lèvres que les siennes. Les petits coussins en satin s'affaissèrent avec un léger murmure lorsqu'il la pressa contre eux en pesant sur elle de tout son poids.

Shelby gémit de plaisir en ployant sous lui. Jamais elle ne se serait attendue de la part du sénateur du Massachusetts à un tel débordement de passion. Elle l'aurait imaginé faisant preuve de style et d'élégance, déployant les armes de la séduction, dans la plus pure tradition galante. Et face à ces tactiques-là, elle n'aurait eu aucune peine à résister.

Mais comment lutter contre une montée de désir aussi élémentaire et mutuelle ? Avec un léger sanglot, elle pétrit le dos nu d'Alan. La chair sous ses paumes était ferme et résistante. Elle songea qu'elle aurait beau malaxer et presser, rien chez cet homme ne se laisserait mouler, transformer, recréer sous ses doigts. Alan s'était construit lui-même sur des bases stables. Il y avait chez lui quelque chose d'inébranlable.

Et cette solidité qu'elle avait identifiée d'instinct ne faisait qu'accroître le désir qu'il lui inspirait.

Mais avec le désir vint la conscience d'une vulnérabilité. Comme si, dans ses bras, elle devenait si souple, si malléable qu'il pouvait l'arracher à elle-même et l'enchaîner à tout jamais.

— Alan…

Shelby fit appel à toutes ses forces pour résister. Alors que chaque pore, chaque cellule de son être ne demandait qu'à se rendre, à céder, à se laisser posséder par cet homme.

— Assez, chuchota-t-elle contre ses lèvres.

— Oh, non, pas assez… Jamais assez, rectifia-t-il en l'emprisonnant plus étroitement contre lui.

De nouveau, il l'entraînait vers le fond, dans des abîmes où elle n'avait plus ni contrôle ni repères.

— Alan, protesta-t-elle en se rejetant en arrière pour voir son visage, je veux que tu t'arrêtes.

Alan ouvrit les yeux pour la regarder. La respiration de Shelby était rapide et haletante et ses yeux gris restaient troublés. Mais il sentait une résistance réelle dans ses muscles, dans son corps qui se refermait au lieu de s'abandonner.

Il eut une bouffée de colère qu'il réprima sans trop de mal. Et un élan de désir qu'il eut plus de peine à endiguer. Mais il finit par la laisser aller.

— Très bien, j'arrête. Pourquoi ?

Shelby était quelqu'un de fondamentalement libéré en temps ordinaire. Elle ne se souvenait pas que quiconque eût jamais eu le pouvoir de lui faire perdre contenance. Mais après le baiser qu'ils venaient d'échanger, elle dut faire un véritable effort sur elle-même pour se détendre face à Alan.

— Rassure-toi, tes compétences ne sont pas en cause. Tu embrasses très bien, commenta-t-elle avec une désinvolture forcée.

— Pour un politicien ?

Shelby poussa un bref soupir et se redressa. Pourquoi fallait-il qu'il frappe juste chaque fois ? Et cela sans se donner trop de peine. Il était prétentieux, décida-t-elle. Prétentieux, trop sûr de lui, et effroyablement égocentrique.

L'appartement était quasiment plongé dans le noir. Elle alluma quelques lampes, sidérée que le temps ait pu passer aussi vite.

— Alan…, recommença-t-elle en cherchant vainement à se clarifier les idées.

— Tu n'as pas répondu à ma question, lui fit-il remarquer en se renversant contre les coussins.

Elle soupira de plus belle.

— Je n'ai peut-être pas été suffisamment claire, hier soir.

Il la regardait en silence, avec, dans les yeux, une expression d'intérêt poli qui lui donna envie de hurler. Ah, il était fort. Très fort.

Shelby se mordit la lèvre. Lui tenir tête ne lui aurait posé aucun problème si son fichu baiser ne l'avait pas laissée les nerfs à vif et le cœur battant comme un tam-tam.

— Tout ce que je t'ai dit hier soir, je le pensais, Alan.

— Moi aussi, j'ai été sincère… Mais peut-être que comme ton perroquet, tu as du mal à oublier les vieilles rancœurs ? suggéra-t-il en inclinant la tête, comme s'il la voyait soudain sous un nouvel angle.

Shelby se ferma aussitôt.

— Attention, tu vas trop loin, Alan, dit-elle.

— Je suppose que je touche de vieilles blessures, murmura-t-il, radouci.

La souffrance était là, réelle. Il la lisait dans ses yeux. Ainsi qu'une sourde colère mêlée d'impuissance. Même s'il avait tendance à oublier qu'il la connaissait depuis moins de vingt-quatre heures, Alan se rappela à l'ordre. Il n'avait aucun droit sur Shelby Campbell. Et certainement pas celui de forcer ses confidences.

— Je suis désolé, dit-il en se levant.

Ces simples mots d'excuse eurent un effet immédiat. Désarmée par son honnêteté, Shelby se détendit. Elle ne pouvait s'empêcher d'apprécier son attitude. Ce diable de politicien lui devenait presque sympathique. Comme si cela ne suffisait pas qu'il embrasse comme un dieu !

— Tu es pardonné, déclara-t-elle en quittant la pièce pour aller récupérer son polo dans le sèche-linge.

Elle vérifia que le vêtement était sec, puis retourna le lancer à Alan.

— Et voilà… Il est comme neuf. Et maintenant, je ne voudrais surtout pas te retenir.

Il ne put s'empêcher de rire.

— Voilà une bien subtile tactique pour expédier un visiteur.

Sans prendre la peine de dissimuler son sourire, Shelby soupira.

— Désolée. J'ai toujours été terriblement transparente. Passez une bonne soirée, monsieur le sénateur. Et soyez prudent en traversant la rue.

Alan enfila son sweat-shirt et se dirigea vers Shelby. Il avait toujours pensé que c'était un trait de caractère propre à son frère Caine de s'obstiner en cas de refus. Mais il commençait à se demander s'il ne s'agissait pas, tout compte fait, d'un défaut commun à l'ensemble des MacGregor.

— Tu sais que les Ecossais peuvent être très têtus, n'est-ce pas ? observa-t-il en s'immobilisant devant elle.

En guise de réponse, Shelby ouvrit la porte en grand.

— Je suis une Campbell. Comment l'ignorerais-je ?

— Parfait. Alors nos positions réciproques sont établies. L'avenir nous dira quel est le plus obstiné des deux.

Il lui prit le menton et le maintint fermement, le temps de lui prodiguer un baiser bref qui ressemblait fort à une promesse de guerre.

— A bientôt, Shelby.

Elle referma la porte derrière lui, se renversa contre le battant clos et poussa un long soupir tremblant. Une chose était certaine : cet homme-là promettait d'être une source de complications non négligeable. De toute évidence, elle n'avait pas fini d'entendre parler d'Alan MacGregor, sénateur du Massachusetts.

3.

Le lundi matin, Shelby fut trop occupée par ses clients pour penser aux événements du samedi précédent. D'heureux flâneurs avaient profité du temps ensoleillé pour mettre le nez dehors et la matinée fut particulièrement propice au commerce. Elle vendit plusieurs pièces, dont deux qui sortaient tout juste du four. Lorsque la boutique désemplissait et qu'elle avait un moment de libre, Shelby s'employait à percer une amphore qu'elle avait décidé de transformer en lampe. Rester assise sans rien faire aurait été impensable pour elle. Quant à ranger et à épousseter les rayons, c'était beaucoup trop fastidieux à son goût. Elle laissait ce soin à Kyle qui s'acquittait très volontiers de ces tâches.

Comme la journée de printemps était douce, elle avait ouvert en grand. Ainsi le passant, qui n'avait aucune porte à pousser, se laissait happer et entrait plus facilement. Shelby appréciait la chaleur venue du dehors et se laissait bercer par le son caractéristique des voitures roulant au pas sur les pavés ronds.

La plupart de ses visiteurs étaient de simples curieux qui faisaient le tour de la boutique sans avoir la moindre intention d'acheter quoi que ce soit. Mais Shelby les accueillait aussi volontiers que ses vrais clients. Elle aimait observer et laisser courir son imagination, fascinée par toutes ces vies entraperçues. Une dame avec un minuscule caniche vêtu d'un manteau tricoté main s'attarda pour bavarder. Puis vint un grand adolescent morose qui ne savait manifestement plus quoi faire de lui-même ni de son temps.

Shelby réussit à le faire parler de lui et finit par l'embaucher pour faire ses vitres. Pendant qu'elle choisissait un abat-jour pour sa lampe, le jeune s'attaqua à la vitrine, avec une radio portable posée par terre à côté de lui. Elle écoutait d'une oreille la musique qui se mêlait au son des voix des passants, elle captait des bribes de conversations venant de la rue. Elle tirait un fil électrique dans sa lampe lorsque Myra Ditmeyer entra, vêtue d'un tailleur rouge flamboyant avec rouge à lèvres assorti. Son parfum capiteux emplit aussitôt toute la boutique.

— Alors, Shelby ? Qu'est-ce que tes doigts agiles nous fabriquent de beau, aujourd'hui ?

Avec un sourire de bienvenue, Shelby se pencha par-dessus la caisse pour embrasser la joue poudrée de Myra. L'épouse du président de la cour suprême avait une énergie inépuisable et toujours quantité d'anecdotes drôles ou cruelles à raconter.

— En promenade, Myra ? Je pensais que tu serais chez toi, accaparée par le succulent repas que tu as l'intention de me servir ce soir à dîner.

Myra posa son sac en crocodile sur une chaise.

— Tout a déjà été prévu, rassure-toi. Pendant que nous parlons, mon cuisinier s'affaire. Et tu sais qu'on peut lui faire confiance.

— J'ai toujours adoré dîner chez toi, déclara Shelby en logeant une douille dans le haut de l'amphore. Tu m'as dit que maman venait aussi, je crois ?

— Oui. Avec Dilleneau, l'ambassadeur de France.

— Ah oui. L'homme aux grandes oreilles.

— Est-ce une façon de parler d'un diplomate ?

— Mmm… tout ce que je sais, c'est que je vois souvent ma mère en sa compagnie, depuis quelque temps. Je me demande si je ne vais pas bientôt avoir ce M. Dilleneau pour beau-père.

— Tu aurais pu tomber plus mal, fit remarquer Myra.

— Mmm…

D'un geste rapide, Shelby vissa l'ampoule.

— Et maintenant, dis-moi, Myra, qui as-tu prévu de me fourguer ce soir ?

La femme du magistrat suprême fronça les narines.

— Te « fourguer » ? Quel mot détestable !

— Pardon. Sur qui as-tu espoir de voir Cupidon décocher ses flèches ? rectifia Shelby docilement.

— Moqueuse, va ! De toute façon, tu ne sauras rien. J'ai l'intention de te faire une surprise. Tu as toujours aimé ça, non ?

— Les surprises ? Oui, parfois. Mais je préfère quand c'est moi qui les fais.

— Pour ça, je veux bien le croire, oui… Une fois — tu devais avoir huit ans, si mes souvenirs sont bons —, vous avez fait irruption dans le salon familial, Grant et toi, pour présenter un spectacle. Vous aviez dessiné des caricatures de certains ministres présents ce soir-là. Et le plus terrible, c'est qu'elles étaient ressemblantes.

— C'était l'idée de Grant, admit Shelby. Je lui en ai toujours voulu de l'avoir eue avant moi. Papa avait apprécié, en tout cas. Trois jours après, il en riait encore.

— Ton père avait un sens de l'humour extraordinaire, acquiesça Myra.

— Je me rappelle que tu as voulu acheter à Grant le portrait qu'il avait fait du porte-parole de l'Etat.

— Et le bandit a refusé de me le vendre. Tu imagines la valeur qu'il aurait aujourd'hui ?

Shelby sourit.

— Pas forcément. Ça dépend sous quel nom il l'avait signé.

— C'est vrai… Comment va Grant, au fait ? Je ne l'ai pas vu depuis Noël.

— Oh, comme d'habitude. Toujours aussi brillant. Toujours aussi grincheux et solitaire. Claquemuré dans son vieux phare et dans son anonymat. C'est un véritable ermite, mon frère. Mais j'ai l'intention d'aller le bousculer dans ses habitudes pendant deux semaines cet été.

Myra secoua la tête.

— Vivre aussi isolé à cet âge… Quel gâchis !

— C'est son choix, répliqua Shelby avec philosophie. Pour le moment, en tout cas.

Les deux femmes tournèrent simultanément la tête vers l'entrée de la boutique. Un jeune homme en uniforme de livreur hésitait sur le seuil.

— Je peux vous aider ? demanda Shelby.

— Mademoiselle Campbell ?

— C'est moi, oui.

Il entra avec un panier à la main.

— J'ai ceci à vous remettre.

— Merci.

Par automatisme, Shelby sortit un dollar du tiroir-caisse et le remit au livreur.

— De qui est-ce ? demanda-t-elle avec curiosité.

— Vous trouverez une carte à l'intérieur.

Shelby avait toujours aimé prendre son temps pour ouvrir un paquet. Elle faisait durer le suspense, se perdait en conjectures. Prenant le panier en osier, elle le posa sur son comptoir et l'examina avec attention, le menton calé dans la main.

— Hé, Shelby, arrête de nous faire languir, protesta Myra. Je meurs de curiosité, moi !

— Attends une seconde, murmura Shelby. Imagine que ce soit un pique-nique ? Ou un chiot, peut-être ?

Elle se pencha pour presser l'oreille contre une des parois en osier.

— Non, ce n'est pas un animal, ça ne bouge pas… Et ça sent… *Mmm*…

Avec un sourire gourmand, elle souleva le couvercle.

— Des fraises !

Le panier en était rempli. Des fraises magnifiques, parfumées, mûres à point. Et fraîchement cueillies, de toute évidence. Shelby en prit une et la huma longuement.

— Quel parfum ! murmura-t-elle, enchantée. Voilà une idée formidable.

Myra choisit une fraise à son tour et la porta à sa bouche.

— Mmm… un délice. Et tu ne te demandes pas qui te les envoie ?

— Bonne question.

Shelby sortit une enveloppe blanche du panier, la soupesa, l'examina sur tous les angles, puis la reposa délicatement sur le comptoir. Myra leva les yeux au ciel.

— Shelby ! Tu n'as tout de même pas l'intention de la laisser fermée jusqu'à ce soir ! N'oublie pas que la curiosité est mon principal défaut.

— Bon, bon, d'accord, céda-t-elle en décachetant l'enveloppe.

« Elles m'ont fait penser à toi.

Alan. »

Myra, qui l'examinait avec attention, vist d'abord la surprise marquer les traits délicats de Shelby. Puis le plaisir. Puis un mélange de regret, d'amusement et de discrète nostalgie.

— Ça vient de quelqu'un que je connais ? s'enquit-elle après quelques secondes de silence alors que Shelby regardait rêveusement devant elle.

— Pardon ? Euh, oui… Je pense que tu dois le connaître, oui.

Mais elle glissa de nouveau la carte dans l'enveloppe sans prononcer le nom de l'expéditeur de fraises.

— Myra, finit par soupirer Shelby, je crois que je suis dans de beaux draps…

— J'ai l'impression, oui. Eh bien, tant mieux. Il était grand temps que cela t'arrive. Qu'est-ce que je fais ? Je prends le risque de provoquer une crise en cuisine en rajoutant un invité de dernière minute sur ma liste pour ce soir ?

Shelby fut à deux doigts de dire oui. Puis elle se souvint de la profession d'Alan et secoua la tête.

— Non. Ce serait contraire à la plus élémentaire sagesse, ma pauvre Myra.

L'épouse du plus grand magistrat du pays secoua la tête avec philosophie.

— Et qu'est-ce qui est *conforme* à la plus élémentaire sagesse, à ton avis ? Il faut être jeune pour penser être à même d'en juger… A ce soir, 7 heures, donc.

Myra piqua une dernière fraise dans le panier, récupéra son sac, puis se retourna sur une impulsion.

— Au fait, Shelby, emballe donc cette lampe et amène-la ce soir. Tu la mettras sur mon compte.

Shelby sourit.

— Tu ne m'as même pas laissé le temps de la mettre en rayon. Mais tant pis. Je marque qu'elle est vendue.

Restée seule, elle pesta tout bas en contemplant le panier posé devant elle. Il ne lui restait plus qu'à appeler Alan pour le remercier. C'était le moins qu'elle puisse faire. Elle mordit dans une fraise et sentit les arômes ensoleillés lui chatouiller les papilles. Les yeux clos, elle ne put s'empêcher de penser à la façon dont Alan l'avait embrassée. A l'empreinte qu'il lui avait laissée en bouche, comme celle d'un fruit délicieux et défendu.

Pourquoi ne lui avait-il pas envoyé un banal bouquet de fleurs ? Si on lui avait livré une douzaine de roses, elle les aurait collées dans un vase pour les oublier aussitôt. Mais comment rester insensible à un homme qui pensait à vous faire porter un panier de fraises gorgées de soleil par une radieuse matinée de printemps ?

Alan savait ce qu'il faisait, bien sûr. Un homme comme lui devait être prompt à cerner une personnalité, à jauger un caractère. Shelby poussa un léger soupir et se mit à la recherche d'un carton pour sa lampe. Le fait qu'Alan l'ait si vite percée à jour la contrariait et la séduisait à la fois. Qu'on puisse voir clair en elle l'effrayait. Mais qu'y avait-il de plus fascinant, en même temps, que de se sentir aussi subtilement comprise ?

Laissant le couvercle du panier ouvert, Shelby tendit la main vers le téléphone.

Alan calcula qu'il lui restait environ un quart d'heure avant que les sénateurs ne soient rappelés dans l'hémicycle pour un scrutin public. Ce qui ne lui laissait pas beaucoup de temps pour réexaminer le texte sur les restrictions budgétaires qu'ils seraient appelés à voter. Qu'il faille limiter les déficits, il en était convaincu. Mais il estimait criminel de rogner sur un budget comme celui de l'éducation. Les parlementaires de la Chambre des Représentants avaient déjà rejeté le projet de loi en partie. Et Alan estimait qu'il bénéficierait sans doute d'un soutien suffisant pour faire prévaloir ses idées sur la question.

Une autre préoccupation, plus personnelle, lui tournait dans la tête. Quelques jours plus tôt, le président du Sénat l'avait pris à part pour lui laisser entendre à mots couverts que les espoirs du parti reposaient sur lui. Et qu'on souhaitait le voir entrer en lice à l'occasion des prochaines élections présidentielles.

Mais était-il prêt à faire le grand saut ?

Il avait de l'ambition, certes. Et une vision claire de la façon dont il souhaitait gouverner son pays. Mais, à trente-cinq ans, il pensait avoir encore quinze à vingt années devant lui avant de se jeter dans la course vers les sommets.

Alan soupira et se passa la main sur les paupières. Cette brusque accélération dans sa carrière le prenait au dépourvu. Il avait besoin de réfléchir clairement à ses priorités avant de prendre une décision.

Avec un léger sourire, Alan imagina la réaction de son père :

— Mon fils, le devoir t'appelle. Et tu reculerais devant ta mission, toi, un MacGregor ?

Pour Daniel MacGregor, il était évident que son fils aîné était appelé à devenir Président. Et Daniel aimait à penser qu'en bon patriarche, il tirait toujours les ficelles et que l'avenir de ses trois enfants reposait entre ses mains.

L'hiver dernier, il avait eu la double satisfaction d'apprendre qu'il allait devenir grand-père, et que Caine, son fils cadet, avait trouvé l'âme sœur. Alan, pour le coup, avait bénéficié d'un répit temporaire. L'attention de Daniel étant monopolisée ailleurs, la pression paternelle s'était relâchée ces derniers mois. Mais il savait que, tôt ou tard, il recevrait un coup de fil de semonce :

— Alan, mon fils, ta mère est désespérée que tes visites se fassent aussi rares. Elle s'inquiète à ton sujet. Quand penses-tu venir nous voir ? Et quand te décideras-tu à te marier et à devenir père ? Il faut bien perpétuer notre lignée. Et ta sœur ne peut pas faire tout le travail seule.

Alan ne put s'empêcher de sourire en songeant aux relances régulières que lui faisait son père. D'habitude les appels au mariage de Daniel le laissaient de marbre. Mais aujourd'hui, l'idée même d'union amoureuse éveillait en lui des échos inédits. Au seul mot de mariage, un visage, un parfum, une chevelure indisciplinée venaient tournoyer dans son esprit.

Absurde. Totalement absurde. Il ne connaissait Shelby que depuis trois jours. Comment pouvait-il fantasmer sur une relation durable avec une totale inconnue ? Si encore elle avait été son type — *la* femme dont il rêvait depuis toujours et qui se serait soudain incarnée devant lui ! Mais Shelby ne ressemblait en rien aux grandes filles blondes et sereines qui l'attiraient d'ordinaire. Et elle était tout le contraire d'une épouse idéale pour un homme politique. Tenir son rôle d'hôtesse l'ennuierait à mourir. Elle n'aurait ni la bonne grâce, ni la diplomatie ni le sens du devoir nécessaires.

Autre obstacle — et de taille, celui-là — elle ne voulait pas de lui. N'y avait-il pas une certaine ironie à méditer sur un avenir commun avec une femme qui n'accepterait même pas d'aller boire un café avec lui ?

Alan sourit et secoua la tête. Du fait même qu'elle le repoussait, Shelby le mettait au défi, bien sûr. Elle faisait appel à son côté combatif. Mais il n'y avait pas que cela. La personnalité compliquée de la jeune femme était également un mystère. Et il avait toujours eu plaisir à résoudre une énigme. Mais la curiosité seule ne suffisait pas à expliquer son attirance. C'était le rayonnement si particulier de sa personnalité qui le fascinait chez Shelby. Elle avait l'impétuosité de la jeunesse, le talent de l'artiste et l'éclat de la rebelle. Ses passions, elle ne les vivait pas à petit feu mais dans le bouillonnement et les flammes. Et malgré son tempérament volcanique, ses yeux pouvaient être calmes, gris et paisibles comme un après-midi d'hiver dans la brume.

Elle avait la bouche d'une petite fille et une allure de femme. Et une forme d'intelligence qui ne pouvait que se heurter à la sienne.

Et, néanmoins, l'attirance entre eux avait été forte, immédiate, indéniable.

Fallait-il conclure à un accident de parcours absurde ? Ou s'agissait-il d'un authentique coup de foudre ? Si Alan n'avait jamais cru jusqu'à présent que l'amour pouvait vous tomber dessus à la manière d'une révélation, il commençait à se poser sérieusement la question depuis que les pas de Shelby avaient croisé les siens. Il opposerait donc sa patience et sa ténacité à l'éclat et à l'énergie de la belle potière rousse. Et ils verraient bien qui des deux l'emporterait.

A supposer qu'entre l'huile et le feu, une victoire soit possible…

Le téléphone sonna sur son bureau. Se souvenant que sa secrétaire était absente, Alan pesta tout bas et décrocha.

— Allô ?

— Merci.

Il sourit et se renversa contre son dossier.

— Elles sont bonnes ?

Shelby prit un fruit et le glissa entre ses lèvres.

— Extraordinaires. Elles parfument toute la boutique. Si je ferme les yeux, j'ai l'impression d'être allongée dans un verger.

— Ça paraît plutôt sympathique.

Elle soupira.

— Tu uses de tactiques déloyales, Alan. Tu es censé frapper à coup de fleurs ou de bijoux. Je m'en serais parfaitement bien sortie si tu m'avais envoyé un gros diamant vulgaire ou une jungle d'orchidées rares.

62

De la pointe de son stylo, Alan tapota sur les documents qu'il était en train de parcourir.

— Je veillerai à ne t'offrir ni l'un ni l'autre. Quand allons-nous nous revoir, Shelby ?

Tentée — déchirée, même —, elle hésita quelques secondes. Alan n'avait ni l'attitude compassée ni la langue de bois du politicien de base. Mais était-ce une raison suffisante pour trahir un principe qu'elle avait appliqué toute sa vie ?

— Alan… ça ne peut pas fonctionner entre nous. Crois-moi, en te disant non, je nous évite bien des complications à l'un comme à l'autre.

— Tu ne me parais pourtant pas du genre à fuir les complications.

— Peut-être pas, non. Mais je fais une exception pour toi. Dans quelques dizaines d'années, lorsque tu auras une dizaine de petits-enfants et des crises de goutte, tu me remercieras de ma prudence.

— Tu as vraiment l'intention de me faire attendre quarante ans avant de dîner avec moi ?

Elle rit. Et le maudit à la fois.

— Le pire, c'est que j'aime bien ta manière de penser. Mais arrête de me faire du charme, Alan. S'il te plaît. Je ne reviendrai pas sur mon refus, de toute façon.

Il voulut insister mais le signal retentit, indiquant que les sénateurs avaient juste un quart d'heure pour se précipiter dans l'hémicycle.

— Il faut que je te laisse, Shelby. Nous reprendrons cette conversation plus tard.

— Non, répondit-elle — très fermement, cette fois. Ne reviens pas à la charge. Je serais obligée de te redire la même chose. Et je déteste me répéter, c'est d'un ennui mortel. Considère que je te rends un service en te disant non. Adieu, Alan.

Reposant le combiné, Shelby se mordilla la lèvre en refermant le couvercle du panier de fraises. Et voilà ! Fini. Terminé. Rupture consommée. Encore un peu, et elle sombrerait dans un accès de déprime. Ce qui serait radicalement contraire à sa philosophie de vie.

Il était temps — grand temps — d'oublier son sénateur et de revenir à elle-même.

Tout en s'habillant en vue du dîner chez Myra, Shelby écoutait la bande son d'un vieux film américain avec Humphrey Bogart dans le rôle titre. Elle était condamnée à se passer de l'image, en revanche. Son téléviseur ne fournissait plus que le son depuis deux semaines. Elle aurait pu le faire réparer mais n'en avait pas encore ressenti la nécessité. En vérité, ce poste aveugle lui convenait plutôt bien, tout comme son matou à l'œil bandé et son perroquet boudeur.

Tout en essayant de deviner au son ce qui se passait à l'écran, Shelby enfila une robe blanche ornée de dentelle datant des années trente. Même si l'après-midi avait été légèrement morose, elle se sentait de nouveau d'excellente humeur. Shelby avait toujours cru dur comme fer aux miracles de la volonté. Ne suffisait-il pas de *décider* que l'on n'était ni contrariée ni déprimée pour maintenir les pensées noires à distance ? De toute façon, elle avait été très claire avec Alan, cette fois-ci. Après ce troisième refus énergique, il ne reviendrait pas à la charge. Personne — pas même un politicien — ne pouvait être masochiste à ce point.

Quant au petit pincement de regret qu'elle éprouvait à l'idée qu'il n'y aurait plus de paniers de fraises ni de visites surprise, Shelby était convaincue qu'il s'évanouirait avant la fin de la soirée.

Elle enfila une paire de ballerines puis jeta quelques objets essentiels dans un sac brodé de perles : ses clés de voiture, un rouge à lèvres en fin de course et une moitié de rouleau de bonbons à l'anis.

— Tu n'as pas l'intention de sortir ce soir, Moshé ? demanda-t-elle au matou étalé sur son lit. Pas de vagabondage sur les toits au programme ? Bon… eh bien, à plus tard.

Elle posa son sac sur le carton contenant la lampe de Myra et s'apprêtait à soulever l'un et l'autre lorsqu'on sonna à sa porte.

— Tu attendais quelqu'un, Eulalie ? demanda-t-elle au perroquet indifférent qui se contenta de battre des ailes.

Hissant sa boîte sous le bras, Shelby alla ouvrir. Et ressentit un bonheur inattendu à la vue d'Alan. La réaction de joie ne dura qu'une fraction de seconde. Se ressaisissant, elle se planta devant lui pour lui barrer le passage.

— Tiens, tiens… encore une visite de voisinage ? Tu n'es pas habillé comme quelqu'un qui flânerait par hasard dans le coin, pourtant.

Alan laissa glisser les sarcasmes sur lui sans s'en émouvoir. Il avait capté la fugitive lueur de plaisir dans le regard de Shelby et se félicitait d'avoir marqué un point.

— En tant que serviteur de l'Etat, je me sens tenu d'économiser nos ressources naturelles et de protéger l'environnement.

— Pardon ?

Il sourit et lui glissa un brin de pois de senteur derrière l'oreille.

— Je te propose de profiter de mon véhicule pour faire le trajet jusque chez les Ditmeyer. Ça s'appelle faire du covoiturage et il n'y a pas plus écologique, comme façon de se déplacer.

Shelby se retint de porter la main à la fleur délicate dont elle percevait le parfum ténu derrière son oreille droite. Depuis quand était-elle si sensible à de petits gestes de galanterie comme celui-là ?

— Et en quel honneur irais-tu chez les Ditmeyer avec moi, Alan MacGregor ?

— Parce que j'y suis invité, pardi. Je n'ai pas l'habitude de me rendre chez les gens lorsque je n'y ai pas été convié. Tu es prête ?

Sourcils froncés, Shelby se demanda comment Myra avait réussi à remonter aussi rapidement jusqu'à l'origine du panier de fraises livré ce matin-là sous ses yeux.

— Je peux savoir *quand* Myra t'a demandé de venir dîner ce soir chez eux ? s'enquit-elle d'un ton méfiant.

— Tout à fait, oui. C'était la semaine dernière. Chez les Write.

Shelby se radoucit. Peut-être s'agissait-il d'une simple coïncidence, tout compte fait.

— Eh bien, j'apprécie ce geste de courtoisie, mais je préfère prendre ma propre voiture. Nous nous retrouverons à l'apéritif. Réserve-moi quelques toasts de caviar si tu arrives sur place avant moi.

Alan, une fois de plus, ne se laissa pas démonter par son refus.

— Si tu tiens à conduire toi-même, je monte avec toi. Il est de notre devoir, en tant que citoyens, de limiter nos émissions de monoxyde de carbone. Tu veux que je prenne ce carton pour le mettre dans ton coffre ?

Shelby retint son paquet d'une main ferme tandis que sa détermination, elle, faiblissait dangereusement. C'était ce fichu sourire sérieux et ce regard pensif qui causaient sa perte chaque fois. Cet homme avait l'art de vous donner l'impression que vous étiez la première femme au monde à compter *vraiment* à ses yeux…

— Alan, protesta-t-elle en secouant la tête, pourquoi cette insistance ?

Il se pencha pour lui effleurer les lèvres, s'attardant juste le temps qu'il fallait pour lui procurer un premier frisson.

— Disons que si tu étais une place forte, tu serais désormais en état de siège, Shelby Campbell. Et n'oublie jamais que les MacGregor avaient la réputation d'être des assiégeants redoutables.

Shelby lâcha une expiration tremblante qui vint se mêler au souffle brûlant d'Alan.

— Pour le siège, je ne sais pas, mais tu te débrouilles pas mal non plus dans le combat au corps à corps, MacGregor, murmura-t-elle.

Il rit. Et l'aurait embrassée de nouveau si elle n'avait pas réussi à s'esquiver juste à temps. En guise de stratégie défensive, elle lui fourra son carton dans les bras.

— Très bien. Nous ferons du covoiturage puisque tu as réussi à chatouiller ma conscience écologique. Mais nous prendrons ta voiture. J'aurai au moins l'avantage de boire un verre de vin supplémentaire.

— Tu as laissé ta télévision allumée, lança Alan en s'écartant pour la laisser passer.

— Aucune importance. Elle est cassée, de toute façon, cria-t-elle en dévalant l'escalier.

Le soleil se couchait lorsqu'ils sortirent dans la rue encore tiède. Le ciel assombri était d'un bleu très pur. Shelby suivit Alan jusqu'à son véhicule.

— Entendons-nous bien, monsieur le sénateur : j'accepte que nous fassions le trajet ensemble. Mais inutile de me considérer pour autant comme ta compagne attitrée pour la soirée. Disons que nous avons passé un accord de transport en commun transitoire. C'est assez bureaucratique pour toi, comme expression ? Ho, ho, j'aime beaucoup ta Mercedes. C'est délicieusement… tranquille, comme voiture.

Alan ouvrit le coffre pour y placer la lampe.

— Tu as une façon tout à fait charmante de sortir les pires vacheries, Shelby.

Elle éclata de son rire joyeux, un peu rauque qui, dès le premier instant, lui avait ensorcelé les oreilles.

— Tu sais que tu me plais vraiment, Alan ?

Jetant les bras autour de son cou, elle lui posa un baiser amical sur la joue. Puis elle rejeta la tête en arrière pour scruter ses traits.

— Oui, c'est vrai, j'ai de la sympathie pour toi, sénateur. J'aurais pu faire la même remarque à des quantités d'hommes qui n'auraient pas imaginé un instant que je me moquais d'eux.

Il fit glisser les mains sur ses hanches.

— Alors je marque un point pour ma perspicacité ?

— Entre autres, oui.

Le regard de Shelby glissa sur ses lèvres.

— Je vais le regretter amèrement plus tard, chuchota-t-elle, mais j'ai envie de t'embrasser encore une fois. Maintenant. Entre chien et loup.

Lorsque ses yeux gris revinrent plonger dans les siens, il vit qu'ils s'étaient assombris, exprimant un plaisir qui n'avait rien à voir avec la soumission.

— J'ai toujours eu la conviction absurde qu'on pouvait commettre les pires imprudences au crépuscule sans qu'elles portent à conséquence, murmura-t-elle en appliquant ses lèvres contre les siennes.

Violemment ému, Alan lutta contre la tentation de la serrer avec force contre lui. Cette fois, il la laisserait prendre les rênes pour les mener à sa guise. Et les conduire ainsi l'un et l'autre là où il ne demandait qu'à aller.

Dans la rue calme, le jour mourant jetait ses derniers feux assourdis. Quelque part au loin, on entendait un rire de femme, haut et clair. Une savoureuse odeur de cuisine italienne s'exhalait par une fenêtre ouverte en même temps qu'une vieille mélodie de Gershwin. Contre sa poitrine, Shelby sentait les battements rapides, réguliers du cœur d'Alan.

Retrouvant la saveur incomparable de son baiser, elle laissa échapper un petit son de gorge. *Mmm…* Elle avait de la peine à croire qu'elle ait pu vivre toutes ces années sans rien savoir des baisers d'Alan. Et il lui était encore plus difficile d'imaginer un avenir où ils n'auraient aucune place. Fermant les yeux, elle goûta le bonheur de sentir ses bras autour d'elle. Calmes et forts. Dangereux et rassurants à la fois.

Rassurants car ils semblaient écarter tous les périls du monde. Dangereux car ils l'entraînaient tout droit vers le gouffre qu'elle avait toujours si adroitement su contourner jusqu'à présent. Avec le corps d'Alan pressé contre le sien, elle pourrait basculer dans l'abîme sans même s'en rendre compte.

Et ne plus jamais en remonter.

Mais sa bouche était si tentante ; leur baiser si léger, si parfait — pétillant comme un vin clair. Et la fin du jour s'étirait toujours dans un entre-deux crépusculaire, tenant la nuit à distance. Elle s'adonna aux lèvres d'Alan plus longuement qu'il ne l'aurait fallu et moins longtemps qu'elle ne l'aurait aimé.

— Alan…

Elle soupira les deux syllabes de son prénom juste avant de rejeter la tête en arrière. Ils demeurèrent un instant les yeux dans les yeux, toujours serrés dans les bras l'un de l'autre. Elle scruta son visage et comprit qu'elle pouvait avoir une confiance absolue en cet homme.

Alors même que tout les séparait.

— Il va bientôt faire nuit, murmura-t-elle. Allons y.

Les derniers vestiges du jour éclairaient encore le ciel à l'ouest lorsque la Mercedes d'Alan s'immobilisa au bout de la longue allée bordée d'arbres centenaires qui menait chez Myra et Herbert. Admirant le jardin de rocaille au passage, Shelby repéra la Lincoln avec les plaques diplomatiques de l'ambassadeur de France.

— Tu connais Dilleneau ? demanda-t-elle en prenant la main d'Alan.

— Un peu. Sans plus.

Shelby souffla sur sa frange.

— Il est amoureux de ma mère. Ce n'est pas le seul, cela dit. Mais je crois que maman a un faible pour lui.

— Ça a l'air de t'amuser, commenta Alan en sonnant à la porte.

— Un peu, oui, admit-elle. C'est mignon. C'est assez déconcertant pour une fille de voir sa mère rougir en présence d'un homme.

Alan se tourna vers elle pour tracer du pouce le bord inférieur d'une pommette.

— Et toi ?

— Et moi, quoi ? demanda-t-elle, troublée, en oubliant instantanément sa mère et son ambassadeur.

— Tu rougis souvent en présence d'un homme ?

— Ça m'est arrivé une seule fois, improvisa-t-elle, consciente qu'elle devait parler à tout prix pour éviter de retomber dans les bras d'Alan... Il avait trente-deux ans et moi douze. C'était... euh... un réparateur de chaudière.

— Et comment a-t-il réussi à te faire rougir, cet heureux chauffagiste ?

— Je le regardais et il m'a souri. Il avait une dent de devant cassée et j'ai trouvé ça vertigineusement troublant.

Alan rit doucement et s'empara de ses lèvres juste au moment où Myra ouvrait sa porte.

— Tiens, tiens…

Leur hôtesse les considéra avec un sourire un peu trop satisfait au goût de Shelby.

— Bonsoir. Je vois que vous avez fait connaissance, tous les deux ?

— Qu'est-ce qui te fait penser une chose pareille ? riposta Shelby d'un ton détaché en passant le seuil.

Le regard de Myra glissa de l'un à l'autre.

— Y aurait-il, par hasard, une odeur de fraises dans l'air ? s'enquit-elle avec un sourire innocent.

Shelby resta imperturbable.

— Des fraises ? Quelles fraises ? Voici ta lampe, Myra. Où aimerais-tu qu'on te la mette ?

— Oh, pose-là dans l'entrée, Alan. Je m'en occuperai plus tard.

Myra leur prit à chacun un bras.

— Je suis ravie que nous nous retrouvions en petit comité, ce soir. C'est tellement plus pratique pour échanger les derniers potins… Herbert, mon chéri, Shelby et Alan sont arrivés. Prépare-nous encore deux de tes cocktails, tu veux bien ? J'ai découvert une petite liqueur de mûre artisanale dont vous me direz des nouvelles. Avec un bon champagne, c'est divin.

Shelby serra affectueusement le bras de Myra, puis se détacha pour aller embrasser le président de la Cour Suprême.

— Tu as encore fait une sortie en catamaran, Herbert, commenta-t-elle en pointant le coup de soleil que le magistrat avait sur le nez. Quand te décideras-tu à venir faire un essai de planche à voile avec moi ?

Herbert lui pinça gentiment la joue. Lorsqu'il souriait ainsi, avec cet air de bon grand-père paisible, on avait de la peine à se souvenir que le président de la Cour Suprême était à la tête d'une des instances les plus importantes du pays.

— Il n'y a que toi, petite fille, pour me donner l'illusion que je pourrais encore me tenir debout comme un jeune homme sur une de ces drôles de planches flottantes... Alan, sois le bienvenu, mon garçon. Je vous prépare vos cocktails.

— Hé, maman !

Shelby se penchait pour embrasser sa mère lorsqu'elle repéra ses boucles d'oreilles en émeraude.

— Elle sont superbes, dis donc. Tu les as soigneusement cachées jusqu'ici sinon il y a longtemps que je te les aurais piquées.

Les joues de Deborah s'empourprèrent délicatement.

— Antoine vient de me les offrir. Pour... euh... me remercier de l'avoir aidé à recevoir ses invités, à l'occasion d'une réception à l'ambassade de France.

Shelby se tourna vers l'homme de haute taille qui se tenait au côté de sa mère.

— Vous avez un goût très sûr, monsieur l'ambassadeur, déclara-t-elle en lui tendant la main.

Les yeux du diplomate pétillèrent lorsqu'il se pencha pour y porter les lèvres.

— Merci. Vous êtes ravissante, comme toujours, Shelby... Monsieur le sénateur, c'est un plaisir de vous rencontrer dans un contexte moins officiel qu'à l'ordinaire.

Deborah se tourna vers Alan avec un plaisir mêlé d'un discret étonnement.

— J'ignorais que vous connaissiez ma fille, monsieur MacGregor.

— Nous négocions en vue de conclure un traité de paix entre clans, Shelby et moi. Afin d'apaiser de très vieilles querelles.

Deborah haussa les sourcils sans comprendre.

— Il fait allusion à la rivalité qui opposait le clan des MacGregor à celui des Campbell, maman, précisa Shelby tout en acceptant le kir royal que lui tendait le président de la Cour Suprême.

— Oh, mon Dieu, oui, c'est vrai ! s'écria Deborah en souriant. Les MacGregor et les Campbell étaient des ennemis jurés. Mais j'ai oublié pour quelle raison ils se haïssaient jusqu'à s'entretuer.

— Les Campbell nous ont volé nos terres, expliqua Alan.

Shelby se percha sur l'accoudoir du fauteuil de sa mère et lui jeta un regard volcanique par-dessus le rebord de son verre.

— Ça, c'est votre version de l'affaire. Nous avons *acquis* les terres des MacGregor par décret royal. Et ils se sont montrés très mauvais perdants.

Alan eut un sourire pensif.

— Je serais curieux de t'entendre débattre de la question avec mon père.

Les yeux de Myra brillèrent.

— Quel beau match cela nous ferait. Je les imagine d'ici, pas toi, Herbert ? Daniel et Shelby… Roux, têtus et aussi impétueux l'un que l'autre. Tu devrais nous organiser ça, Alan.

— J'y avais pensé, justement.

Shelby haussa les sourcils.

— Ah, vraiment ?

— Je suis persuadé que la confrontation ferait des étincelles.

— J'ai déjà eu l'occasion de séjourner chez Daniel et Anna, à Hyannis, intervint Myra en lui tapotant la cuisse. C'est un lieu complètement anachronique. Tu ne pourrais que t'y sentir chez toi… Shelby a toujours eu un goût marqué pour tout ce qui sort de l'ordinaire, n'est-ce pas, Deborah ?

— C'est le moins qu'on puisse dire, oui, acquiesça sa mère. Mes deux enfants sont toujours restés un mystère pour moi. C'est peut-être parce qu'ils sont si brillants l'un et l'autre qu'ils ont du mal à se fixer… Vous n'êtes pas marié, non plus, Alan, n'est-ce pas ?

Shelby leva les yeux au ciel.

— Si vous voulez, je peux sortir un moment, le temps que vous fixiez le montant de ma dot.

— Shelby, je t'en prie ! protesta Deborah dans un murmure que couvrit le rire amusé d'Herbert.

— Vous n'imaginez pas, jolie Shelby, comme c'est difficile pour un parent de considérer ses enfants comme des adultes à part entière, intervint Antoine Dilleneau. J'ai deux filles qui sont elles-mêmes déjà mères et, néanmoins, je continue à m'inquiéter à leur sujet. Et vous, Myra, vous êtes grand-mère également, je crois ?

Shelby jeta un regard reconnaissant à l'ambassadeur de France pour la délicatesse avec laquelle il avait négocié le changement de sujet. Les yeux très bleus d'Antoine Dilleneau pétillaient avec un mélange de gaieté et de profonde gentillesse, pendant que Myra décrivait avec enthousiasme les premiers pas de son petit-fils.

Ils iraient bien ensemble, sa mère et lui. Deborah Campbell faisait partie de ces femmes qui ne s'épanouissaient complètement qu'au sein d'une vie de couple. Et elle avait été — et serait toujours — la femme de politicien idéale. Aucune des qualités requises ne lui faisait défaut : ni la grâce, ni la distinction, ni la patience.

Shelby soupira sans même s'en rendre compte. Comment sa mère et elle pouvaient-elles se ressembler comme deux gouttes d'eau et être néanmoins si différentes ? De loin, l'élégance, le cosmopolitisme, le train de vie élevé propres au milieu politique avaient tout pour fasciner. Mais pour elle qui avait connu cette vie de l'intérieur, une cage dorée n'en restait pas moins une cage. Elle ne se souvenait que trop bien des gardes du corps dont la présence, pour être discrète, n'en avait pas moins été pesante. A chaque réception, à chaque petite fête, il avait fallu filtrer les invités. Activer et désactiver des systèmes d'alarme. Et repousser les reporters qui semblaient toujours prêts à vous tomber dessus aux moments les plus inopportuns.

Tout ce déploiement de mesures de sécurité n'avait pas suffi pour autant à protéger la vie de son père. Même si un photographe avait reçu un prix prestigieux pour le cliché qu'il avait réussi à prendre du tireur en pleine action.

Shelby ne savait que trop bien ce qui se cachait derrière les grands dîners, les bals mondains, les beaux discours. Si la peur n'avait pas été omniprésente au cours de ses années d'enfance, elle n'en avait pas moins marqué son quotidien. Et l'actualité, depuis, n'avait cessé de le lui confirmer : nulle personne dotée d'un minimum de pouvoir n'était à l'abri d'un assassinat politique.

Si sa mère avait été taillée sur mesure pour mener ce genre d'existence, il n'en allait pas de même pour elle. Deborah était forte, sous son allure fragile. Mais ce stoïcisme maternel, Shelby ne l'avait pas reçu en partage. Jamais elle ne pourrait aimer un homme en sachant qu'elle risquait de le perdre dans des conditions terrifiantes.

Tout en écoutant d'une oreille les répliques qui fusaient autour d'elle, Shelby croisa le regard d'Alan par-dessus le bord de son verre. Il l'observait. Avec cette attention calme, réfléchie qu'elle avait d'ores et déjà appris à reconnaître. C'était comme s'il se livrait à un patient travail de décorticage dont elle aurait été la cible. Méthodique et structuré, il écartait, strate après strate, les différentes couches qui constituaient sa personnalité, déterminé à dégager le noyau secret qu'elle avait toujours su préserver.

« Tu n'as pas le droit d'essayer de me percer à jour comme ça, espèce de monstre. »

Elle faillit le tancer à voix haute. Mais même si elle réussit à garder le silence, Alan dut lire son indignation dans ses yeux car il lui sourit comme pour lui confirmer qu'il n'avait pas l'intention d'abandonner la partie.

Le siège était bel et bien en cours et il le conduisait de main de maître.

Shelby étouffa un second soupir. Les vastes réserves d'obstination dont elle disposait ne seraient certainement pas de trop pour résister à l'assaut.

4.

Cette semaine-là, Shelby travailla comme une possédée. De temps en temps — une fois tous les trois ou quatre mois en moyenne —, elle était prise ainsi d'une sorte de transe créative qui la maintenait rivée à son tour des jours d'affilée. Le four tournait presque vingt-quatre heures sur vingt-quatre et les œuvres prêtes à être plongées dans les bains d'émaillage s'accumulaient sur les planches de séchage. Sollicité, Kyle prit la relève à la boutique si bien que Shelby put s'enfermer comme une recluse dans son atelier. Elle y descendait tôt le matin et n'en ressortait qu'à la nuit tombée.

Autant le reconnaître : si elle s'était jetée à corps perdu dans la création, c'était essentiellement dans l'espoir d'éjecter Alan de ses pensées. Shelby se connaissait suffisamment pour voir clair dans ses propres stratégies défensives.

En règle générale, la méthode fonctionnait assez bien, d'ailleurs. Lorsqu'elle avait un problème à résoudre, elle s'absorbait corps et âme dans son travail pendant trois jours, en se vidant complètement la tête. Puis elle ressortait avec une solution constructive qui permettait d'aplanir la difficulté rencontrée.

Mais cette fois-ci, rien ne vint. Arrivé le vendredi soir, elle se retrouva épuisée, tarie, vidée de toute inspiration. Et cela sans avoir réussi à déloger Alan de la place où il s'était incrusté.

Elle avait pourtant su garder ses distances avec lui pendant le reste de la soirée chez les Ditmeyer. Bon, d'accord… après l'avoir raccompagnée chez elle, il s'était arrangé pour lui dispenser un de ces baisers dévastateurs dont il avait le secret. Mais il ne lui avait pas demandé de l'inviter à entrer. Et il s'était même laissé éconduire sans protester.

Shelby se serait réjouie de cette victoire si elle n'avait pas eu la distincte impression que ce recul apparent faisait partie de sa stratégie d'attaque. MacGregor l'Assiégeur brouillait les pistes pour mieux confondre l'adversaire.

Alan avait passé une partie de la semaine à Boston. Shelby le savait car il avait téléphoné pour l'en informer. Même si elle ne l'avait nullement encouragé à se manifester. Et encore moins à lui rendre des comptes sur la façon dont il occupait ses journées.

Apprendre qu'il disparaissait momentanément du théâtre des opérations lui avait tout de même apporté un soulagement temporaire. Tant qu'il se trouvait à Boston, elle ne risquait pas de le voir surgir sur le pas de sa porte à l'improviste. Elle pouvait marcher dans la rue sans risquer de le rencontrer. C'était toujours ça de gagné, même si Shelby avait conscience que le répit serait de courte durée.

Elle prit la ferme résolution de garder sa porte close s'il s'avisait de venir y frapper à son retour. Et se jura qu'elle tiendrait bon même s'il arrivait en armure et muni d'un bélier.

En milieu de semaine, Shelby reçut la visite d'un livreur. Il apportait cette fois une horreur : un cochon en peluche couleur lavande avec un sourire niais et de ridicules oreilles en velours.

Shelby avait tenté de jeter l'animal au fond d'un placard et de l'oublier. Mais en vain. Comment un homme comme

Alan avait-il deviné qu'elle résistait difficilement à l'attrait du grotesque ? Jamais l'idée d'acheter un cochon en peluche n'aurait dû traverser l'esprit d'un *parlementaire,* un digne représentant de la nation ! Elle était censée avoir affaire à un individu sérieux, carré, avec des idées conventionnelles et une imagination limitée à la portion congrue.

Qu'il soit capable d'un tel geste ne la laissait pas de marbre, bien sûr. Alan ne reculait devant rien, pas même devant la crainte du ridicule. Mais même si elle était séduite par son audace, Shelby refusait de se laisser émouvoir par un vulgaire jouet.

Elle baptisa le cochon « MacGregor » et lui offrit une place sur son lit. En se jurant que ce serait le seul MacGregor autorisé à partager ses nuits.

Si elle parvenait — par moments — à bannir Alan de ses pensées, il s'arrangeait pour hanter ses rêves. Elle avait beau travailler d'arrache-pied et sortir chaque soir avec des amis, il revenait l'envahir sitôt ses résistances endormies. Une nuit, elle rêva même qu'il s'était multiplié en douze exemplaires. Tous postés en bas de chez elle. Pas moyen de sortir sans se faire capturer. Pas moyen de rester à la maison sans que l'enfermement la rende folle.

Shelby se réveilla d'humeur noire et l'insulte aux lèvres. Ce jour-là, elle l'aurait volontiers étranglé. En fin de semaine, elle vota pour un nouveau train de mesures défensives : non seulement, elle n'accepterait plus aucune livraison, mais elle lui raccrocherait au nez s'il essayait d'appeler.

Si la patience et la raison n'avaient pas suffi à le décourager, il ne résisterait pas à une bonne dose de grossièreté. Même un « chien fou de MacGregor » finirait par s'incliner si la place forte se muait en forteresse imprenable.

Le samedi matin, après une semaine épuisante, Shelby s'accorda une journée de congé. En commençant par une grasse matinée amplement méritée. De toute façon, il n'aurait servi à rien qu'elle descende à l'atelier. Ses rayons étaient pleins à craquer et elle n'avait plus de place pour le moindre petit bol sur ses étagères.

Lorsqu'on sonna chez elle de bon matin, Shelby se leva dans un état semi-comateux et se traîna jusqu'à la porte. Clignant des paupières pour se protéger de la lumière matinale, elle ouvrit au joyeux livreur qui lui avait déjà apporté les fraises puis le cochon MacGregor.

— J'ai encore un truc pour vous, mademoiselle Campbell ! annonça-t-il avec un sourire jusqu'aux oreilles.

— C'est gentil… Merci.

Trop ensommeillée pour se souvenir de ses résolutions inébranlables, Shelby lui prit distraitement des mains deux douzaines de ballons roses et jaunes gonflés à l'hélium.

Lorsqu'elle réalisa ce qu'elle venait de faire, le livreur était déjà reparti en sifflotant.

— Oh, non ! pesta-t-elle en découvrant la petite carte blanche accrochée à un ruban.

Mais Alan pouvait toujours courir. Elle ne se donnerait même pas la peine de déchiffrer sa prose. De toute façon, elle n'avait pas besoin de lire son nom pour savoir d'où provenait ce cadeau absurde et encombrant. Il ne lui restait plus qu'une chose à faire, d'ailleurs : prendre une épingle et faire éclater les ballons un à un.

Furieuse, elle lâcha les ficelles nouées ensemble et les sphères jaunes et roses flottèrent paresseusement jusqu'au plafond. S'il croyait qu'il finirait par la séduire à force d'envoyer les objets les plus absurdes assortis de petits mots charmants, il… il ne se trompait pas tant que ça, au fond, admit-elle, exaspérée.

Shelby sauta pour essayer d'attraper la petite enveloppe blanche mais le carton était hors de sa portée. Jurant et pestant de plus belle, elle grimpa sur une chaise pour lire le mot d'Alan :

« Les jaunes sont pour le soleil ; les roses pour le printemps. Partage-les avec moi.

Alan. »

— Tu vas finir par me rendre dingue, marmonna Shelby, perchée sur sa chaise de cuisine avec les ballons dans une main et la carte de visite dans l'autre.

Comment pouvait-il viser tellement juste chaque fois ? C'était inhumain ! Quoi d'étonnant si elle se voyait tentée de rire aux éclats et d'envoyer son sacro-saint principe par-dessus les moulins ?

Le moment était venu de se montrer ferme — *très, très* ferme — avec Alan MacGregor. Shelby descendit de sa chaise et se croisa les bras sur la poitrine. Si elle se contentait de laisser faire sans réagir, il poursuivrait indéfiniment son manège. Il s'agissait donc de passer à la contre-offensive. Autrement dit, elle allait l'appeler et exiger qu'il arrête immédiatement ces gamineries. Lui assener sèchement qu'elle était à bout de patience… Non, mieux que cela même : lui déclarer qu'il l'ennuyait à mourir.

L'ennui serait bien plus rédhibitoire que l'énervement.

Résolue à agir sur-le-champ, elle entortilla les ficelles des ballons autour de son poignet et composa le numéro de téléphone privé d'Alan.

— Allô ?

Au son de sa voix, la colère de Shelby retomba si vite qu'elle n'eut même pas le temps de *commencer* à vitupérer quoi que ce soit.

— Alan ?

— Bonjour, Shelby.

81

La voix d'Alan était calme, profonde, avec un soupçon d'amusement qui perçait sous le sérieux apparent. Pourquoi avait-elle toujours eu un faible pour les hommes avec un rire dans la voix ?

— Alan, il faut que ça cesse.

— Que ça cesse ? Mais rien n'a encore commencé.

Serrant les poings, elle s'exhorta à être ferme.

— Je ne plaisante pas, Alan. Il ne faut plus que tu m'envoies des machins et des bidules. Je t'assure que tu perds ton temps.

— Pour toi, je le perds très volontiers. Comment a été ta semaine ?

— Surchargée. Ecoute-moi, maintenant : je…

— Tu m'as manqué.

Formulée avec simplicité, cette affirmation la coupa net dans son élan. Elle en oublia même le reste de son sermon.

— Alan… Arrête de dire des choses pareilles. *S'il te plaît.*

— Chaque jour, poursuivit-il, imperturbable. Et chaque nuit. Tu connais Boston, Shelby ?

— Euh… oui. Un peu.

Découragée par sa propre faiblesse, Shelby lâcha ses ballons et les regarda flotter librement. Alan, une fois de plus, avait usé d'armes déloyales. Comment était-elle censée lutter contre quelque chose d'aussi léger, d'aussi gracieux, d'aussi dansant que vingt-quatre ballons gonflés à l'hélium ?

— Je t'emmènerai à Boston en octobre. C'est une ville faite pour l'automne, lorsqu'elle sent les feuilles mortes et la fumée des feux de bois.

Shelby ordonna à son cœur indocile de cesser de palpiter si inconsidérément.

— Alan, je ne t'ai pas appelé pour que tu me vantes les charmes du Massachusetts. Je vais formuler ma position très clairement, cette fois : je ne veux plus que tu m'appelles, je ne veux plus que tu passes me voir et je ne veux plus… que… que…

Elle se tut, soupira. L'imagina à l'autre bout du fil, confortablement installé dans un fauteuil crapaud en cuir, à l'écouter avec un sourire patient aux lèvres, le regard calme et attentif.

— Et… et je ne veux plus que tu m'envoies ni des fruits des bois, ni une collection de peluches, ni rien qui y ressemble de près ou de loin ! explosa-t-elle. C'est clair ?

— Très clair. Tu veux bien passer la journée avec moi ?

Pourquoi, mais *pourquoi* ne se laissait-il jamais démonter ? Il ne pouvait donc jamais montrer ne serait-ce qu'un signe d'impatience ? Elle abhorrait les hommes flegmatiques !

— Alan !

— Nous appellerons cela une sortie expérimentale.

— Non ! gémit-elle en réprimant tant bien que mal le rire qui montait. Non, non et non.

— L'expression ne te paraît pas assez bureaucratique, conclut Alan.

Son ton était si paisible, si *sénatorial* qu'elle en aurait hurlé. Et néanmoins, elle ne s'était jamais sentie aussi proche du fou rire.

— Voyons, poursuivit-il pensivement. Que dirais-tu de : « excursion diurne de type activité de loisir en vue de favoriser les amitiés entre clans » ?

— Tu recommences à me faire du charme, marmonna-t-elle.

— Avec ou sans succès ?

Ignorant sa question, Shelby pinça les lèvres.

— Comment dois-je m'exprimer pour me faire entendre, Alan ?

Alan sourit. Ce qui le séduisait tant chez Shelby, c'était sa façon d'osciller en permanence entre la désinvolture et la froideur. Elle-même n'en avait sans doute pas conscience, mais elle était à la fois l'une et l'autre.

— A quelle heure puis-je passer te prendre, Shelby ?

A l'autre bout du fil, la jeune femme fronça les sourcils, se rembrunit, hésita.

— Alan… Si je passe un moment avec toi aujourd'hui, me promets-tu de ne plus rien m'envoyer par le biais de ce charmant jeune livreur ?

Il laissa passer un bref silence.

— Je pourrais te le promettre mais à quoi bon ? Tu sais bien ce que valent les promesses de politiciens.

Cette fois, ce fut plus fort qu'elle. Le rire l'emporta.

— Un point pour toi.

— C'est une belle journée, Shelby. Il y a plus d'un mois que je n'ai pas eu de samedi de libre. Viens avec moi.

Scrutant le ciel bleu par la fenêtre, Shelby se mordilla la lèvre. Refuser paraissait si mesquin. Si petit. Et suivre une ligne de conduite rigide n'avait jamais été dans ses cordes. Elle était censée, après tout, ne jamais en faire qu'à sa tête.

— Bon, c'est entendu. Je fais une entorse pour cette fois. Mais cela ne veut pas dire que je reviens sur mon principe de base. Nous sommes bien d'accord ?

— Si tu le dis… Qu'est-ce qui te ferait plaisir, Shelby ? L'exposition sur les primitifs flamands à la National Gallery ?

Un léger sourire joua sur les lèvres de Shelby.

— Je préfère le zoo, déclara-t-elle par pure provocation.

— Va pour le zoo, acquiesça-t-il sans l'ombre d'une hésitation. Je passe chez toi dans dix minutes.

Décidément, Alan MacGregor n'était pas le genre d'homme à se décourager facilement.

— Dans dix minutes ? Tu es fou ! Je ne suis même pas habillée !

— Dans ce cas, j'arrive dans la seconde.

Avec un éclat de rire, elle reposa le combiné.

— J'adore les serpents. Ils sont froids, poisseux, arrogants.

Le nez collé contre la vitre, Shelby s'intéressait à un boa à demi enroulé sur lui-même qui l'ignorait superbement. Alan la regardait faire avec amusement. Lorsqu'elle avait proposé le zoo, il s'était demandé s'il s'agissait d'une envie réelle ou d'une simple manœuvre dissuasive destinée à le décourager. Mais il aurait dû se douter que Shelby étant Shelby, les deux motivations seraient présentes à parts égales.

Par un samedi ensoleillé de mai, le zoo était aussi bondé que bruyant. Une foule dense se pressait dans la Maison des Reptiles qui retentissait des voix aiguës des enfants. Shelby ne semblait pas voir d'inconvénient à se trouver ainsi au coude à coude avec ses congénères humains tandis qu'elle se frayait un passage jusqu'au python.

— C'est incroyable comme il ressemble à notre représentant du Nebraska, commenta-t-il à voix basse.

Amusée par la réflexion d'Alan, Shelby rit doucement en tournant la tête vers lui. Un mouvement de foule derrière eux les rapprocha de la vitre et ils se retrouvèrent, soudain, dangereusement proches. Au lieu de détourner la tête, cependant, elle maintint son regard rivé au sien, laissant la tension du désir monter entre eux.

Qu'y avait-il donc de si particulier chez cet homme pour qu'elle soit constamment tentée de jouer avec le feu ? La ligne de conduite qu'elle s'était fixée était pourtant très simple : maintenir en toute circonstance une distance amicale avec

Alan. Sinon, la situation risquait d'évoluer rapidement vers un point de non-retour.

Un instinct très fort lui disait que si elle vivait une histoire avec lui, il ne la laisserait pas repartir facilement. Il avait une personnalité calme mais dominante. Et il était tout à fait capable de la prendre dans ses filets sans qu'elle voie la manœuvre venir.

Or elle n'avait pas affaire à n'importe quel politicien modeste à l'avenir plus ou moins obscur. Mais à un jeune sénateur avec l'envergure et l'ambition nécessaires pour envisager la présidence.

Ramenée à la réalité de la vocation d'Alan, Shelby s'exhorta une fois de plus à la prudence. Si elle voulait leur éviter de souffrir, elle devrait faire violence à sa propre nature et s'obliger à être raisonnable. Au moins le temps d'une balade au zoo.

— Il y a un monde fou, commenta-t-elle en riant.

Les cuisses d'Alan vinrent heurter les siennes lorsqu'un petit garçon le poussa sans ménagement pour se frayer un passage jusqu'au python.

— Plus notre visite ici se prolonge, plus j'apprécie les reptiles, déclara-t-il, amusé, les yeux plongés dans les siens.

— C'est vrai qu'ils sont fascinants. Ils ont pourtant une réputation détestable. Comment se fait-il que leur côté maléfique nous attire à ce point ?

Ils se retrouvèrent presque dans les bras l'un de l'autre tandis que de nouveaux spectateurs tentaient d'approcher des cages.

— Le serpent a tenté Eve et Eve a tenté Adam, murmura Alan.

Le cœur de Shelby battait si vite qu'elle en avait le vertige. Mais elle ne put se résoudre à se dégager de son étreinte.

— J'ai toujours pensé qu'Adam s'en tirait avec le beau rôle, dans l'histoire. Le serpent et la femme prennent tout le blâme. Alors que l'homme fait figure d'innocent.

— Innocent, peut-être, mais dépourvu de volonté. La femme fait de lui ce qu'elle veut, non ?

Sa voix, un peu trop rauque, un peu trop caressante, était devenue pur velours. Shelby frissonna. Elle se sentait de taille à résister à tous les serpents de la Création. Mais pas à Alan lorsqu'il la fixait avec cet air de gravité dans le regard.

Elle lui prit la main d'autorité et opéra un retrait stratégique.

— Sortons d'ici avant de mourir étouffés et allons voir les éléphants.

Lorsqu'ils émergèrent à l'air libre, Shelby continua à progresser d'un pas rapide, contournant des poussettes, se glissant entre les familles, évitant des enfants en bas âge pédalant sur des tricycles. Là où Alan aurait choisi de flâner, elle continuait de courir, le visage à demi dissimulé par une paire de lunettes de soleil à la forme résolument excentrique.

L'air tiède était gorgé d'odeurs — un mélange de crottin, de paille et d'exhalaisons animales. Un rugissement, un feulement, un aboiement ou un cri d'oiseau se faisait parfois entendre, couvrant le bruit des conversations et des rires surexcités d'enfants. Shelby se faufilait de cage en cage, les yeux écarquillés de plaisir à chaque nouvelle découverte.

— Tiens, regarde, elle me fait penser à toi.

Du doigt, elle montrait la panthère noire paresseusement étalée au soleil.

— Ah oui ? C'est le côté indolent ? Soumis ?

Shelby laissa échapper son joli rire sensuel.

— Soumis ? Oh, certainement pas, non, monsieur le sénateur. Elle est pensive, oui. Mais hautaine. Elle prend son mal en patience, mais ne se laisse pas dominer une seconde.

S'adossant contre la barrière, elle se tourna pour examiner Alan comme elle venait d'observer le grand félin.

— Il faut se méfier de son air calme. Ces grands chats sauvages semblent dépourvus d'agressivité. Rien ne les trouble, rien ne les excite. Mais si on pousse la provocation un peu trop loin, ils réagiront de façon fulgurante. Et meurtrière.

Alan lui prit la main pour l'entraîner de nouveau vers l'allée principale.

— Mais il en faut vraiment beaucoup pour les énerver, précisa-t-il avec un sourire en coin.

— Mmm… Bon, dans ce cas-là, allons admirer les macaques. Ils me font toujours penser à un hémicycle rempli de sénateurs en colère.

— Ça, c'est de la méchanceté gratuite, mademoiselle Campbell.

— Oui, je sais. Mais c'est plus fort que moi, par moments, admit-elle en laissant reposer un instant la tête contre l'épaule d'Alan. En temps normal, je ne suis pas quelqu'un d'agressif. Mais Grant et moi, nous avons hérité l'un et l'autre d'un fond de sarcasme — ou peut-être de cynisme. Je dirais que nous tenons cela de notre grand-père paternel. Lui, il a tout du grizzli que nous avons vu arpenter son espace tout à l'heure. Il est sombre, tourmenté, irascible.

— Et tu l'adores, ce papi Campbell.

— C'est vrai… Tiens, je vais t'acheter du pop-corn. Ce serait criminel de passer une journée au zoo sans mâchonner la dose de maïs soufflé réglementaire… Le grand format, oui, indiqua-t-elle au vendeur en sortant un billet froissé de la poche arrière de son jean.

Son sachet dans une main, elle rangea sa monnaie.

— Tu vois, Alan…

Se ravisant d'un coup, elle laissa sa phrase en suspens et se remit à marcher. Alan tendit la main pour puiser du pop-corn dans son cornet.

— Oui ?

— Non, rien, finalement. J'allais te faire un aveu. Puis je me suis souvenue que je n'étais pas très douée pour les confessions. Et nous n'avons pas encore vu les singes.

Il s'immobilisa.

— Tu ne crois quand même pas que je vais te laisser te dérober comme ça ? Maintenant que tu as commencé à parler, il va falloir lâcher le morceau, ma belle.

Un sourire joua sur les lèvres de Shelby.

— Alors je vais t'avouer mon noir secret : je t'ai traîné ici dans l'idée que tu t'y ennuierais à mourir. J'avais aussi l'intention de me comporter de façon parfaitement détestable.

— Tu as été détestable jusqu'ici ? s'enquit-il avec le plus grand sérieux. J'ai trouvé ta conduite très naturelle, dans l'ensemble.

Shelby fit la grimace.

— Aïe… Je ne sais pas si je dois considérer ça comme un compliment. Quoi qu'il en soit, j'ai la triste impression de ne pas avoir beaucoup avancé dans ma mission. Tu n'as pas du tout l'air prêt à renoncer à moi.

— Ah, tu trouves ?

Se penchant vers elle pour se resservir en pop-corn, il lui glissa à l'oreille :

— Et qu'est-ce qui te fait penser que tu n'as pas réussi à me décourager ?

Shelby se sentit rougir traîtreusement.

— Euh… c'est juste une intuition.

La voir embarrassée ravit Alan. Ce n'était pas à la portée de tout le monde de décontenancer Shelby Campbell.

— Tu es très intuitive, en effet. Car je ne t'ai pas encore dit une seule fois que j'avais envie de m'enfermer avec toi dans un lieu obscur, loin du monde, sur un lit tendu de draps clairs. Que je veux t'étourdir de baisers, de caresses et passer au moins deux nuits et deux jours d'affilée à faire l'amour avec toi.

Shelby soupira.

— Vaste programme. Mais j'aimerais autant que tu gardes ce genre de confidences pour toi.

— Comme tu voudras, acquiesça-t-il en lui glissant un bras autour de la taille. Je me tairai tant que nous serons ici.

Une lueur amusée pétilla dans les yeux de Shelby. Mais elle secoua la tête.

— Notre histoire ne se terminera pas par des baisers, des caresses et des nuits d'amour, Alan. C'est impossible.

— Nous avons des vues fondamentalement divergentes sur la question, objecta-t-il en s'immobilisant sur un pont qui enjambait un petit plan d'eau. Ce qui te semble impossible me paraît nécessaire. J'irais même jusqu'à dire inéluctable.

Plus troublée qu'elle ne l'aurait voulu, Shelby contempla un instant les cygnes qui flottaient à leurs pieds, irréels de blancheur et de grâce hautaine.

— Tu me connais mal, Alan. Une fois que j'ai pris une décision, je m'y tiens.

— C'est encore un point que nous avons en commun, Shelby. Pour deux ennemis jurés par tradition, nous sommes étrangement semblables.

A la claire lumière du jour, les cheveux de Shelby brillaient d'un éclat solaire. Alan les effleura du bout des doigts en se demandant à quoi ressemblerait sa capricieuse chevelure après l'amour. A des flammèches ardentes ? Aux feux de l'automne dans les forêts du Massachusetts ?

90

— J'ai eu envie de toi dès l'instant où je t'ai vue, Shelby. Et chaque seconde passée en ta compagnie creuse le manque et attise le désir.

Elle tourna les yeux vers lui, étonnée, touchée — presque conquise. Ce n'étaient pas des paroles en l'air qu'il prononçait. Alan MacGregor n'était pas homme à parler pour ne rien dire.

— Et lorsque je ressens un élan aussi fort pour quelqu'un ou quelque chose, poursuivit-il en lui effleurant la joue, je n'ai pas l'habitude de me détourner pour passer mon chemin.

Les lèvres de Shelby s'entrouvrirent d'elles-mêmes lorsque le pouce d'Alan glissa sur sa bouche. Faisant un effort désespéré pour se ressaisir, elle se servit en pop-corn et lui jeta un regard désinvolte.

— Donc, tu déploies toute ton énergie pour me convaincre que ton désir est réciproque ?

Un sourire, lentement, se dessina sur les traits d'Alan. Tant de certitude y transparaissait qu'elle se sentit clouée sur place, la bouche sèche et le cœur battant.

— Je n'ai pas besoin de te convaincre que tu as envie de moi. Ça, tu le sais déjà. Il faut juste que je parvienne à te démontrer que la position que tu as adoptée vis-à-vis de nous est contre-productive et ne sert qu'à retarder inutilement un processus déjà en marche.

Il était décidément très fort. Un frisson de désir parcourut Shelby. Comme il aurait été tentant de se laisser aller à être faible. Tentant de se rendre. Tentant d'adhérer aveuglément aux certitudes de cet homme. Les lèvres d'Alan étaient proches des siennes à les toucher. Mais il restait prudent, attentif à ne pas la brusquer.

Alan serait toujours circonspect en public. Elle-même, en revanche, ne prendrait jamais de précautions particulières.

Ils étaient si peu faits l'un pour l'autre que c'en était absurde. Absurde, exaspérant et merveilleux à la fois.

Le problème, c'étaient ses yeux surtout. Son regard à lui seul semblait récuser d'avance tous les arguments logiques qu'elle lui opposerait.

Alors que Shelby hésitait, déchirée entre la tentation de se réfugier dans ses bras et le réflexe de fuite, elle sentit qu'on tirait avec impatience sur son T-shirt.

Baissant les yeux, elle vit un petit garçon asiatique d'environ huit ans, très déterminé à attirer son attention. Il se mit à lui parler dans sa langue, avec des gestes des bras et diverses mimiques expressives.

— Voyons… je ne comprends pas un mot de ce que tu me dis. Mais tu as un problème, apparemment ?

Avec un sourire amusé, Shelby se dégagea des bras d'Alan pour s'accroupir devant le petit garçon. Sa première pensée fut qu'il avait perdu ses parents. Mais ses grands yeux noirs exprimaient la contrariété et non la peur. Il émit une nouvelle salve d'explications — en coréen, semblait-il. Puis, se voyant incompris, il soupira, montra les deux pièces de cinq cents qui reposaient sur sa paume tout en désignant de l'autre main le distributeur de nourriture pour les oiseaux.

Shelby sourit. Il avait la somme nécessaire mais pas la bonne pièce. Elle porta la main à sa poche mais Alan avait déjà sorti dix cents de la sienne. Avec le plus grand sérieux, il montra par gestes que les deux sommes étaient équivalentes. Le regard du petit garçon s'éclaira et il procéda à l'échange.

Alan accepta gravement et s'inclina. L'enfant prononça quelques mots, lui rendit son salut puis partit en courant vers le distributeur.

Ils s'attardèrent pour regarder le garçon lancer de la nourriture aux cygnes. Shelby songea qu'un autre homme, à la place d'Alan, aurait sans doute fait don de la pièce à l'enfant — ne fût-ce que pour impressionner par sa générosité la femme qui se trouvait avec lui. Alors qu'Alan avait été sensible à la fierté de l'enfant. Il avait procédé au troc en marquant bien qu'il s'agissait d'une transaction d'homme à homme. Et cela, avec beaucoup de simplicité, sans qu'un mot n'ait été prononcé de part et d'autre.

En appui contre la rambarde du pont, Shelby vit les cygnes placides se mettre en mouvement et ployer leurs longs cous pour tenter de rafler la nourriture sous le bec de leurs congénères. Debout derrière elle, Alan avait posé les mains de chaque côté des siennes. Toute à la calme magie de l'instant, Shelby se renversa contre lui et appuya la tête dans le creux confortable entre la mâchoire et l'épaule.

— Quel après-midi magnifique, murmura-t-elle.

Alan frotta sa joue contre ses cheveux.

— La dernière fois que j'ai été au zoo, je devais avoir douze ans. C'était à New York, avec la famille au grand complet. En tant qu'aîné, je me suis senti tenu de traîner une tête de six pieds de long pour bien montrer à quel point tous ces « trucs de gamins » m'ennuyaient. Je me trouvais infiniment trop adulte et évolué pour m'intéresser aux lions et aux tigres. Alors que mon père n'a pas eu ces scrupules, lui ! Il s'est amusé comme un enfant… C'est étonnant, cette phase que l'on traverse, en pleine préadolescence, où l'on estime avoir laissé son enfance derrière soi.

— Oui, j'ai eu une crise de ce genre qui a duré environ six mois. J'appelais ma mère par son prénom et je me considérais comme une adulte.

Le visage enfoui dans ses cheveux, Alan rit tout bas.

— Mmm… Tu avais quel âge ?

— Treize ans. Et j'y croyais dur comme fer. Je prenais un ton affreusement distingué : « Tu vois, Deborah, je pense que je vais me faire faire des mèches, la prochaine fois que j'irai chez le coiffeur. » Maman a été parfaite. Au lieu de jeter les hauts cris sur ces histoires de mèches, elle me complimentait sur mon sens des responsabilités, se réjouissait de me voir si avancée pour mon âge, insistait sur le fait que d'autres filles se seraient montrées frivoles ou gâtées, là où j'étais, moi, si évoluée, si raisonnable.

— Et tu étais tellement heureuse de te sentir comprise que tu en oubliais le coiffeur, c'est ça ?

— Bien sûr.

Avec un rire joyeux, Shelby glissa son bras sous le sien et ils reprirent leurs errances dans les allées du zoo.

— Ma mère était très forte, en fait. Je ne m'en suis rendu compte que bien plus tard, avec le recul. Mais elle a réussi à maintenir le cap sans nous braquer pour autant. Un bel exploit quand on pense que nous n'étions faciles ni l'un ni l'autre, Grant et moi.

— Grant te ressemble ?

— Grant ?

Shelby réfléchit quelques secondes.

— D'une certaine façon, oui. Mais lui, c'est un grand solitaire alors que j'ai besoin d'avoir du monde autour de moi. Quand Grant est en compagnie, il observe. Plus que cela même : il s'imprègne et absorbe. Et après il peut fonctionner en autonomie pendant des semaines, voire des mois. Moi, non. Je ne supporterais pas de vivre dans un coin perdu comme lui.

— Mais même si tu es comme un poisson dans l'eau au milieu de la foule, tu veilles jalousement sur ton territoire. Je n'ai pas l'impression que tu acceptes de le partager facilement… Pas avec un homme, en tout cas, précisa-t-il en scrutant son profil.

Le premier réflexe de Shelby fut la colère. Mais elle la contint pour lancer une riposte plus subtile.

94

— Tu généralises parce que je ne veux pas de toi. Mais qui te dit que je ne me laisse pas approcher par d'autres ?

— Je ne dirais pas que tu ne veux pas de moi. Je dirais que tu me tiens à distance. La nuance est de taille.

Comme elle ne répondait pas, il lui prit la main et la porta à ses lèvres.

— Je me permets de souligner, d'autre part, que nous sommes ici ensemble, non ?

— Mmm... Si l'on veut, oui.

Shelby laissa errer un regard amusé sur la foule autour d'eux.

— Mais le contexte n'est quand même pas des plus intimes.

— La foule est notre élément, Shelby.

— C'est vrai. Tu es un homme public, Alan. Un représentant du peuple censé te comporter correctement en toute circonstance.

Avec un pétillement malicieux dans le regard, elle s'arrêta au beau milieu de l'allée bondée de contribuables et noua les bras autour de son cou.

— Alors, monsieur le sénateur ?

Persuadée qu'il secouerait la tête avec impatience ou qu'il se dégagerait en riant pour reprendre leur progression, elle attendit sa réaction. Mais à sa grande surprise, Alan la maintint sur place. Indifférent aux badauds, il se pencha sur son visage, si près que leurs lèvres se touchaient presque. Son regard plongé dans le sien exprimait une promesse qui fit battre le cœur de Shelby plus vite. Les yeux sombres d'Alan parlaient le langage de la passion et de l'intimité. Et elle restait sans argument face à ce discours muet qui court-circuitait sa raison pour s'adresser à la part la plus vivante, la plus indisciplinée d'elle-même.

Comme il avait été prompt à retourner sa petite provocation contre elle ! Sans doute avait-elle eu tort d'oublier qu'il était fin stratège. Et qu'un homme tel que lui choisirait d'agir sur le fond plutôt que sur la forme…

L'instant se prolongea, gagnant en intensité. Même si la scène ne dura que quelques secondes, Shelby oublia le reste du monde. L'échange entre eux fut bref et sans paroles. Mais il la bouleversa de la tête aux pieds. Le regret de ce qui aurait pu être et qui ne serait pas lui étreignit presque douloureusement le cœur. Avec un soupir de regret, elle se détacha de ses bras.

— Je pense que nous ferions mieux de prendre le chemin du retour, Alan.

— Il est déjà trop tard pour revenir en arrière, grommela-t-il d'une voix tendue tout en l'entraînant à grands pas vers le parking.

Shelby haussa les sourcils. Rêvait-elle ou Alan-le-flegmatique avait-il eu un mouvement *d'humeur* ? A quelques reprises, déjà, elle avait cru déceler une brève lueur de contrariété dans son regard. Mais il se ressaisissait toujours si vite qu'elle s'était demandé s'il ne s'agissait pas d'un simple effet de son imagination.

Cependant cette fois, c'était sûr : elle venait de mettre le doigt sur une faille. Jusque-là, la patience d'Alan lui avait paru inaltérable. Face à ses attaques les plus virulentes, il avait toujours gardé une façade sereine. Mais la preuve était faite, désormais : il n'était pas aussi calme et impavide qu'il voulait le laisser croire.

Et si elle parvenait à provoquer une réaction de colère franche ? Ne lui claquerait-il pas la porte au nez de façon définitive ?

Shelby jeta un regard en coin à l'homme qui marchait à son côté. Il était temps — grand temps — pour elle de trouver le moyen de le dégoûter d'elle. Car, au rythme où elle faiblissait, elle risquait de s'attacher à lui avant même d'avoir vu le danger arriver.

A supposer, du moins, que le mal ne soit pas déjà fait.

Car elle avait réussi à le tenir hors de son lit, d'accord. Mais l'abstinence suffisait-elle à la mettre à l'abri ? Alan ne l'affectait pas que physiquement. Il la touchait sur des plans infiniment plus subtils. Et infiniment plus redoutables, aussi.

Autrement dit, elle courait droit à la catastrophe si elle ne prenait pas des mesures immédiates et radicales.

A ce stade, déjà, une rupture entre eux serait douloureuse. Mais une séparation rapide aurait l'avantage de prévenir des souffrances ultérieures autrement plus compliquées à gérer.

Il ne lui restait donc plus qu'une chose à faire : taper sur les nerfs d'Alan. Grimaçant un sourire, Shelby monta dans la Mercedes. S'il y avait une chose qu'elle avait toujours très bien su faire, c'était exaspérer son prochain.

— Sympa, cette petite sortie, commenta-t-elle d'un ton léger pendant qu'Alan faisait sa marche arrière. Je suis contente que tu aies insisté pour me tirer hors de chez moi. Je n'avais strictement rien d'intéressant à faire jusqu'à ce soir 19 heures.

Alan passa une vitesse et se dirigea vers la sortie du parking.

— Je suis ravi d'avoir pu t'aider à combler un creux dans ton emploi du temps, Shelby.

Alan lui jeta un regard en coin. Le souvenir du moment où il l'avait tenue dans ses bras au cœur de la foule continuait à le travailler. Quelque chose de fort avait circulé entre eux. Mais il ne se sentait pas apaisé pour autant. Plutôt tenaillé, au contraire. Par une impatience qui ne lui ressemblait pas.

— En fait, tu es d'une compagnie plutôt plaisante, pour un politicien, poursuivit Shelby en baissant sa vitre.

Plaisante, vraiment ? Elle songea aux dix secondes qu'ils avaient passées à se regarder dans les yeux. Si Alan s'avisait de se montrer un peu plus « plaisant » encore, elle tomberait amoureuse de lui pour de bon. Et ce serait le désastre assuré.

— Il est vrai que j'ai été plutôt agréablement surprise. Tu n'es ni pontifiant ni excessivement rasoir, ni rien de tout cela.

Il lui jeta un regard plutôt froid.

— C'est un compliment ?

— Tout à fait, oui. Je crois même que je voterais pour toi si j'avais un choix à faire.

Immobilisé à un feu rouge, Alan pianota du bout des doigts sur le volant.

— Tes insultes sont moins subtiles qu'à l'ordinaire, Shelby.

— Mes insultes ? Mais je te flatte, au contraire. Car le but du jeu, il est bien là, non ? Gagner ? Se faire élire ?

Le feu resta au vert pendant cinq bonnes secondes avant qu'Alan ne songe à passer la première.

— Je te conseille de faire attention à ce que tu dis, Shelby.

Elle déglutit. La manœuvre fonctionnait au-delà de toute espérance. Mais elle ne prenait aucun plaisir à se montrer odieuse. Pire même, elle se serait volontiers giflée.

— Hou là ! Mais c'est qu'on est bien susceptible, tout à coup, s'esclaffa-t-elle. Enfin… je te pardonne. Cela ne me dérange pas que tu sois irritable.

— Ce n'est pas une question de susceptibilité, Shelby. J'observe simplement que tu as réussi à te rendre détestable.

— Tiens, tiens… le côté sénatorial reprend le dessus, tout à coup ? ironisa-t-elle. On se met à porter des jugements froidement conventionnels ?

Elle se força à regarder ostensiblement sa montre lorsqu'il se gara devant chez elle.

— Parfait, le timing. Cela me laisse juste le temps de prendre un bain avant de ressortir pour m'amuser.

Shelby se pencha pour lui effleurer la joue d'un baiser indifférent et descendit de voiture.

— Bon, eh bien, *ciao,* Alan. Et à un de ces quatre, peut-être.

Dégoûtée par le numéro peu reluisant qu'elle venait de lui jouer, Shelby gravit d'un pas pesant l'escalier qui menait à son appartement. Elle arrivait en haut des marches lorsqu'il la rattrapa par le bras.

— Que signifie cette comédie ?

Choquée par sa brutalité, elle pivota pour lui faire face.

— *Quelle* comédie, s'il te plaît ?

— Arrête ton cinéma, Shelby, O.K. ?

Elle poussa un discret soupir, comme si elle avait affaire à un gentil gêneur un peu trop insistant.

— Atterris, mon vieux, d'accord ? Nous avons passé un moment plaisant ensemble, c'est vrai, riposta-t-elle avec désinvolture en ouvrant sa porte. Mais ça ne nous engage en rien pour l'avenir.

Alan la retint d'une main ferme lorsqu'elle voulut se glisser à l'intérieur. Il reconnaissait en lui les signes avant-coureurs d'une colère explosive. Tout comme son frère Caine, il avait hérité du caractère emporté de leurs ancêtres. Mais il était rare qu'il cède à ses accès d'humeur. Garder son calme était devenu pour lui comme une seconde nature.

Luttant pour maîtriser le volume de sa voix, il resserra sa pression sur le poignet de Shelby.

— Et maintenant, mademoiselle Campbell ?

Elle haussa dédaigneusement les sourcils.

— Et maintenant, quoi ? Tu m'as demandé de t'accorder quelques heures et je te les ai données. Nous nous sommes baladés, nous avons bien ri, d'accord. Mais je ne vois pas pourquoi je me sentirais moralement tenue de coucher avec toi pour autant.

La réaction à ses paroles, Shelby la vit d'abord dans le regard d'Alan. Et la colère qui l'obscurcissait était si violente qu'elle recula d'un pas. La gorge sèche, elle se demanda comment elle avait pu croire que le pousser à bout servirait ses desseins...

— Parce que tu penses que c'est tout ce que j'attends de toi ? Si j'avais eu simplement envie de faire un tour dans ton lit, j'y serais déjà, Shelby.

Incrédule, elle vit une fureur noire décomposer ses traits.

— Qu'est-ce qui te permet de l'affirmer ? J'ai encore un avis à donner, non ? protesta-t-elle d'une voix étouffée.

Shelby ne savait même plus si c'était la peur ou l'excitation qui lui coupait le souffle.

— Ton avis ? Je m'en moque. Ce sont tes réactions physiques qui m'intéressent. Et ton corps m'a dit oui dès le premier soir chez les Write, Shelby Campbell.

Lorsqu'il fit un pas en avant, le premier réflexe de Shelby fut de reculer pour se plaquer contre la porte. Le battant s'ouvrit sous la pression et Alan la retint juste au moment où elle allait tomber en arrière. Ils se retrouvèrent dans l'appartement, étroitement enlacés. Shelby rejeta la tête en arrière, furieuse de sentir ses jambes se dérober. Un mélange de terreur et de désir accélérait les battements de son cœur. Le sang bondissait dans ses veines telle une coulée de lave brûlante.

— Alan ! Tu ne peux pas...

— Qu'est-ce que je ne peux pas ?

Alan avait l'impression de suffoquer. Il connaissait le désir et il connaissait la rage. Mais il n'avait jamais expérimenté les deux ensemble avec une pareille intensité.

— Tu sais pertinemment que j'aurais pu coucher avec toi si je l'avais voulu ! vociféra-t-il en lui encerclant le cou d'une main. Même maintenant, tu as envie de moi. Je le vois dans tes yeux, je le sens.

Shelby secoua la tête mais ne parvint pas à se libérer pour autant. Comment avait-elle pu oublier la panthère qu'elle avait elle-même identifiée en lui ?

— Non, je n'ai pas envie de toi ! protesta-t-elle, offusquée.

— Tu mens. Tu crois vraiment que tu peux me parler impunément comme tu m'as parlé pendant le trajet du retour, Shelby ? Tu penses que tu peux dénigrer mon action, me pousser à bout et t'en tirer avec un petit sourire insolent et un « *ciao*, à un de ces quatre » ?

Elle tenta de déglutir, mais sa bouche resta sèche, sa gorge brûlante.

— Je ne te dois rien, Alan — strictement rien. Tu te comportes comme si je t'avais encouragé alors que j'ai toujours tout fait pour te tenir à distance, objecta-t-elle froidement. Lâche-moi maintenant.

— Je te lâcherai quand j'en aurai envie.

Incapable de faire un geste pour l'arrêter, elle vit sa bouche se rapprocher de la sienne. Mais alors même qu'elle retenait son souffle dans l'attente d'un baiser, il suspendit son mouvement. Dans ses yeux sombres, elle ne voyait plus que son propre reflet et l'éclat de sa fureur. Elle songea à la panthère noire. Au héros de roman, tourmenté et colérique, auquel il lui avait fait penser lorsqu'elle l'avait rencontré pour la première fois.

Alan la secoua par les épaules.

— Tu crois que ça m'amuse de me sentir attiré par quelqu'un comme toi ? Tu es la dernière personne que j'aurais retenue si on pouvait choisir ses partenaires selon des critères un tant soit peu objectifs. Tu n'as rien de ce que je recherche d'habitude chez mes compagnes. Tu ne respectes aucune des valeurs qui donnent un sens à ma vie !

Shelby se sentit pâlir. Les paroles d'Alan lui faisaient l'effet d'une gifle. Elle aurait voulu hurler que c'était faux, injuste, mensonger. Alors qu'elle savait aussi bien que lui qu'elles reflétaient une réalité incontestable.

— Je n'ai pas honte d'être qui je suis, riposta-t-elle avec violence. Tout ce que je suis devenue, je l'ai choisi. Je ne te demande rien, Alan. Alors de quel droit viens-tu me lancer à la figure que je ne corresponds pas à tes sacro-saints critères ? Va, cours, précipite-toi pour en trouver une autre. Tu n'as que l'embarras du choix. Des taillées-sur-mesure pour sortir avec un sénateur, tous les cocktails mondains de Washington en regorgent !

Les doigts d'Alan s'enfoncèrent dans ses épaules comme s'il avait voulu lui broyer les os.

— La question n'est pas là, Shelby. Ose me dire encore une fois que tu n'as pas envie de moi. Ose le dire...

Dans le bref silence qui suivit, elle entendit le bruit de son propre souffle, qui s'échappait par à-coups, comme une suite d'explosions brèves. Elle avait toujours su que le mensonge avait ses limites.

Ce qui ne l'empêcha pas de soutenir son regard avec impudence.

— Je n'ai pas envie de toi, Alan.

Ce déni éhonté s'acheva sur un gémissement de désir lorsqu'il s'empara de sa bouche. Shelby se souvint du premier baiser d'Alan. De sa lenteur. De ses délices. De la façon magistrale dont il avait apprivoisé ses lèvres. Aux antipodes de cette douceur, il prenait à présent possession de sa bouche, la dominant comme aucun homme jamais n'avait osé le faire.

Et pourtant l'idée de protester ne lui traversa même pas l'esprit. Non seulement elle fit face à sa colère, mais elle l'accueillit avec la virulence d'un désir qui s'exacerbait, se muait en passion dévastatrice. A la fureur d'Alan, elle opposait un brasier. Accrochée à ses épaules, elle l'embrassait comme si sa vie en dépendait.

102

Sans remords et sans regrets. Elle était là où elle voulait être. Et il n'y avait plus d'avant, ni d'après, ni d'ailleurs.

Alan sentait la bouche de Shelby s'animer sauvagement sous la sienne, comme en réponse à sa rage possessive. Elle aspirait, exigeait, ne demandait qu'à envahir et à être envahie. Il aurait pu se contenter de ces lèvres ardentes, mais il voulait plus encore qu'un baiser. Déterminé à dominer, à soumettre, il glissa une main sous son T-shirt, sentit la chaleur de sa peau sous ses doigts.

Elle était si mince, si fragile. Mais si elle ployait comme un roseau dans son étreinte, son cœur sous sa paume battait avec la force d'un coureur de marathon. Elle se pressa contre lui, s'étira, gémit. Les sens d'Alan s'exacerbaient. Tout en elle le rendait fou : son goût, le grain de sa peau, son odeur.

Murmurant son nom, elle se mut doucement contre lui. Il sentit l'appel irrésistible lui traverser les reins comme une décharge, se répercuter en lui avec une violence aveugle.

Il pouvait la prendre. Là. Debout dans l'entrée. Ou par terre sur le tapis. Tout de suite, à la seconde, ou dans une heure. Pas parce que Shelby lui cédait. Pas parce qu'il avait réussi à la soumettre. Mais parce qu'elle était animée par un feu semblable à celui qui l'habitait.

Ni aujourd'hui, ni demain, ni jamais, Shelby Campbell ne s'offrirait à lui comme une terre conquise. Mais il pouvait lui faire l'amour.

Alors même que cette victorieuse certitude lui montait à la tête, Alan entendit la première sonnette d'alarme. La possibilité s'offrait à lui de la pousser au-delà des limites qu'elle s'était elle-même fixées. Mais ne risquait-il pas de la perdre de façon définitive ? Elle serait consentante, sans l'ombre d'un doute. Parce que ses sens avaient pris les commandes. Mais une partie d'elle-même, momentanément réduite au silence, se sentirait trahie. Et à juste titre.

Jurant avec une sauvagerie qui ne lui ressemblait pas, Alan lui saisit la taille et l'écarta de lui.

Arrachée à l'océan de volupté où elle s'abîmait, Shelby cligna des yeux et rencontra le regard d'Alan. Elle y vit toujours la même férocité. Toujours la même colère. Pendant quelques secondes qui parurent durer une éternité, ils demeurèrent immobiles, les yeux dans les yeux, à respirer fort et vite, comme deux lutteurs sur le point de s'écharper.

Puis Alan se détourna sans un mot, franchit la porte restée ouverte et la fit claquer violemment derrière lui.

5.

Ne pas y penser surtout.

Les pieds posés sur la table basse, une tasse de café fumant à la main, Shelby feuilletait le supplément « Week-end » du journal du dimanche. Toutes les conditions étaient réunies pour qu'elle savoure pleinement une matinée de farniente. Et puisque « l'épisode Alan » était clos, à quoi bon s'appesantir sur ce qui s'était passé ? Allongé derrière elle sur le dos du canapé, Moshé, le museau posé contre sa joue, semblait lire par-dessus son épaule. Elle sourit lorsque la moustache féline lui chatouilla les narines. Shelby prit une gorgée de café et se plongea dans un article tout à fait passionnant sur les potiers étrusques — ses lointains et talentueux prédécesseurs.

En théorie : le bonheur absolu. Concrètement : elle aurait aussi bien pu essayer de lire un traité sur la mécanique des fluides.

La scène de la veille avec Alan lui tournait dans la tête sans répit et rendait toute concentration impossible.

Se comporter comme une peste imbuvable n'était pas un sport auquel elle se livrait volontiers. Mais son coup d'essai pouvait être qualifié de coup de maître. Elle avait atteint le but visé — et même au-delà. Non seulement, elle avait tapé sur les nerfs d'Alan mais elle avait réussi à le froisser, lui le détaché, l'inatteignable.

Avec un soupir découragé, Shelby reposa son journal sur la table basse. Elle n'avait pas agi dans le but de nuire mais pour provoquer une rupture. Une rupture destinée à les protéger l'un et l'autre de souffrances ultérieures.

Mais même si ses visées avaient été parfaitement défendables, elle n'était pas fière pour autant de la manière dont elle avait procédé.

« Tu crois que ça m'amuse de me sentir attiré par quelqu'un comme toi ? »

Les yeux clos, Shelby secoua la tête. Non. Elle n'était pas la femme qu'il fallait à Alan, en effet. Pas assez conforme. Pas assez adaptable. Elle savait depuis le début qu'elle ne correspondait pas à son image publique. Tout comme Alan, d'ailleurs, jurait avec la sienne. Et pourtant… Il y avait eu quelque chose entre eux, dès le premier soir. Dès le premier regard, en fait. Comme si, d'emblée, Alan avait été une évidence dans sa vie.

« Et si c'était *lui* ? »

A l'instant précis où elle avait levé les yeux sur lui, ce soir-là, chez les Write, la question était venue jouer dans son esprit. Mais *lui* quoi, au juste ? *Lui* l'homme de sa vie, comme disaient les jeunes filles romantiques ? Ce n'était pourtant pas le genre de préoccupations qui la tourmentaient d'ordinaire. Elle n'avait jamais été en attente de l'âme sœur.

Shelby frotta ses paupières alourdies par une nuit pauvre en sommeil. Et se demanda dans quel état d'esprit Alan se trouvait ce matin. Furieux et écœuré, sans doute. Il paraissait peu probable qu'il revienne à la charge; en tout cas. A en juger par le dernier regard qu'il lui avait lancé, elle l'avait fait fuir pour de bon.

Les yeux clos, Shelby revit la scène. Et à ses remords vint s'ajouter une pointe d'exaltation involontaire. Elle avait

106

réussi à induire des réactions pour le moins explosives chez un homme pourtant notoirement flegmatique.

Ce pouvoir qu'elle détenait sur lui la terrifiait et l'émerveillait à la fois. Alan réveillerait-il chez elle un fond de cruauté cachée ? Ou l'avait-elle poussé à bout pour se protéger, parce qu'elle s'était sentie à sa merci ? Quoi qu'il en soit, elle avait mérité sa réaction furieuse. Tout comme elle méritait *aussi* de tourner en rond ce matin, dans un état d'insatisfaction vague, le corps frustré et le cœur meurtri.

Au souvenir du baiser d'Alan, Shelby se passa rêveusement la pointe de la langue sur les lèvres. Comme le dieu Janus, Alan MacGregor avait deux visages. Au reste du monde, il présentait une face calme, pondérée, raisonnable. Mais ce personnage public cachait un autre Alan, passionné, excessif, indomptable.

Et cette personnalité contrastée exerçait sur elle une indiscutable fascination.

— Arrête, maugréa-t-elle en se mordillant la lèvre.

Mieux valait oublier tous les attraits qu'Alan présentait à ses yeux. Elle avait tranché dans le vif pour mettre un terme à leur début d'histoire. Maintenant que c'était fait, rien ne servait de gémir ni de se lamenter. Se levant d'un mouvement brusque, Shelby arpenta la pièce.

Et si elle lui passait quand même un coup de fil pour s'excuser ? Non, cela ne ferait que compliquer la situation davantage. Puisque sa décision était prise, à quoi bon s'embrouiller dans des explications pour tenter de justifier son attitude ? Qu'Alan reste donc sur l'opinion déplorable qu'il devait désormais avoir d'elle. Ce serait beaucoup plus simple de cette façon.

Le regard de Shelby tomba sur les ballons jaunes et roses regroupés sur sa table de cuisine. Tristes et dégonflés, ils avaient perdu leur capacité magique à s'élever vers le ciel.

Et comme elle n'avait pas eu le cœur de les jeter, ils étaient restés là, tristement recroquevillés, comme le souvenir coloré d'une fête à jamais en allée. Stupidement, la gorge de Shelby se noua. Elle aurait dû les détacher et les laisser s'envoler dès le premier jour. Mais il était trop tard désormais pour leur rendre leur liberté.

Et si elle appelait rapidement, juste pour s'excuser, en refusant *mordicus* de se laisser entraîner dans une conversation ? Trois minutes. Montre en main. Juste le temps de soulager sa conscience en formulant quelques phrases polies. Que pouvait-il arriver d'irrémédiable en l'espace de trois minutes ?

Beaucoup de choses, en vérité.

Elle aurait tort d'oublier que tout avait commencé la veille par un simple coup de fil. Un coup de fil dont elle avait prévu au départ qu'il serait bref et définitif. Indécise, elle s'approchait du téléphone, lorsqu'on frappa à sa porte.

Alan ! Il était donc revenu quand même ? Il lui laissait une chance de s'expliquer ? Le cœur battant, Shelby courut ouvrir.

— Je m'apprêtais justement à t'ap... Ah, salut, maman.

— Désolée, ce n'est que moi, commenta Deborah avec un sourire mutin en lui plantant un baiser sur la joue.

— Tant mieux si ce n'est « que toi », comme tu dis.

En proie à un mélange compliqué de soulagement et de déception, Shelby laissa entrer sa mère.

— Je t'offre un café, maman ? Ce n'est pas souvent que tu passes un dimanche matin, à l'improviste.

— Une demi-tasse me suffira si tu attends quelqu'un.

— Je n'attends strictement personne.

— Mmm... Si tu n'as rien prévu de spécial, ça te dirait d'aller voir les primitifs flamands à la National Gallery ?

Shelby tressaillit en servant le café. S'éclaboussa de liquide brûlant. Jura en abondance.

— Oh, mon Dieu ! Tu t'es fait mal, ma chérie ? Tu veux que…

— Non. Ce n'est rien, maman. Je me suis juste tachée. Assieds-toi.

D'un geste définitif, elle balaya les ballons rabougris qui allèrent finir au sol leur carrière éphémère.

— Ça, au moins, c'est quelque chose qui ne change pas, commenta Deborah avec un demi-sourire. Tu as toujours eu des méthodes de rangement très expéditives… Qu'est-ce qui ne va pas, Shelby ?

Elle s'assit et porta son pouce brûlé à sa bouche.

— Pourquoi cette question ? Quelque chose est censé ne pas aller ?

— Tu as rarement un geste maladroit.

Tout en remuant son café, sa mère lui jeta un de ces regards à la fois calmes et perçants dont elle avait le secret.

— Tu as vu le journal ce matin, Shelby ?

— Bien sûr. Je ne manque jamais la contribution dominicale de Grant.

— Oui, je sais. Mais tu n'as pas lu le reste ?

— Pas vraiment, non. J'ai jeté un œil sur les gros titres en première page et je n'ai pas été spécialement tentée d'aller voir au-delà. J'ai manqué une nouvelle importante ?

— Peut-être…

Sans fournir plus de précisions, Deborah se leva, prit le journal sur la table basse et le feuilleta jusqu'à trouver la page qu'elle cherchait. Puis, avec un léger sourire aux lèvres, elle revint le poser devant sa fille.

Shelby scruta en silence la photo que sa mère venait de placer sous ses yeux. Non seulement Alan et elle étaient clairement reconnaissables, mais le photographe anonyme avait soigné sa prise de vue. Il les avait pris debout sur le pont, alors qu'ils regardaient les cygnes. Shelby se souvenait de la qualité particulière de l'instant. Un sentiment de paix était descendu sur elle. Si puissant qu'elle avait abandonné sa tête contre l'épaule d'Alan qui se tenait derrière elle, les deux mains en appui sur la rampe. Si l'expression d'Alan était plus hermétique, la sienne se déchiffrait aisément. Et le contentement paisible qui adoucissait ses traits ne pouvait que frapper tous ceux qui la connaissaient.

Un article bref accompagnait la photo, précisant son nom et son âge. Venait ensuite une rapide allusion à son père et à sa carrière tragiquement interrompue. Après avoir mentionné son atelier, Calliope, à Georgetown, le journaliste enchaînait sur Alan et sa campagne en faveur d'un logement pour les démunis. Quelques lignes étaient ensuite consacrées à leur relation, sur laquelle le chroniqueur mondain du *Washington Post* avouait n'avoir aucun élément concret à offrir au lecteur.

C'était un article comme on en trouvait par milliers, à la page société de tous les quotidiens locaux de la création. Il ne contenait aucun propos offensif, rien qui puisse justifier une réaction outragée de sa part.

Et Shelby se surprit néanmoins à serrer les poings.

Car elle avait eu raison depuis le début, au sujet de sa relation avec Alan. Ce simple huitième de page en apportait la preuve éclatante : la politique s'interposerait toujours entre eux. Au zoo, la veille, elle avait eu l'impression de passer un après-midi ordinaire, avec un homme ordinaire.

Mais elle avait eu tort de se fier aux apparences.

Repoussant le quotidien d'un geste ferme, elle porta sa tasse de café à ses lèvres.

— Eh bien… les gens qui lisent ce genre de choses ont vraiment du temps à perdre. Cela dit, je ne me plains pas, ça me fait de la publicité gratuite. Il n'y a rien de tel pour faire marcher le commerce. Tu te souviens, l'hiver dernier, quand on m'a photographiée avec le neveu de Myra ? Dès le lendemain, j'avais vingt pour cent de clientèle en plus dans ma boutique. J'ai même eu une dame qui a fait le déplacement de Baltimore.

Comme sa mère la regardait, sourcils froncés, sans répondre, Shelby continua vaillamment à brasser du vent :

— C'est une chance que j'aie passé toute la semaine dernière bouclée dans mon atelier à façonner l'argile. J'aurai les stocks nécessaires pour faire face à un éventuel assaut de clientèle… Mais je ne t'ai même pas proposé quelque chose à grignoter avec ton café ! Il doit me rester un biscuit ou deux, en cherchant bien.

Elle voulut se lever mais sa mère la retint en posant les deux mains sur les siennes.

— Shelby… Qu'est-ce qui se passe, ma chérie ? D'habitude, les innocents commérages des journalistes ne t'affectent pas. Les paparazzi sont la phobie de Grant. Pas la tienne.

Shelby se fit violence pour ne pas serrer les poings de nouveau.

— Qui te dit que cette photo dans le journal me pose un problème, maman ? Au contraire, c'est tout bénéfice pour moi. Un touriste équipé d'un bon appareil a dû reconnaître Alan et s'est amusé à le mitrailler. Quoi de plus anodin ?

Le visage préoccupé, Deborah acquiesça.

— C'est innocent, en effet.

— Eh bien, non, justement ! cria Shelby en se levant d'un bond. Rien n'est innocent dans ce genre d'existence. Et je ne supporte pas d'être un objet de curiosité au même titre qu'un… qu'un panda ou un perroquet rare !

Elle s'interrompit le temps de repousser d'un coup de pied une chaussure de tennis égarée qui se trouvait sur son chemin.

— Il n'aurait pas pu être propriétaire d'un bowling, bon sang ! Ou physicien nucléaire ? Pourquoi, lorsqu'il me regarde, ai-je l'impression qu'il me connaît depuis toujours et qu'il pourrait s'attacher à mes défauts, même les pires ? Mais je refuse d'entrer dans son jeu. C'est clair ? Il est hors de question que je me laisse entraîner dans ce piège !

Dans un ultime sursaut de rage, Shelby envoya valser par terre les magazines posés sur la table basse. Puis, vidée par son explosion de colère, elle sourit piteusement.

— Désolée, maman. Cela n'a strictement aucune importance, de toute façon, puisque ma décision est déjà prise. Je ne vois vraiment pas pourquoi je me mets dans un état pareil.

Calmée, Shelby se dirigea vers la cafetière.

— Il en reste juste trois gouttes. Ça te dit ?

Habituée aux sautes d'humeur de sa fille, Deborah avait laissé passer l'orage sans ciller.

— Oui, volontiers, merci. A quel sujet ta décision est-elle déjà prise, Shelby ?

— Je refuse de tomber dans les bras de l'élu du Massachusetts. Point final… Et si on déjeunait à la cafétéria du musée, ça t'irait ?

— Tout à fait, oui. C'est une excellente idée.

Deborah prit une gorgée de café, examina sa fille et revint calmement à la charge :

— C'était bien, le zoo, hier ?

Les yeux rivés sur le contenu de sa tasse, Shelby haussa les épaules.

— Pas désagréable.

Elle porta son café à ses lèvres puis le reposa sans avoir bu. Le regard de Deborah glissa un instant sur la photo dans le journal. Quand, pour la dernière fois, avait-elle vu Shelby arborer une expression aussi sereine ? Jamais ? Ou alors si… il y avait des années et des années, déjà, lorsque, petite fille blottie sur les genoux de son père, elle partageait avec lui une pensée, un secret.

Le cœur un instant alourdi par une vague de nostalgie et de regret, Deborah feignit de s'intéresser à son café.

— Et tu as fait comprendre à M. MacGregor que tu ne souhaitais pas le revoir ?

— Alan est prévenu depuis le début. Je lui ai dit très clairement dès le premier soir que je ne voulais pas d'une histoire avec lui.

— Vous êtes pourtant arrivés ensemble chez les Ditmeyer, l'autre fois.

— Disons que nous avons partagé une voiture pour faire le trajet.

— Et hier après-midi, au zoo ?

— C'était juste une concession. Pour quelques heures. Rien qui tire à conséquence.

— Alan n'est pas ton père.

Shelby releva la tête en sursaut. Une telle souffrance se lisait dans ses yeux gris que Deborah reprit ses deux mains dans les siennes.

— Il me fait *tout le temps* penser à papa, justement, admit Shelby dans un murmure. C'en est effrayant. Ils ont en commun le calme, le charisme, la force de la vocation. Tout ce qu'il faut pour mener un homme politique vers la quête des sommets. Un sommet qu'ils finissent d'ailleurs par atteindre. Sauf…

Shelby se tut et ferma les yeux. Sauf si un détraqué, animé par un idéal confus, décidait de mettre un terme brutal à leur carrière.

— Oh, mon Dieu, maman… je crois que je suis en train de tomber amoureuse de lui. Il faut que je parte en courant.

Deborah serra ses doigts plus fort entre les siens.

— Pour aller où ?

— Peu importe l'endroit. Loin, très loin, en tout cas…

Shelby ouvrit les yeux sur une profonde inspiration tremblante.

— Je refuse de tomber amoureuse de lui pour des milliers de raisons. Nous sommes différents comme le jour et la nuit, lui et moi.

Deborah ne put s'empêcher de sourire.

— Et il aurait fallu que vous soyez semblables, tu crois ?

— Arrête de m'embrouiller les idées alors que j'essaye d'être logique, maman, protesta Shelby avec un léger rire. Tu m'imagines, vivant avec un homme comme Alan ? Je le rendrais fou en moins d'une semaine. Je ne pourrais pas lui demander de s'adapter à mon mode de vie. Et je serais incapable de m'insérer dans une existence telle que la sienne. Il suffit de parler avec lui cinq minutes pour se rendre compte qu'il a un esprit archirationnel et une intelligence qui fonctionne comme celle d'un joueur d'échecs. Il est habitué à prendre ses repas à telle et telle heure et il saura te dire avec précision quels costumes il a apportés chez le teinturier et quand il doit les récupérer.

— Mais, ma chérie, est-ce un obstacle insurmontable qu'il fasse partie de ces gens qui ne perdent pas forcément leurs tickets de pressing une fois sur deux ?

Le regard de Shelby glissa sur les ballons dégonflés qui oscillaient doucement sur le carrelage.

— Je sais, ça paraît ridicule. Pris un à un, ce ne sont que des détails. Mais lorsqu'on les ajoute les uns aux autres, ça finit par faire une montagne.

— La montagne, c'est qu'il fasse carrière dans la politique au lieu d'être avocat ou plombier, je me trompe ? Mais on ne tombe pas amoureuse sur commande, Shelby. La vie ne nous laisse pas toujours le choix.

— J'ai au moins le choix de décider que je ne vais *pas* tomber amoureuse de lui, décréta Shelby avec un soudain regain d'optimisme. J'adore l'existence que je mène et je n'ai aucune envie d'en changer. Alors c'est fini, terminé, on n'en parle plus… Allez, viens, on va aller admirer tes primitifs flamands. Puis je t'invite à déjeuner.

Deborah regarda sa fille courir dans tous les sens pour remplir la gamelle du chat, débusquer ses chaussures sous le sofa et mettre en route le répondeur. Non, elle ne souhaitait pas à Shelby de souffrir, songea-t-elle pour la seconde fois en moins de deux semaines. Mais, qu'elle le veuille ou non, le processus était déjà en marche.

Et Shelby allait devoir l'affronter.

Assis à son imposant bureau ancien dans son cabinet de travail, Alan respirait l'air tiède qui entrait par la fenêtre grande ouverte. Dans le petit jardin derrière la maison fleurissait un magnifique lilas double dont l'odeur suave venait par moments lui caresser les narines, lui rappelant le soir où il avait rencontré Shelby.

Mais il avait la ferme intention de ne pas se laisser aller à penser à elle. Pas tout de suite, en tout cas.

Il voulait d'abord se concentrer sur ses tâches du jour. Le lendemain, il avait rendez-vous avec le maire de Washington pour lui exposer son projet de foyers d'accueil pour les sans-abri. Et si tout se passait aussi bien qu'avec le maire de Boston, il devrait bientôt pouvoir passer aux réalisations concrètes.

Il contempla la photo qu'il avait sous les yeux. Deux hommes dormant dans l'entrée d'un d'immeuble partageaient une couverture en lambeaux. A ses yeux, une telle situation était inexcusable dans une société où le revenu par habitant était parmi les plus élevés de la planète. Qu'on puisse laisser les choses en arriver là était le signe, pour Alan, que certaines valeurs fondamentales étaient gravement menacées.

Il fallait remédier aux causes profondes, bien sûr : le chômage, la récession, les failles dans le système de protection sociale. Mais avant de relever les manches pour s'attaquer aux problèmes de fond, il s'agissait de parer au plus pressé. Et de prévoir les structures nécessaires pour que les plus démunis puissent s'alimenter, se vêtir et avoir un toit au-dessus de leur tête. En échange, les bénéficiaires de ces prestations fourniraient un certain nombre d'heures de travail collectif afin que le principe de réciprocité soit respecté.

Pour réaliser son projet, il lui fallait des fonds, bien sûr. Mais pas seulement. Il avait surtout besoin de volontaires prêts à donner de leur temps sans compter. Après un long et frustrant combat, il avait fini par imposer ses idées à Boston. Depuis quelques mois, des foyers s'étaient ouverts et fonctionnaient selon les principes qu'il avait établis. Mais ces structures étaient encore trop récentes pour qu'il puisse s'appuyer sur des résultats concrets à faire valoir devant le maire de Boston. Il lui faudrait donc compter sur les compétences de son équipe et sur son propre pouvoir de persuasion.

Alan rassembla ses dossiers et les glissa dans sa serviette. S'il obtenait l'appui du maire, il aurait un poids politique suffisant pour arracher les crédits nécessaires aux autorités fédérales. Même si cela nécessitait encore plusieurs mois d'efforts soutenus.

Quoi qu'il en soit, son dossier était ficelé et il ne pouvait rien faire de plus d'ici à son rendez-vous du lendemain. Se renversant contre le dossier de son fauteuil de bureau en cuir patiné par les années, Alan consulta sa montre. Il lui restait dix minutes avant l'arrivée prévue de sa visiteuse. Juste le temps de se vider la tête et de recharger ses batteries.

Même pour le repos, son cabinet de travail, avec ses plafonds élégants, ses beaux lambris de bois sombre, ses hautes fenêtres ouvrant sur le jardin offrait un cadre idéal. C'était une pièce où il se plaisait pour travailler mais où il aimait également venir se détendre. L'hiver, McGee, son majordome, maintenait un feu allumé dans la cheminée. Sur le rebord en marbre clair, des photos de famille s'alignaient dans les cadres anciens qu'Alan aimait à dénicher chez les antiquaires. Ces portraits allaient des daguerréotypes de ses arrière-grands-parents écossais jusqu'à des clichés récents de son frère et de sa sœur. Lorsque, dans quelques mois, Rena accoucherait de son premier enfant, sa galerie de portraits s'enrichirait d'un visage supplémentaire.

Rena… Alan examina le portrait de la jeune femme blonde, mince et élégante, avec des yeux rieurs et une bouche volontaire. Un monde de différences opposait Shelby et sa sœur. Alors que Rena avait un esprit carré, scientifique, Shelby, la créative, était l'indiscipline faite femme. Même ses cheveux étaient fondamentalement rebelles.

En toute logique, il n'y avait rien chez cette fille qui aurait dû l'attirer. Et pourtant, il savait déjà qu'il ne pourrait plus se détacher d'elle. Comme si le côté indomptable de Shelby comblait en lui des aspirations jusque-là ignorées. La vie avec elle serait un défi permanent. Chaque journée passée en sa compagnie apporterait son lot d'imprévus et de surprises pas toujours faciles à digérer.

Un sourire mi-perplexe mi-amusé joua sur les lèvres d'Alan. Tout cartésien qu'il était, il découvrait à trente-cinq ans qu'il avait besoin d'être bousculé dans sa logique, délogé d'un ordre si parfait qu'il était en danger de se rigidifier.

Son regard glissa sur les bibliothèques qui couvraient deux cloisons entières : des rangées et des rangées de livres, classés par catégories et en ordre alphabétique. La moquette gris pâle montrait des signes d'usure mais on y aurait cherché en vain la moindre trace de poussière. Le canapé aux lignes sévères était en velours bordeaux et d'une élégance on ne peut plus classique. Le cabinet de travail était à son image : propre, organisé, tranquille.

Et dans cet univers si structuré, il rêvait désormais de lâcher une tornade. Une tornade qu'il n'avait aucune intention de maîtriser pour la transformer en une modeste petite brise. Il avait envie d'expérimenter le phénomène Shelby. Pas de la dompter.

Lorsqu'on sonna à sa porte, Alan regarda sa montre. Myra, fidèle à elle-même, arrivait à l'heure annoncée.

— Ah, McGee, s'éleva la voix pétulante de la femme du président de la Cour Suprême, vous avez l'air en forme, dites-moi ?

La réponse de son imperturbable majordome fut infiniment plus lente et plus réservée.

— Madame Ditmeyer...

McGee était solide comme un roc, haut comme un mur et vieux comme le monde. Aux yeux d'Alan, en tout cas, qui l'avait connu toute sa vie. A presque soixante-dix ans, le vieux majordome restait droit comme un i et s'acquittait toujours de ses fonctions avec un style et une dignité inégalés.

Trente années durant, McGee avait été le majordome des MacGregor, dans la haute maison-forteresse qui donnait sur la baie de Nantucket. Mais lorsque les exigences de la vie parlementaire avaient contraint Alan à s'installer à Washington, McGee avait décrété que « monsieur Alan » aurait besoin de lui et qu'il le suivrait donc à la capitale.

Et il n'existait rien de plus irrévocable au monde qu'une décision de McGee.

— J'ose à peine demander si vous avez fait vos merveilleux cakes aujourd'hui, McGee ? poursuivait Myra qui ne manquait jamais une occasion de complimenter le vieux majordome.

Alan se leva et passa dans le vestibule pour accueillir son invitée.

— Tu as de la chance, Myra. McGee s'est mis en cuisine ce matin.

— Avec de la crème pâtissière, précisa le majordome.

— Oh, McGee, je vous adore ! Et toi, Alan, tu es un ange d'accepter que je vienne te déranger un dimanche matin.

— Tu sais bien que tu ne me déranges jamais, Myra.

Il embrassa sa vieille amie sur la joue et la conduisit jusqu'au petit salon où il recevait ses visiteurs non officiels. Les couleurs y étaient sobres, plutôt masculines. L'ivoire dominait, avec, ici et là, quelques touches de vert olive. Le mobilier était essentiellement du Chippendale. C'était une pièce calme, confortable, avec cependant un élément détonant : un grand tableau peint à la gouache d'un paysage ravagé par la tempête, avec un ciel électrique, des montagnes aux sommets aigus, une mer déchaînée.

Myra avait toujours pensé que cette toile, contrairement aux apparences, en disait long sur la personnalité du maître des lieux.

Avec un soupir de soulagement, elle se laissa tomber dans un fauteuil et ôta ses élégants escarpins rouges.

—Ces chaussures sont une torture. Je ne sais pas pourquoi je m'obstine à acheter ces petits modèles exquis qui font de chaque pas une souffrance, de chaque journée, un martyre. Se sacrifier sur l'autel de la vanité ! Quelle absurdité, mon Dieu !

Myra se renversa contre son dossier et frotta ses pieds l'un sur l'autre pour rétablir sa circulation.

— Tiens, j'ai reçu une lettre adorable de Rena. Elle demande si nous n'avons pas l'intention d'aller faire un tour à Atlantic City, Herbert et moi, pour perdre de l'argent dans leur casino.

— Ah, Rena et son casino… C'est quelque chose. Nous jouons un peu pour le plaisir, Caine et moi. Mais pour Serena, c'est quasiment un art de vivre. Quant à Justin, son mari, sa vie est une longue histoire d'amour avec le jeu. Je me demande toujours si leur bébé va naître avec un cigare entre les lèvres et un carré d'as entre ses délicates petites menottes.

Myra rit de bon cœur.

— Et Caine ? Comment va-t-il, mon Dieu ? Ce garçon était tellement infernal lorsqu'il était petit. Qui aurait cru qu'il deviendrait un aussi brillant avocat ?

Des deux garçons MacGregor, Caine avait été l'enfant rebelle et lui le discipliné, songea Alan. Mais ils avaient toujours été solidaires. Une image de Shelby la rousse vint jouer dans ses pensées. Eprouverait-il le besoin de retrouver à travers elle une complémentarité qu'il avait connue tout au long de son enfance ?

— Caine n'était peut-être pas facile, objecta-t-il, mais il a toujours su ce qu'il voulait dans la vie. Et il est suffisamment têtu et intelligent pour parvenir à ses fins, quelles qu'elles soient.

— Tu as raison. Et ce qui est formidable, c'est que vous ayez trouvé chacun votre voie, vous les trois enfants MacGregor... Ah, mon Dieu, McGee, quelle bénédiction : vous voici avec vos cakes ! Adieu régime... Laissez, laissez, McGee, je peux au moins me rendre utile en servant le thé.

Myra se leva sous l'œil amusé d'Alan et souleva délicatement la théière en porcelaine de Sèvres.

— Si tu savais comme je t'envie ton majordome, lui souffla-t-elle en lui tendant sa tasse. Il t'a dit que j'avais essayé de le faucher à tes parents, il y a vingt ans ?

Alan secoua la tête en souriant.

— Non, bien sûr que non. McGee est infiniment trop discret pour se livrer à ce genre de confidence.

— Et infiniment trop loyal pour se laisser acheter. Il n'a même pas eu l'ombre d'une hésitation avant de refuser. C'était la première fois que je goûtais ses gâteaux, tu comprends. Ça a été plus fort que moi : je me suis mise en campagne aussitôt pour le corrompre. Ma seule consolation, dans la vie, c'est que si j'avais réussi à vous arracher McGee, je serais plus massive qu'un éléphant aujourd'hui.

Myra s'interrompit pour prendre une bouchée de cake et s'essuya les doigts sur une des exquises petites serviettes en lin et dentelle prévues par McGee.

— A propos d'éléphants, justement… j'apprends que tu te passionnes pour nos amis les bêtes, Alan ? Je savais que tu t'intéressais beaucoup à l'être humain. Mais j'ignorais que tu te préoccupais également du sort du tigre et du macaque.

Alan haussa les sourcils. Myra l'amusait, comme toujours. Il s'était demandé pour quelle raison elle lui avait annoncé le matin même qu'il fallait *absolument* qu'elle vienne faire un saut jusque lui.

Il avait désormais la réponse à sa question.

— Tu as vu le journal, apparemment.

— Bien sûr. Et la photo est charmante. Absolument charmante.

Myra fit claquer ses lèvres d'un air d'intense satisfaction.

— Je savais que vous iriez bien ensemble, en fait. Mais j'imagine que Shelby n'a pas apprécié de voir « sa vie étalée dans les journaux », comme elle dit.

Habitué à vivre sous le regard des journalistes, Alan ne se préoccupait plus que de très loin des commentaires que suscitaient ses faits et gestes.

— Elle a été contrariée, tu crois ?

— Je ne sais pas. Généralement, elle prend ce genre de publicité avec philosophie. Mais Shelby est parfois changeante et on ne peut jamais prévoir comment elle va réagir. Ne crois pas que je veuille être indiscrète, surtout… ou, du moins, si, soyons honnête : j'ai la ferme intention de me mêler de ce qui ne me regarde pas, rectifia Myra avec un sourire irrésistible. Mais seulement parce que je vous ai pour ainsi dire vus grandir l'un et l'autre. Et que j'ai un faible pour toi autant que pour Shelby.

Myra contempla le plat de scones, fit la moue, hésita, puis se servit une deuxième fois.

— J'avoue que ça a remué la corde sensible en moi de vous voir ensemble sur cette photo.

Elle avait une façon tellement charmante de s'occuper du cœur d'autrui qu'on ne pouvait en vouloir à Myra de fourrer son nez partout.

— Et qu'est-ce qui te ravit tant dans le fait que nous ayons passé un après-midi au zoo, Shelby et moi ?

Myra se resservit une copieuse cuillerée de crème.

— En fait, je devrais être furieuse car j'avais justement projeté d'orchestrer une rencontre et de vous jeter en fanfare dans les bras l'un de l'autre. Et vous vous êtes débrouillés sans moi, ingrats que vous êtes.

Connaissant Myra et sa vocation de marieuse, Alan n'y alla pas par quatre chemins :

— Une expédition de deux heures au zoo ne conduit pas forcément à un projet matrimonial, Myra.

— Voilà bien une logique de politicien... Tu crois vraiment que McGee refusera jusqu'au bout de me confier sa recette ?

Alan sourit.

— Inutile de rêver. Personne ne la lui arrachera jamais.

— Oh, mon Dieu, quel gâchis ! Avoue qu'il serait tragique qu'elle disparaisse avec lui... Mais revenons à nos moutons. Le hasard a voulu que je me trouve dans l'atelier de Shelby lorsqu'elle a reçu un panier de fraises d'un charmant inconnu. C'est une touchante attention, non ? observa Myra, les yeux pétillant d'humour.

— En effet, oui.

Myra brandit un index accusateur dans sa direction.

— Tu n'avoueras jamais que c'est toi. Mais j'ai mes antennes. Et un homme comme toi ne s'amuserait pas à envoyer des fraises à une femme ou à déambuler un samedi après-midi dans un zoo bondé s'il ne ressentait pas une certaine attirance.

— Je ne suis pas attiré, rectifia Alan paisiblement.

Sourcils froncés, Myra leva le nez de sa tasse.

— Ah non ?

— Je suis plus qu'attiré, je suis amoureux.

Cette fois, sa visiteuse ouvrit des yeux ronds.

— Encore mieux !… Je pensais qu'il te faudrait plus de temps pour en arriver là. Tu me surprends agréablement, Alan.

— Ça a été instantané, admit-il, soudain plus très fier de lui à présent que le mot fatidique avait été prononcé.

Myra lui tapota affectueusement le genou.

— C'est une sacrée nouvelle, Alan. Le coup de foudre, c'est un choc, surtout pour un homme habitué à fonctionner avec sa raison plus qu'avec ses tripes. Mais c'est une belle expérience.

Il ne put s'empêcher de rire de la réaction de Myra.

— Une belle expérience, oui. A condition qu'elle soit partagée.

— Comment ça, à condition qu'elle soit partagée ?

— Shelby ne veut rien savoir.

Alan songea à l'attitude désinvolte qu'elle avait eue la veille, à l'insouciance avec laquelle elle l'avait repoussé. Conscient que la plaie restait sensible, il reposa lentement sa tasse de thé.

— Elle refuse même de me revoir, c'est te dire.

— N'importe quoi !

Sous l'effet de l'indignation, Myra laissa sa part de cake à peine entamée de côté.

— J'étais avec elle lorsqu'elle a reçu les fraises. Et je connais Shelby presque aussi bien que je te connais toi. Or, c'était la première fois que je lui voyais une expression pareille.

— Tu crois ?

Alan laissa son regard se perdre un instant au plafond pendant qu'il réexaminait la situation en alignant méthodiquement les données.

— Tu veux dire qu'elle est attirée mais qu'elle me tient à distance uniquement parce que j'appartiens à une caste qu'elle abhorre ? Elle m'a dit le premier soir, chez les Write, qu'elle ne voulait pas d'un homme politique dans sa vie.

— C'est donc ça, murmura Myra en tapotant sur l'accoudoir de la pointe de ses ongles vernis. J'aurais dû m'en douter...

Alan se remémora les regards, les sourires de Shelby. Et sa bouche aussi. Si vivante, si passionnée sous la sienne.

— Elle n'est pas indifférente, en fait, réfléchit-il tout haut. Mais comme elle a dit non au départ, elle s'obstine dans son refus. Elle est opiniâtre.

— Pas opiniâtre, non. Terrifiée. Elle était très attachée à son père.

— C'est ce que j'ai entendu dire, en effet. Et je comprends à quel point ça a dû être affreux de perdre une personne chère dans le sang et la violence. Mais quel rapport avec nous deux ?

L'exaspération le gagnait, couplée à un sentiment d'impuissance. Trop énervé pour rester assis, Alan se leva et parcourut le salon de long en large.

— Si son père avait été architecte, aurait-elle mis aussi une croix sur cette profession ? Franchement, Myra, je comprends qu'on puisse apprécier plus ou moins les politiques, mais quand même ! Compte tenu de ce qui se passe entre nous, avoue que c'est ridicule de me rejeter pour la seule et unique raison que son père était également sénateur !

124

— C'est très cohérent, tout ce que tu avances, Alan, rétorqua Myra calmement. Mais Shelby fonctionne selon une logique qui lui est propre. Elle avait une véritable adoration pour Robert Campbell. Et je n'emploie pas le mot à la légère.

Myra se tut un instant, le regard perdu dans le vague.

— Elle n'avait pas onze ans lorsque son père a été assassiné. Il est tombé à quelques mètres d'elle. Toute la scène s'est déroulée sous ses yeux.

Cessant de faire les cent pas, Alan se retourna lentement.

— Shelby était présente au moment du drame ?

— Elle et Grant, oui. Ils se trouvaient aux côtés de Robert.

Myra se passa la main devant les yeux.

— Il y a des souvenirs qui malheureusement ne s'estompent jamais, Alan. J'étais dans la foule, moi aussi. J'ai entendu les coups de feu, j'ai vu Robert s'écrouler à quelques pas de moi. Puis il y a eu le hurlement d'horreur de la petite. De ma vie, je n'avais entendu un cri aussi déchirant, aussi terrible… Deborah a été d'une fermeté admirable avec les médias. Jamais elle n'a permis aux journalistes d'approcher ses enfants. Tu imagines comment ils auraient exploité la situation s'ils l'avaient pu. Elle a fait appel à toutes ses relations pour protéger sa famille de la voracité des paparazzi.

Alan ferma un instant les yeux et visualisa la scène. Il sentit résonner jusque dans sa poitrine le choc qu'avait dû éprouver Shelby, comme si une partie de sa souffrance s'insinuait en lui.

Pris de vertige, il s'assit lourdement dans un fauteuil.

— C'est terrible, murmura-t-il. Je suis même étonné qu'elle ait réussi à recouvrer cette légèreté, cet extraordinaire appétit de vivre.

Myra hocha la tête.

— Après l'assassinat de son père, Shelby est tombée dans un silence hermétique. Pendant des jours et des jours, elle n'a plus ouvert la bouche. Je me suis beaucoup occupée d'elle, tout de suite après le décès. Deborah avait déjà fort à faire avec son propre chagrin. Sans parler des journalistes qui ne cessaient de la harceler. Ça a été une période affreuse pour la famille et les amis proches. Il y avait non seulement le drame, mais aussi le fait qu'il touchait un homme public, avec tout ce que cela comporte de pompe et de cérémonies, de curiosité malsaine, de caméras qui vous suivent partout.

Alan qui connaissait Myra depuis des années ne l'avait jamais vue aussi affectée.

— Shelby s'est effondrée d'un coup, le lendemain de l'enterrement. Elle a pleuré aussi longtemps qu'elle s'est tue, hurlant et sanglotant comme un petit animal blessé. Et puis, d'un coup, c'est passé, et elle a retrouvé son sourire et ses occupations ordinaires. Comme ça, sans aucune transition. Elle a fait son deuil un peu trop rapidement peut-être. C'est en tout cas l'impression que nous avons eue, Deborah et moi.

Alan imagina Shelby enfant, livrée à un désespoir aveugle, forcée à affronter l'insoutenable. A l'époque, il étudiait le droit en deuxième année, à Harvard. Avec sa famille quasiment à portée de main. Même aujourd'hui, à trente-cinq ans, il n'avait encore jamais subi de tragédie personnelle marquante. Il songea à son père, robuste et débordant de vitalité. Au choc qu'il éprouverait s'il devait le perdre d'un coup, emporté par une mort foudroyante. Mais c'était à peine s'il parvenait à concevoir cette éventualité. Quelque chose en lui se cabrait violemment à cette pensée.

Se tournant vers la fenêtre, il se raccrocha à la vue des arbres, aux feuilles d'un vert encore tendre, à la débauche des floraisons.

— Et ensuite ?

126

Un sourire plein de tendresse joua sur les lèvres de Myra.

— Ensuite, Shelby a vécu à cent à l'heure. En déployant la formidable énergie dont elle a reçu des stocks inégalés en partage. Une fois, lorsqu'elle avait seize ans, elle m'a dit que la vie était comme un jeu. Et qu'elle voulait parcourir tout le spectre des expériences possibles avant qu'il ne soit trop tard.

— Ça lui ressemble, murmura Alan.

— Oui, ça lui ressemble… Mais même si sa philosophie peut paraître excessive, je crois qu'elle a su trouver un équilibre à sa façon. Elle fait partie de ces rares personnes qui ont la grâce de savoir s'accepter telles qu'elles sont, avec leurs qualités mais aussi leurs défauts. S'il y a une chose dans la vie qui l'effraie, en revanche, c'est l'attachement. Je crois que ses émotions sont d'une richesse et d'une violence telles, qu'elle les canalise dans les objets qu'elle crée. Peut-être qu'au fond, elle n'a jamais réellement fait le deuil de son père, supputa Myra, abîmée dans ses pensées… Il est possible que la souffrance soit toujours là, même si elle ne le montre pas.

— Mais ses sentiments pour moi, continuera-t-elle à les nier ? protesta Alan en secouant la tête. Même si elle passe ses jours et ses nuits à créer dans son atelier, réussira-t-elle à se voiler la face indéfiniment ?

— Telle que je connais Shelby, elle peut décider de mettre le couvercle sur une attirance qu'elle juge menaçante.

— Elle pense trop, marmonna-t-il, frustré.

— Non, elle *sent* trop. Shelby est une émotive, Alan. Ce ne sera pas une femme facile à vivre ; pas une femme facile à aimer.

Alan se força à reprendre son calme.

— Dès l'instant où j'ai rencontré Shelby, j'ai renoncé à vouloir partager ma vie avec quelqu'un de simple.

Il commençait à voir plus clair dans la personnalité de Shelby, en tout cas. Même la façon dont elle se comportait avec lui devenait plus aisée à comprendre. Il songea à ses paroles mordantes de la veille mais se remémora également l'éclair de regret qu'il avait décelé dans son regard.

— Hier, elle a rompu avec moi, admit-il à voix basse. De façon définitive.

— Quoi ?

Myra reposa bruyamment sa tasse sur sa soucoupe.

— Elle a fait ça ? Cette petite mériterait qu'on…

Laissant sa phrase en suspens, elle lui jeta un regard noir.

— Honnêtement, Alan, si tu te laisses décourager au premier obstacle, je ne vois pas pourquoi je me ferais des cheveux blancs pour toi. Les jeunes gens pensent que tout doit leur être servi tout cuit sur un plateau, de nos jours. Tiens, prends ton père, par exemple. Lui, il aurait adopté la méthode bulldozer en aplanissant tout sur son passage. Ta mère, elle — dont j'avais le tort de penser que tu étais tout le portrait — a toujours résolu brillamment n'importe quel problème qui se présentait. Et cela à sa façon discrète, sans jamais créer la moindre vague. Et toi, tu baisses les bras avant même d'avoir commencé !

De plus en plus remontée, Myra acheva sa tirade debout, avec un grand geste du bras.

— C'est un sacré futur Président de la République que tu nous fais là ! Je crois que je vais reporter ma voix sur un autre candidat, si tu continues comme ça.

— Je ne me lance pas dans la course pour l'investiture.

— Pas encore.

— Pas encore, non. Et je vais épouser Shelby.

Arrêtée net dans ses reproches indignés, Myra se laissa retomber dans son fauteuil.

— Ah ! J'aime mieux ça ! Pour quand dois-je commander ma robe ? Cet été ?

Alan s'accorda tout le temps nécessaire pour réfléchir à la question.

— J'ai toujours aimé Hyannis en automne, murmura-t-il pensivement. Et Shelby est typiquement le genre de femme qui adorerait se marier dans un château plein de courants d'air et une ambiance de lande écossaise, non ?

6.

Une semaine, ça ne durait jamais que sept jours, après tout.

Sur les sept, Shelby réussit à en passer presque six dans un état de relatif stoïcisme. Mais arrivé le vendredi en milieu d'après-midi, elle se trouva en panne d'excuses pour justifier son humeur détestable et ses moments de distraction.

Pourquoi elle était morne et sans gaieté ? Tout simplement parce qu'elle ne dormait pas assez : trop de travail, trop de sorties dans ses clubs de jazz préférés. Et un temps de repos réduit à la portion congrue. Le manque de sommeil provoquait à son tour des troubles de mémoire, si bien qu'elle oubliait quantité de choses importantes. Comme manger, par exemple. Et étant donné qu'elle ne s'alimentait pas et qu'elle dormait mal, elle devenait irritable. Ce qui induisait à son tour une perte d'appétit et…

Pendant six jours, Shelby avait raisonné ainsi en boucle. Tout en se répétant qu'Alan n'avait rien à voir dans l'histoire et qu'il ne figurait pas au nombre des nuages assombrissant son ciel intérieur. Plusieurs fois par jour, elle se félicitait de ne jamais penser à lui. Elle était même tellement contente d'avoir réussi à l'exclure de ses préoccupations qu'elle se surprit à lancer un vase magnifique, du plus pur bleu de Delft, contre le mur de son atelier.

Le geste lui ressemblait si peu que Shelby dut reprendre toute sa série d'excuses une à une pour tenter de trouver un sens à ses bizarreries d'humeur.

Elle travaillait aux heures les plus farfelues. Tard le soir, lorsqu'elle ne pouvait pas dormir. Ou tôt le matin parce qu'elle ne supportait plus de se tourner et se retourner dans son lit. Lorsqu'elle sortait, elle affichait une gaieté si tapageuse que ses amis les plus proches commençaient à montrer des signes d'inquiétude à son sujet.

Dès qu'ils tentaient de la questionner, cependant, Shelby les envoyait promener en leur assurant qu'elle ne s'était jamais aussi bien portée. Elle s'arrangeait pour ne pas avoir une seconde de libre, accumulant des rendez-vous auxquels elle oubliait ensuite de se rendre. Le vendredi en milieu d'après-midi, elle finit par émettre l'hypothèse que son manque d'entrain venait, tout bêtement, des conditions météorologiques déplorables.

Assise à sa caisse, le menton calé dans la paume, Shelby écoutait la radio d'une oreille tout en contemplant d'un œil morne les trombes d'eau qui se déversaient du ciel. Et cela sans discontinuer, depuis la veille. Aux infos, on annonçait que le soleil serait de retour dès le dimanche. Mais le dimanche lui semblait être à des années-lumière de ce vendredi résolument plombé.

La pluie déprimait. C'était un phénomène connu et reconnu. La plupart des gens qu'elle croisait se plaignaient du « temps pourri » qui vous mettait du vague à l'âme. Jusqu'à présent, il est vrai, aucune pluie au monde n'avait suffi à altérer son humeur. Mais il fallait un début à tout.

Et deux journées de déluge non-stop avaient de quoi entamer le moral le plus solide. Le regard absent, Shelby contemplait les flaques dans la rue et les rares passants qui pressaient le pas sous leurs grands parapluies de couleur.

Pour couronner le tout, les intempéries faisaient fuir la clientèle. Depuis la veille, elle n'avait vu quasiment personne. En temps normal, elle aurait tout simplement fermé boutique et se serait repliée avec plaisir sur d'autres activités. Mais elle n'avait même pas le courage de se lever et d'éteindre les lumières. Alors elle restait assise là, un peu hagarde, aussi sombre et triste que le ciel gris de mai.

— Et si tu te secouais un peu, Shelby ? marmonna-t-elle à voix haute dans la boutique déserte.

Elle n'allait quand même pas rester là, comme une idiote, à se fossiliser à petit feu ? Contre cette triste apathie, un seul remède : le mouvement. Et si elle sautait dans le premier avion pour aller surprendre son frère Grant dans le Maine ?

Shelby ne put s'empêcher de sourire en imaginant la réaction furieuse de son frère. Il lui ferait une scène mémorable si elle s'avisait de lui tomber dessus à l'improviste. Puis ils s'amuseraient à se lancer des horreurs à la figure. Ce qui, assurément, lui ferait le plus grand bien. Elle adorait se quereller avec Grant.

Mais son frère était beaucoup trop observateur, hélas. Si elle débarquait chez lui sans prévenir, il verrait immédiatement qu'elle n'était pas dans son état habituel. Et il la cuisinerait jusqu'à ce qu'elle lui parle d'un certain après-midi au zoo avec un certain sénateur. Or, ce qu'elle pouvait dire à sa mère, elle préférait le taire à Grant. Pas parce qu'elle ne lui faisait pas confiance. Mais parce qu'il comprenait trop bien, au contraire.

Shelby soupira. Pas de week-end surprise dans le Maine, donc. Ce qui lui laissait deux possibilités : soit rester cloîtrée à Georgetown et se morfondre sous la pluie. Soit prendre ses cliques et ses claques et aller chercher le soleil ailleurs. A tout prendre, la seconde solution paraissait infiniment plus souriante que la première. Pourquoi ne pas jeter quelques affaires dans sa voiture, prendre la direction du sud et rouler jusqu'au moment où elle laisserait la pluie derrière elle ? Elle trouverait bien une plage en Virginie où il ferait bon se prélasser dans le sable en écoutant le bruit des vagues.

Un changement de cadre, oui. Voilà ce qu'il lui fallait. Shelby se levait pour fermer lorsque la porte s'ouvrit. Une bouffée d'air humide s'engouffra dans la boutique, suivie par une femme en ciré jaune et en bottes de pluie.

— Quel temps ! s'exclama joyeusement l'arrivante.

— On a rarement vu pire, acquiesça Shelby, refrénant un mouvement d'humeur.

Dix minutes plus tôt, elle aurait été prête à faire le poirier dans la rue dans l'espoir d'attirer une cliente. A présent qu'elle en tenait une, ce serait tout de même un comble qu'elle la jette dehors !

— Vous cherchez quelque chose de particulier, madame ?

— Oh non. Je vais juste faire tranquillement le tour de tous vos trésors.

Faire *tranquillement* le tour ? Shelby réprima un soupir.

— Allez-y. Prenez votre temps.

— C'est une voisine qui m'a parlé de votre travail, expliqua sa visiteuse en s'immobilisant pour examiner un grand cache-pot émaillé. Elle a acheté un service à café qui m'a beaucoup plu. En porcelaine bleu très pâle, décoré avec des pensées minuscules.

Shelby hocha la tête et réussit, au prix d'un effort méritoire, à garder son sourire amical.

— Oui, je m'en souviens. Je ne fais que des pièces uniques, mais si vous êtes intéressée par les services à café, j'en ai d'autres qui ont été conçus dans un esprit assez similaire.

Sourcils froncés, elle examina les étagères, en se demandant où elle avait stocké les services en question.

— En fait, je ne suis pas venue pour un service à café. C'est surtout votre coup de patte qui me fascine. Vous avez un style très personnel. Ma voisine m'a dit que vous produisiez vous-même tout ce que vous présentez à la vente, ici ?

— C'est exact.

Pour tromper son impatience, Shelby se concentra sur sa visiteuse. Jolie. Brune. Trente-cinq ans environ. Plutôt sympathique au premier abord. La cliente idéale, en somme.

Et elle n'avait qu'une envie : l'envoyer au diable. Furieuse contre elle-même, Shelby se ressaisit. Jamais elle n'avait accueilli un visiteur à contrecœur. D'où lui venaient tout à coup ces réactions de vieille sorcière acariâtre ?

— J'ai mon tour dans l'atelier, juste derrière la boutique, expliqua-t-elle aimablement. Et je fais moi-même la cuisson et l'émaillage.

Sa cliente s'agenouilla devant une urne.

— Vous utilisez parfois des moules ?

— Cela m'arrive, oui. Pour des figures comme celle que vous voyez là-bas. Mais en règle générale, je préfère travailler au tour.

— Vous n'avez pas seulement du talent mais aussi une belle énergie. Il faut une grande habileté pour produire toutes ces pièces, mais aussi du temps et de la patience.

— Merci. Mais comme j'aime ce que je fais, je ne suis pas dans la patience, mais dans le plaisir. Et le temps, je l'oublie.

— Oui, je sais comment ça fonctionne lorsqu'on est en plein processus créatif. Je suis décoratrice.

La jeune femme sortit une carte de son sac pour la poser sur la caisse. « Maureen Francis. Décoration d'intérieur », lut Shelby.

134

— Je suis en train de refaire mon propre appartement, poursuivit Maureen. Et il me faudra ce pot, cette urne et ce vase cérusé blanc, sur l'étagère du fond.

Après avoir désigné les pièces qu'elle avait choisies, elle se tourna de nouveau vers Shelby.

— Si je vous verse un acompte, vous me garderiez le tout jusqu'à lundi ? Je n'ai pas envie de me promener dans ce déluge avec trois gros cartons sous le bras.

— Aucun problème. Je vous les emballe tout de suite et ils seront prêts lorsque vous passerez les récupérer.

— Formidable.

Maureen sortit un carnet de chèques d'une besace souple en cuir fauve.

— A priori, vous devriez me revoir assez souvent. Je ne suis installée à Washington que depuis deux mois mais j'ai déjà deux ou trois projets intéressants en vue. Et j'aime bien inclure quelques belles pièces de fabrication artisanale dans mes aménagements. Je trouve qu'il n'y a pas plus démoralisant qu'un appartement qui sent le décorateur professionnel à plein nez.

Shelby sourit, oubliant qu'elle avait eu l'intention de mettre Maureen dehors.

— Drôle de remarque pour quelqu'un qui vit du métier ! Vous êtes d'où ?

— Chicago. J'ai travaillé pendant dix ans pour un gros cabinet de décoration intérieure.

Elle détacha le chèque qu'elle venait de remplir et le lui tendit.

— Mais l'envie d'indépendance a commencé à me chatouiller. J'aime travailler à mon rythme et à ma façon.

S'il y avait une personne au monde susceptible de comprendre ce genre d'aspiration, c'était bien Shelby. Elle finit de remplir le reçu et le remit à Maureen.

— Et vous êtes douée pour ce que vous faites ?

Maureen hésita pendant une fraction de seconde puis se mit à rire.

— C'est assez direct, comme question. Mais je crois en mon propre talent, oui. Sinon, je ne me serais pas mise à mon compte.

Shelby lui rendit son sourire. Maureen lui était sympathique et son regard inspirait confiance. Sur une impulsion, elle griffonna un nom et un numéro de téléphone au dos du reçu.

— Myra Ditmeyer. Une amie. Elle connaît tout le monde à Washington. S'il y a des projets de décoration dans l'air, elle sera toujours la première au courant. Dites-lui que vous appelez de ma part.

— Mme Ditmeyer ? L'épouse du président de la Cour Suprême ?

Shelby sourit.

— Elle-même.

— Merci, murmura Maureen, manifestement estomaquée par cette marque de confiance. C'est un sacré coup de pouce que vous me donnez.

— Myra exigera sûrement de connaître l'histoire de votre vie, car elle est curieuse. Mais elle est formidable, vous verrez. Elle…

La porte s'ouvrit et Shelby s'interrompit net en croisant le regard de l'arrivant. Un grand blanc se fit dans son esprit. De sa vie, elle n'avait expérimenté une chose pareille : comme si, d'un seul coup d'éponge, on avait effacé ses pensées, sa mémoire, son intelligence. Pétrifiée sur place, elle regarda Alan retirer tranquillement son imperméable trempé, puis avancer droit sur elle, lui saisir le menton et l'embrasser sur les lèvres.

— Bonjour, Shelby. Je viens t'apporter un cadeau.

Un sursaut de panique l'arracha à son état de stupeur.

136

— Non. Va-t'en.

Alan se tourna vers Maureen.

— Que pensez-vous de ça ? Est-ce une façon d'accueillir quelqu'un qui vient vous apporter un cadeau ?

— Eh bien…

Le regard intrigué de Maureen se posa alternativement sur Shelby, puis sur Alan. Ce dernier sortit un paquet de sa poche et le posa sur la caisse.

— Je ne l'ouvrirai pas, annonça Shelby.

Les yeux rivés droit devant elle, elle évitait avec soin le regard d'Alan. Inutile de prendre le risque d'un nouvel électrochoc. Rien de plus angoissant que de se retrouver avec un grand vide en lieu et place de la conscience.

— D'ailleurs, le magasin est fermé.

Alan regarda sa montre.

— Oh ! que non ! Il reste encore un quart d'heure avant l'heure officielle de fermeture… Shelby est souvent très impolie, précisa-t-il à l'intention de Maureen. Vous aimeriez jeter un coup d'œil au petit présent que je lui destine ?

Manifestement déchirée entre l'embarras et la curiosité, Maureen hésita une seconde de trop. Alan déchira le papier autour du paquet, souleva le couvercle d'une boîte et en sortit un gracieux arc-en-ciel de verre de couleur.

Shelby tendit le bras pour s'en emparer et se ravisa juste à temps. Comment le monstre avait-il deviné qu'elle était en manque d'arcs-en-ciel depuis deux jours ?

— Oh non, tu m'exaspères, Alan !

— Elle réagit toujours ainsi, traduisit-il gravement à l'intention de Maureen. En général, c'est plutôt bon signe. Ça veut dire que le cadeau lui plaît.

— Tu t'étais engagé à cesser de m'envoyer des objets farfelus en tout genre.

— Premièrement, je ne m'étais engagé à rien, souviens-toi. Et deuxièmement, il ne s'agit pas d'un envoi, se défendit-il en lui posant l'arc-en-ciel dans la paume. Je t'apporte mon objet farfelu en personne.

— Je n'en veux pas ! se récria Shelby en repliant les doigts sur l'arc-en-ciel. Et si tu n'étais pas aussi fichtrement tête de mule, en indécrottable MacGregor que tu es, tu aurais déjà compris que tu perdais ton temps avec moi !

— Nous avons l'obstination en commun, toi et moi, rétorqua Alan en capturant sa main dans la sienne. Tu sais que ton pouls s'emballe, Shelby ?

Maureen toussota discrètement.

— Eh bien, ce fut un plaisir de faire votre connaissance, Shelby, dit-elle en fourrant le reçu dans sa poche. A lundi, alors. Et merci.

Shelby murmura vaguement quelque chose, mais son regard restait prisonnier de celui d'Alan. Et pas moyen de s'en détacher. A croire qu'il l'avait mise sous hypnose.

Juste avant de franchir la porte, Maureen se retourna en souriant.

— Vous savez, Shelby, si quelqu'un m'offrait un arc-en-ciel par une journée comme celle-ci, je crois que je sombrerais corps et âme.

Sombrerais corps et âme, se répéta Shelby, comme en transe. Elle ne se ressaisit que lorsque Maureen et son ciré jaune eurent disparu de l'autre côté de la rue.

— Lâche-moi ! ordonna-t-elle en arrachant sa main de celle d'Alan.

Elle éteignit la radio et un profond silence tomba dans la boutique. Erreur, comprit-elle. Car on entendait distinctement, à présent, le son irrégulier de sa respiration.

— Désolée, mais je ferme, Alan.

— J'allais te le suggérer, justement, acquiesça-t-il en se dirigeant vers la porte pour pousser le verrou.

— Alan ! protesta-t-elle furieuse.

Il haussa un sourcil interrogateur.

— Oui ?

— C'est ma boutique et tu n'as pas le droit de…

Shelby se retrouva acculée contre le mur lorsqu'il contourna la caisse pour la rejoindre.

— Nous dînons ensemble ce soir.

— Je n'irai nulle part.

— Je ne te demande pas ton avis, cette fois.

Décontenancée, Shelby leva les yeux sur son visage. Aucun énervement ne transpirait dans sa voix. Et elle avait beau scruter son regard, elle n'y trouva aucune trace de colère. S'il était arrivé furieux, elle n'aurait eu aucun problème pour trouver la bonne attitude. Mais face à sa détermination paisible, elle perdait pied, balbutiait, sombrait dans le ridicule et la confusion.

— Reviens sur terre, Alan, O.K. ? demanda-t-elle avec un calme forcé. Tu n'as pas d'ordres à me donner. C'est quoi cette soudaine lubie de te mettre à décider pour moi ?

— Je pense qu'on t'a toujours trop demandé ton avis, justement. Il serait temps que cela change.

— Je crois rêver, murmura Shelby. Tu débarques dans ma vie sans me demander la permission et tu entreprends de réglementer mon existence ! Les lois, tu les votes au Sénat si tu veux, mais tu ne les fais pas chez moi !

Mais Alan, inébranlable, continuait à la regarder avec le même petit sourire confiant aux lèvres. Entre exaspération et désespoir, elle secoua la tête.

— Alan, j'ai des projets pour ce week-end. Je suis sur le départ, à l'heure où je te parle.

— Où est ton manteau ?

— Alan ! Tu es sourd ou quoi ? Je te dis que…

Repérant le court imperméable jaune citron suspendu derrière la caisse, il le fit glisser de son cintre.

— Tu veux ton sac à main ?

Elle prit une profonde inspiration pour prévenir une explosion imminente.

— Bon, je sais : tu es un MacGregor et quand tu as une idée dans le crâne, il faudrait un marteau-piqueur pour l'en extirper. Mais je suis une Campbell et je répète : *je ne sors pas dîner avec toi ce soir !*

Sans tenir le moindre compte de ses protestations, il lui colla son sac à main dans les bras, récupéra ses clés posées à côté de la caisse et lui saisit le poignet pour l'entraîner hors de la boutique par la porte donnant sur l'allée.

Elle se retrouva tête nue sous la pluie pendant qu'il se chargeait de fermer.

— Alan, je *refuse* d'aller où que ce soit avec toi. Et je *t'interdis* de me traiter comme… comme une gamine de cinq ans qui vient de faire un caprice.

Glissant les clés dans sa poche, il enfila son propre imperméable pendant que Shelby, campée dans une attitude rebelle, le défiait sous la pluie battante. Alan l'observa. Elle était pâle, butée, dégoulinante. Magnifique à sa façon.

Et une pointe de désarroi transparaissait dans son attitude, nota-t-il avec une intense satisfaction. Sa technique de déstabilisation semblait porter ses fruits.

— C'est une mentalité de politicien de passer son temps à dire « j'interdis » et « je refuse », la taquina-t-il en la traînant vers sa voiture. Une artiste à l'esprit ouvert ne tient pas des discours aussi restrictifs.

Elle lui jeta un regard hautain lorsqu'il la poussa d'autorité dans sa voiture.

140

— Si tu crois que tes tactiques d'homme des cavernes m'impressionnent, tu te leurres, Alan. Et maintenant, la plaisanterie a assez duré. Je te prie de me rendre mes clés. Immédiatement.

D'un geste impérieux de duchesse offensée, elle lui tendit sa main, paume ouverte. Alan la prit, y pressa les lèvres, puis démarra la voiture.

Shelby serra les poings.

— Alan, j'ignore quelle substance tu as ingurgitée pour te mettre dans cet état maniaque, mais ma patience a ses limites. Donne-moi ce trousseau de clés afin que je puisse rentrer chez moi.

— Après dîner, lui promit-il aimablement en sortant de l'allée en marche arrière. Tu as passé une bonne semaine ?

En croisant les bras sur la poitrine, Shelby se rendit compte qu'elle tenait toujours l'arc-en-ciel dans la main. Avec une exclamation sourde, elle se pencha pour le glisser dans la poche de son imperméable qui gisait en tas à ses pieds.

— Je ne dîne pas avec toi ce soir.

— Je connais un restaurant où nous serons tranquilles.

Il s'inséra dans la circulation dense sur l'avenue.

— Tu as l'air un peu fatiguée, ma chérie. Tu as mal dormi, ces derniers temps ?

— Je dors parfaitement bien, je te remercie. Mais pas assez en revanche. Je suis sortie hier avec l'homme de ma vie et je suis rentrée tard.

Alan sentit l'élancement insidieux de la jalousie lui perforer un instant la poitrine. Mais il la réprima sur-le-champ. Connaissant Shelby, elle multipliait simplement les stratégies pour l'éloigner.

Il soutint sans broncher le regard ironique de ses yeux gris.

— Et ça s'est bien passé ?

— Ce fut une soirée de rêve, oui. David est guitariste et il vit de sa musique. C'est un grand artiste doublé d'un amant passionné… et passionnant. Je suis folle de lui.

Le David en question aurait sans doute été très surpris de l'entendre puisqu'il venait de se fiancer avec sa meilleure amie. Mais il lui pardonnerait volontiers de l'avoir utilisé pour la bonne cause.

— Mais j'y pense ! Il doit passer me prendre chez moi ce soir à 19 heures. Et je ne voudrais surtout pas le manquer. Fais vite demi-tour, Alan, s'il te plaît.

Au lieu de se mettre en colère comme elle l'avait espéré, Alan se contenta de jeter un coup d'œil à sa montre.

— Trop tard. C'est loupé. Il faudra que David se passe de toi pour un soir.

Il se gara le long du trottoir et coupa son moteur.

— Enfile ton imper, Shelby. Nous avons une centaine de mètres à parcourir à pied.

Comme elle observait un silence boudeur, il se pencha pour détacher sa ceinture et lui glissa à l'oreille :

— Mais si tu préfères que nous restions à nous embrasser dans la voiture, je me plierai volontiers à ton choix.

Tournant la tête pour lui assener une riposte hargneuse, Shelby eut la surprise de trouver la bouche d'Alan à quelques millimètres de la sienne. Son souffle brûlant vint glisser entre ses lèvres mi-closes. Le cœur battant, elle se rabattit contre sa portière et descendit de voiture en toute hâte, en jetant son imperméable sur ses épaules.

Bon, très bien, fulmina-t-elle. Il avait gagné cette manche. Plutôt que de s'épuiser à multiplier les protestations inutiles, elle jouerait le jeu. Mais une fois qu'elle aurait récupéré ses clés, Alan le payerait cher. Très cher. Lorsqu'une Campbell se trouvait prise en otage, les représailles ne pouvaient être que violentes.

142

Alan la rejoignit sur le trottoir et lui prit les mains. Au moment précis où son regard plongea dans le sien, il sentit ses résistances fondre.

— Bonjour, toi, chuchota-t-il en se penchant sur ses lèvres.

Elle scella sa bouche à la sienne et l'embrassa éperdument. La pluie tombait sur eux à seaux mais Shelby se surprit à imaginer des cascades. Son manteau glissa de ses épaules et elle vit un arc-en-ciel. Des rêves à demi ébauchés, des vœux, des désirs assoupis se formaient et glissaient en elle comme autant d'étoiles filantes. Comment avait-elle pu vivre une vie entière sans Alan alors qu'elle ne tenait même pas une semaine sans s'étioler dans le manque de lui ?

Alan s'écarta d'elle à contrecœur. Une seconde de plus à la sentir ployer contre lui comme ça et il oublierait qu'ils se trouvaient sur la voie publique. Les deux mains en corolle autour de son visage, il dévora Shelby — sa Shelby — des yeux. Des gouttes de pluie printanière s'accrochaient à ses longs cils et baignaient sa peau claire. Et son regard gris était rivé sur lui, intense et offert.

Si seulement ils avaient été seuls dans l'humidité d'une forêt, ils n'auraient pas eu à briser la magie de l'instant. Ils auraient roulé ensemble au sol et se seraient aimés dans un élan de grâce.

Mais les trottoirs de Washington ne se prêtant guère à ce type de scénario, il dut se résigner à replacer le manteau de Shelby sur ses épaules.

— Tu es belle avec les cheveux mouillés.

D'un geste lent, possessif, il passa la main dans ses boucles trempées. Puis, sans un mot, il glissa un bras autour de ses épaules et la guida jusqu'au restaurant. Shelby connaissait l'endroit. La lumière était diffuse, l'aménagement des tables favorisait l'intimité. Jusqu'à 10 heures, l'ambiance resterait calme et les conversations ne s'élèveraient pas au-dessus du murmure. Puis la salle se remplirait ; il y aurait du bruit, de la musique, des rires.

Dans ce genre d'établissement à la mode, un homme comme Alan choisissait toujours le créneau de début de soirée. Alors qu'une femme comme elle, par goût et par habitude, optait pour la nuit, la foule, les ambiances survoltées.

Le maître d'hôtel s'inclina devant eux.

— Bonsoir, monsieur le sénateur…

Tournant la tête vers Shelby, il eut un mouvement de surprise à peine perceptible.

— … mademoiselle Campbell, c'est toujours un plaisir de vous avoir ici.

— Bonsoir, Mario.

— Si vous voulez bien me suivre.

Mario les guida jusqu'à une table à l'écart où une bougie à demi consumée apportait un éclairage plus que discret.

— Nous prendrons votre pouilly-fuissé en apéritif, commanda Alan sans consulter Shelby.

Mario hocha la tête d'un air approbateur.

— De chez Bichot ? Parfait… Je vous apporte cela tout de suite.

Shelby repoussa une mèche trempée qui lui tombait sur les yeux.

— J'aurais pu avoir envie d'une bière.

— La prochaine fois, acquiesça Alan avec une patience inépuisable.

— Il n'y aura pas de prochaine fois. Et je suis sérieuse, Alan. Je ne serais pas ici si tu ne m'avais pas bouclée hors de chez moi… Et arrête de me toucher comme ça, protesta-t-elle lorsqu'il lui caressa le dos de la main du bout des doigts.

— Tu préférerais que je te touche comment ?

— Alan !

144

— Tu as des mains extraordinairement sensibles, enchaîna-t-il avant qu'elle puisse formuler une remarque indignée.

Il la sentit frémir sous la caresse de son pouce et se promit que ce soir même, il la ferait frissonner, vibrer, trémuler de la tête aux pieds.

— Tu as pensé à moi combien de fois cette semaine, Shelby ?

Elle poussa un soupir exaspéré.

— Si je te dis que tu m'es sorti de l'esprit dès l'instant où tu as franchi le pas de ma porte, tu ne me croiras pas, n'est-ce pas ? Eh bien, tu as raison. Je me suis sentie coupable envers toi, à cause de mon comportement insultant, samedi dernier. Mais si j'avais su comment tu me traiterais ce soir, j'aurais été encore plus détestable. Et je te préviens que j'en suis capable, murmura-t-elle avec un éclair de défi dans les yeux.

Mais Alan entrelaça ses doigts aux siens. Et ce geste, si anodin en apparence, lui procura un plaisir si intense qu'elle en aurait gémi si Mario, arrivé sur ces entrefaites, n'était venu déboucher le vin devant eux.

— Excellent, murmura Alan, le regard plongé dans celui de Shelby, en trempant les lèvres dans son verre. Les arômes fruités tiendront longtemps en bouche. Et je les retrouverai intacts lorsque je t'embrasserai tout à l'heure.

Le cœur de Shelby battit plus vite ; le sang bourdonnait à ses tempes.

— Je suis ici uniquement parce que tu m'as prise en otage, riposta-t-elle d'une voix altérée.

Mario eut le mérite de continuer à les servir avec un sourire imperturbable, sans marquer la moindre réaction.

— Et puisque tu refuses de me rendre mes clés, j'appellerai un serrurier d'une cabine. Et je t'enverrai la facture.

— Après dîner, d'accord ? suggéra tendrement Alan. Que penses-tu du vin ?

Elle le regarda droit dans les yeux.

— Si tu crois qu'il suffit de me faire boire pour que je tombe dans ton lit, tu te fourvoies, MacGregor.

— Il est vrai que tu as un certain talent pour l'obstruction systématique. Tu ferais une excellente parlementaire, dans le fond.

De nouveau, il lui opposait cette arme redoutable entre toutes : sa patience. Shelby était tentée de frapper du poing sur la table. De pousser un cri strident. Ou, mieux même, de lui lancer son verre de vin à la figure.

Ah, quelle belle leçon ce serait, pour l'honorable sénateur du Massachusetts, de se faire arroser au pouilly-fuissé en public !

Mais en songeant à l'article croustillant qui ne manquerait pas de paraître dans le journal du lendemain, Shelby se résigna à prendre sagement une gorgée de sa boisson plutôt que de la répandre sur son vis-à-vis.

— Le vin est une merveille, mais je ne me laisserai pas fléchir. Et ne crois surtout pas que l'éclairage à la bougie jouera en ta faveur.

Alan résista à la tentation de lui faire remarquer qu'elle lui tenait désormais la main autant qu'il tenait la sienne. Il se contenta de sourire.

— Ah non ? Dommage. Je pensais que ces bonnes vieilles méthodes fonctionnaient à tous les coups.

Elle ne put s'empêcher de rire.

— Le repas aux chandelles ? Si tu veux vraiment être classique, offre-moi un énorme bouquet de roses. Ou une boîte de chocolats fins.

— Je sais que tu préfères les arcs-en-ciel.

— Tu en sais beaucoup trop, grommela-t-elle en s'emparant du menu que le serveur avait placé devant elle.

146

Puisque Alan lui avait fait manquer le week-end de ses rêves en Virginie, autant en profiter pour se restaurer correctement. Son appétit était revenu comme par miracle. Et son énergie aussi, étrangement. Dès l'instant où elle avait revu Alan, son apathie s'était dissipée.

— Madame ? s'enquit le serveur venu prendre leur commande.

— Mmm… Je commencerai par la salade de fruits de mer. Puis j'enchaînerai sur la lotte. Pour le plat de résistance, ce sera la côte d'agneau avec son gratin de pommes de terre et ses cœurs d'artichauts. Et je verrai tout à l'heure pour les desserts.

Alan, lui, se contenta d'une salade composée et d'un plat de poisson.

— Je vois que notre petite marche à pied t'a ouvert l'appétit, commenta-t-il aimablement.

— Tant qu'à être coincée ici, autant ne pas rester sur un estomac vide… Et puisque nous sommes condamnés à nous supporter, de quoi comptes-tu parler pour me distraire ? Des orages qui secouent le Congrès en ce moment ?

— Oh, il s'y passe beaucoup de choses, comme d'habitude.

— Oui, je sais. Tu fais des heures supplémentaires pour tenter de bloquer le projet de loi Breiderman. Ce qui, je dois le reconnaître, est une excellente initiative. Et puis tu es très occupé à mettre en place un nouveau système de foyers pour les sans-abri. Tu as réussi à obtenir les fonds nécessaires ?

Pour quelqu'un qui avait la politique en horreur, elle était singulièrement bien informée. Alan sourit.

— Je n'en suis pas encore là. Pour le moment, nous devrons nous contenter de fonds privés ainsi que de l'aide des bénévoles. Mais le maire me soutient à fond.

— Si tu veux étendre le système au pays tout entier, ce sont des mois, voire des années de combat auxquels il faut que tu te prépares, compte tenu du climat récessif et des restrictions budgétaires.

— Je sais. Mais je finirai par gagner.

Un discret sourire se dessina sur les lèvres d'Alan. Puis il enchaîna en la regardant droit dans les yeux :

— J'ai mes tactiques, tu vois. Je peux être très patient pendant très longtemps. Puis, si cela ne suffit pas, je deviens très… insistant.

Shelby songea qu'il avait l'œil un peu trop brillant pour être honnête. Elle attendit que le serveur se soit éloigné après avoir posé leurs salades devant eux avant de ramener fermement la conversation sur la politique.

— Tu t'es fait des ennemis en mettant des bâtons dans les roues de Breiderman. Il y aura forcément des représailles.

Alan la resservit en vin.

— Ça fait partie du jeu. Quel que soit l'objectif qu'on se fixe dans la vie, des obstacles surgissent nécessairement en cours de route. Ma philosophie en la matière, c'est de maintenir le cap et de résoudre les difficultés au fur et à mesure qu'elles se présentent.

Cette fois, Shelby renonça à faire semblant de ne pas le comprendre. Elle goûta un pétoncle et le mâcha pensivement.

— Une histoire d'amour, ça ne s'orchestre pas comme une campagne électorale, mon cher sénateur. Surtout lorsqu'on a affaire à quelqu'un qui connaît les ficelles du métier.

— Une histoire d'amour et une campagne électorale ? C'est intéressant, comme comparaison.

Les yeux d'Alan pétillaient d'humour. Shelby l'aurait volontiers étranglé tant elle était charmée par le sérieux de

148

son sourire. Ses mains la démangeaient tellement la tentation devenait forte de lui effleurer le visage.

— Ne fais pas l'innocent, Alan.

— Note quand même que je ne tombe jamais dans la langue de bois. Et que je ne te fais que des promesses que je m'engage à tenir.

— Je ne suis pas une électrice de ta circonscription.

— Cela ne change rien à ma plate-forme électorale.

En proie à un mélange d'amusement et d'exaspération, Shelby secoua la tête.

— Mmm… C'est impossible d'avoir le dernier mot avec vous autres, politiques. Je suppose que tu as vu l'article dans le journal de dimanche ?

Alan scruta les traits de Shelby et vit une ombre presque douloureuse ternir le gris lumineux de ses yeux. La publicité faite autour de leur rencontre ne lui avait manifestement pas fait plaisir.

— Oui. Je l'ai vue, Shelby. Et j'ai trouvé la photo très belle. Presque autant que les souvenirs qu'elle cristallise. Je suis désolé que tu l'aies mal vécu.

— Moi ? Oh, pas du tout. Je m'en fiche. Enfin… ça a surtout servi à me rappeler que tu es un homme résolument public. Ça ne te pose jamais de problème ?

— Tantôt oui, tantôt non. Une relative célébrité peut être parfois commode, parfois énervante… ou même carrément terrifiante, en certaines circonstances, précisa-t-il en lui décochant un clin d'œil. Songe, par exemple, que cette photo atterrira tôt ou tard entre les mains de mon père. Et je prévois une réaction musclée lorsqu'il apprendra que j'ai passé un après-midi au zoo avec une traîtresse de Campbell.

Un vrai sourire, cette fois, détendit les traits de Shelby.

— Tu crains pour ton héritage, Alan ?

— Pour ma peau, oui… Et plus directement pour mes oreilles. D'un jour à l'autre, je m'attends à décrocher mon téléphone et à l'entendre vociférer à l'autre bout du fil.

Le sourire de Shelby s'élargit.

— Tu le laisses dans l'illusion qu'il t'intimide encore ?

— De temps en temps. Ça lui fait plaisir.

Shelby prit un petit pain rond dans la corbeille, le rompit et lui en offrit distraitement la moitié.

— Si j'étais toi, j'éviterais de m'afficher en ma compagnie. Dans un métier comme le tien, il est toujours bon de garder ses tympans intacts. Ne serait-ce que pour entendre ce que chuchote l'opposition de l'autre côté de l'hémicycle.

— Ne t'inquiète pas. Je réglerai cette épineuse question avec mon père en temps utile.

Shelby riva son regard au sien.

— Une fois que tu « auras réglé la question » avec moi, tu veux dire ?

Levant son verre à sa santé, il lui sourit.

— Exactement.

— Alan… Il n'y aura rien entre nous et tu le sais.

Le haussement d'épaules d'Alan contenait un monde de promesses à lui seul.

— Nous verrons bien, n'est-ce pas ? En attendant, ma chérie, voici ta côte d'agneau.

150

7.

En toute logique, Shelby aurait dû se mordre les doigts d'avoir dévié aussi radicalement de la ligne de conduite qu'elle s'était fixée. Non seulement elle n'avait pas écourté le dîner, mais elle avait ri et plaisanté tout au long du repas. Elle s'était même laissé amadouer au point d'accepter de prolonger la soirée en faisant du lèche-vitrines sous la pluie dans M Street. Puis de boire un dernier verre dans un piano-bar bondé où elle avait ses habitudes.

Mais des regrets, elle n'en ressentait aucun. Pour la première fois, après une semaine sinistre, elle avait retrouvé le plaisir de rire et de s'amuser sans effort.

Il y aurait des conséquences, bien sûr. Des conséquences, il y en avait toujours. Mais il serait toujours assez tôt pour y penser le lendemain.

A plusieurs reprises, des connaissances passèrent à leur table pour échanger quelques mots avec elle et jeter un regard intrigué à Alan. Shelby se souvint que les bars, les clubs, les restaurants de nuit, c'était son territoire à elle.

Alors que le domaine d'Alan, c'était plutôt l'opéra, un soir de première. Ou le vernissage d'une grande exposition. Mais à cela aussi, elle aurait le temps de réfléchir le lendemain.

— Hé, Shelby ! Te voilà encore à traîner dans des lieux de perdition à des heures tardives ?

Shelby leva la tête et sourit à un couple d'amis.

— Salut, David ! La forme, Wendy ?

David lui posa la main sur l'épaule.

— Dis donc, tu devais passer à la maison en début de soirée, lâcheuse ! Du coup, on est allés voir la nouvelle pièce de Shiboldsky sans toi.

Wendy glissa le bras autour de la taille de David.

— Rassure-toi, tu n'as rien loupé. C'était sinistre.

— Je suis désolée, j'ai été… détournée au dernier moment, admit Shelby en jetant un regard en coin à son compagnon.

Elle se leva pour faire les présentations.

— Alan… Wendy et David.

David, un homme de haute taille avec une petite barbe en pointe et une allure de rocker, se tourna vers Alan avec un sourire distrait.

— Enchanté, déclara Alan en lui serrant la main. Vous prenez un verre avec nous ?

— Merci, c'est sympa, mais on était sur le départ.

David ébouriffa les cheveux de Shelby et chipa une gorgée de vin dans son verre.

— Il se produit demain à un mariage, avec son groupe, expliqua Wendy. Et il a même l'intention de jouer au nôtre, le mois prochain. Tiens, il faudra que tu me donnes quelques tuyaux sur le traiteur grec dont tu m'as parlé l'autre fois, Shelby… Elle est d'avis qu'il n'y a rien de tel que l'ouzo pour mettre de l'ambiance dans une fête, précisa la jeune femme à l'intention d'Alan. Bon, allez, il faut qu'on file. On se revoit bientôt, de toute façon.

Wendy secoua les longs cheveux ondulés qui lui descendaient jusque sur les reins et disparut en tirant David par la manche.

— Eh bien… C'est un rapide, ce garçon, commenta Alan.

Shelby lui jeta un regard surpris, étonnée de voir ses yeux bruns pétiller d'amusement.

— Qui ? David ? Il se déplace à deux à l'heure. Je ne connais personne qui soit plus lent que lui. Sauf lorsqu'il tient une guitare à la main.

— Avoue quand même qu'il se remet vite d'une déception amoureuse. Tu lui poses un lapin ce soir et tu le retrouves trois heures plus tard déjà fiancé à une de tes amies.

— Moi, je lui ai posé un… ?

Se souvenant brusquement du rendez-vous qu'elle s'était inventé ce soir-là, Shelby laissa sa phrase en suspens et enchaîna gravement :

— Hélas… Le cœur des hommes est infidèle.

Alan lui prit le menton entre le pouce et l'index.

— Tu restes admirablement digne, vu les circonstances.

— Je n'affiche pas volontiers mes désespoirs en public, murmura-t-elle d'une voix tragique qui sonnait tellement faux qu'elle finit par éclater de rire… Oh, et puis zut. Avoue que je joue de malchance. Il a fallu que je tombe sur David ce soir.

Elle leva son verre.

— On boit aux cœurs brisés ?

— Ou aux mensonges stupides ? riposta Alan en faisant tinter son verre contre le sien.

— D'habitude, je mens très intelligemment. Et puis, ce n'était pas tout à fait un mensonge. J'ai bel et bien eu une histoire avec David. Il y a trois ans. Ou peut-être même quatre. Et inutile de me regarder avec ce petit sourire narquois, sénateur !

Alan se leva et lui tendit son manteau.

— J'avais un sourire narquois ? Désolé. C'est terriblement grossier de ma part.

— En effet, oui. Il aurait été plus délicat de ta part de passer discrètement sur l'incident. D'ailleurs, je t'aurais menti beaucoup plus adroitement si tu ne m'avais pas exaspérée à ce point, observa-t-elle comme ils sortaient dans la rue toujours inondée de pluie.

— Si je tire les conséquences logiques de ce raisonnement abscons, j'en conclus que je suis seul coupable de *ton* mensonge, observa Alan en lui passant un bras autour des épaules. Je peux peut-être m'excuser de ne pas t'avoir laissé le temps de déformer la vérité plus efficacement ?

— Ce serait fair-play, en effet. Cela dit, je n'ai pas l'intention de te remercier pour cet excellent dîner. Et encore moins pour le vin et l'éclairage aux bougies.

Riant de délices, Shelby pencha la tête en arrière et offrit son visage à la caresse rafraîchissante de la pluie printanière. Comment avait-elle pu penser une seule seconde que ce temps était *déprimant* ? Alan la dévora des yeux en allant lui ouvrir sa portière. Elle était si belle, si détrempée, si rayonnante qu'il dut se faire violence pour ne pas la prendre dans ses bras.

— Et pour l'arc-en-ciel ? Tu ne me remercies pas non plus ?

Un sourire joua au coin des lèvres de Shelby.

— Peut-être… On verra.

Les jambes soudain flageolantes, elle se hâta de grimper dans la voiture. Alan ne l'avait regardée que quelques secondes, mais l'intensité du désir dans ses yeux lui donnait le tournis. « Prudence, Shelby, prudence », se mit-elle en garde.

— Tu sais que si tu n'étais pas venu me kidnapper tout à l'heure, je serais partie passer le week-end au bord de la mer ? lança-t-elle d'un ton léger afin de dissiper la tension nettement érotisée qui subsistait dans l'atmosphère.

— Tu aimes la plage sous la pluie ?

— Je l'aime par tous les temps.

— Moi, c'est au crépuscule, par soir de tempête, que je la préfère. Lorsqu'il y a tout juste assez de lumière pour voir tourbillonner le ciel et les vagues.

154

Etonnée, elle scruta le profil d'Alan dont émanait une telle impression de quiétude.

— Tiens... Je pensais que tu aurais plutôt opté pour de grandes étendues de sable en hiver, sous un ciel serein. Je te verrais bien en marcheur solitaire, méditant sur l'avenir du monde.

— Cela m'arrive aussi... J'ai une sœur qui vit à Atlantic City, avec son mari. De temps en temps, je fais un saut chez eux hors saison pour profiter de l'océan la journée et pour perdre de l'argent dans leur casino le soir.

Shelby ouvrit de grands yeux.

— Tu as une sœur qui tient un *casino* ?

— Mon beau-frère et elle en possèdent plusieurs. Rena était croupière, passé un temps. Et il lui arrive encore de distribuer les cartes au black-jack. Elle adore ça... Mais ça a l'air de te surprendre ? Tu pensais que j'avais une famille très conventionnelle, très collet monté qui ne pratique que des activités choisies comme la danse classique, le golf et le piano ?

Shelby toussota. En vérité, l'idée qu'elle s'était faite des MacGregor se rapprochait sensiblement du tableau qu'il venait d'évoquer.

— Jamais de la vie. Pourquoi aurais-je pensé une chose pareille ? protesta-t-elle avec l'ombre d'un sourire.

Alan se gara près de chez elle et descendit pour lui ouvrir sa portière avant qu'elle ait pu tenter de le dissuader de la raccompagner.

Trempée une fois de plus, elle s'ébroua dans l'escalier.

— Tu aurais mieux fait de rester dans ta voiture. Tu as passé ta soirée à te faire saucer.

Tout en gravissant les marches, elle glissa la main dans son sac et tâtonna à la recherche de ses clés.

— N'oublie pas que je les ai encore sur moi, Shelby.

Alan sortit le trousseau de sa poche et le brandit sous son nez.

— Si je te les rends, ça vaudra bien une tasse de café ?

— Décidément, vous ne reculez devant rien, monsieur le sénateur. Enlèvement, corruption, chantage ; rien ne vous arrête !

— Quel chantage ? Il s'agit juste d'un échange de bons procédés. Je t'ouvre ta porte et tu m'offres un café.

Shelby soupira. Tel qu'elle le connaissait, il était capable de passer une heure sur le palier à défendre sa théorie fumeuse. Et il finirait toujours par l'obtenir, son fichu café, de toute manière.

— Bon, d'accord. Mais juste une tasse. Et sans traîner.

Se débarrassant de son imperméable, Shelby le jeta sur une chaise de cuisine. Le chat émergea de sous le manteau dégoulinant et darda sur elle un regard lourd de reproches.

— Oh, pardon, Moshé.

Shelby sortit un paquet de croquettes et remplit une gamelle.

— Désolée pour le retard, mon vieux. Mais il faudra t'en prendre à Alan. Il ne m'a même pas laissé le temps de remonter ici pour te nourrir.

Pour toute réponse, Moshé lui jeta un dernier coup d'œil courroucé et se jeta sur sa nourriture.

Elle se tourna vers Alan :

— Tu vois quelles perturbations tu as créées dans mon foyer ? Moshé a toujours eu besoin de dîner à heures régulières. C'est un chat très structuré.

Alan examina la silhouette de la bête.

— Il n'a pas l'air sous-alimenté, en tout cas.

— Non, c'est vrai, admit Shelby en versant de l'eau dans la carafe de verre de sa cafetière. Mais il est très vite contrarié. Il a une nature…

Elle perdit le fil de ses pensées lorsque Alan vint se placer derrière elle pour poser les mains sur ses épaules.

— … si j'oublie de le nourrir, il…

Ses paupières se fermèrent d'elles-mêmes lorsque les lèvres d'Alan effleurèrent une oreille.

— … fait la tête, poursuivit-elle stoïquement en plaçant le filtre. Et des colocataires qui boudent, ça perturbe la vie de la communauté.

— J'imagine, oui, commenta Alan en soulevant les cheveux dans sa nuque pour mordiller la chair sensible. Shelby ?

Décidée à ne prêter aucune attention à ses agissements, elle mit la cafetière électrique en route.

— Oui ?

Alan s'attaqua à la base de sa nuque et remonta lentement le long de son cou.

— Tu as oublié de mettre le café, précisa-t-il en la faisant pivoter vers lui.

Elle frissonna et s'agrippa au plan de travail pour prévenir toute nouvelle réaction physique du même ordre.

— Oublié de mettre quoi ? murmura-t-elle d'une voix embrumée.

Il déposa un baiser sur le coin gauche de sa bouche.

— Du café. Dans le filtre.

— Mmm… Le café ? Il sera prêt dans une minute, annonça-t-elle, dans un état résolument second.

Ses pensées se dissolvaient dans un épais brouillard de volupté tandis que les lèvres d'Alan glissaient sur ses paupières.

Il rit doucement en éteignant la cafetière.

— Alan…

— Oui ?

— Tu essayes de me séduire.

— Non.

Il lui mordilla doucement la lèvre inférieure puis repartit plus bas, dans son cou, pour le plaisir de sentir son pouls s'affoler sous ses baisers.

— Je n'essaye pas. Je suis *en train* de te séduire.

— Pas du tout.

Shelby voulut le repousser mais ses mains, par quelque phénomène étrange, atterrirent autour de son cou.

— Nous ne ferons pas l'amour, Alan.

Il enfouit les mains dans sa chevelure.

— Et pourquoi ?

— Parce que…

Shelby lutta pour se remémorer qui elle était. Où elle était.

— Parce que ce serait… ce serait le plus court chemin vers l'enfer, marmonna-t-elle, à court d'arguments.

De nouveau, Alan rit doucement contre ses lèvres. Sa langue glissa entre les siennes pour achever de l'étourdir.

— Trouve une autre raison, Shelby.

Comment avait-il réussi, en si peu de temps, à la plonger dans une confusion pareille ? La tension entre eux montait trop fort et trop vite. Le désir, elle connaissait pourtant. Ce n'était pas un phénomène douloureux, d'ordinaire. Il ne vous submergeait pas par vagues de plus en plus puissantes qui s'enroulaient autour de vous pour vous laisser brisée et affaiblie dans leur sillage.

Elle avait déjà eu envie d'un homme. Mais ce qui se passait en cet instant avec Alan devait porter un nom différent. Jamais, elle n'avait traversé ces états houleux auparavant.

— Non, protesta-t-elle dans un sursaut de peur. Je te désire trop. Je ne veux pas, Alan.

— Trop tard.

Sans cesser de lui couvrir le visage de baisers, il la mena en direction de sa chambre.

158

— Il est déjà *beaucoup* trop tard pour faire machine arrière, Shelby.

Il fit glisser sa tunique de ses épaules et la laissa se déployer sur le sol.

— Tu es douce… douce de partout, chuchota Alan. J'ai envie de prendre mon temps… j'ai envie que ce soit mémorable.

Il caressa ses bras nus, en remontant des poignets jusqu'aux épaules.

— J'avais tellement envie de toi, Shelby… tellement envie de tout ce que tu caches, de tout ce qui est toi et que tu ne montres pas.

Sans bruit, sa jupe virevolta à son tour jusque sur le parquet, juste à l'entrée de sa chambre.

— Tu entends la pluie, Shelby ?

Elle sentit la caresse du satin sous ses épaules lorsqu'il l'allongea sur le lit.

— Oui, chuchota-t-elle d'une voix qu'elle reconnut à peine.

— Nous allons faire l'amour. Et chaque fois que la pluie tambourinera sur ton toit, tu te souviendras de cette nuit.

Elle se souviendrait, oui. Avec ou sans pluie. Son cœur battait si fort dans sa poitrine. Et sa chair soudain docile épousait entièrement les contours de ce corps d'homme contre le sien.

Jamais Shelby n'avait fait à un amant le cadeau d'un abandon total. Mais avec Alan, il n'y avait plus de quant-à-soi possible : elle lâchait prise. Avec un léger frisson, elle songea aux paroles de Maureen : *je sombrerais corps et âme.* Fondante, comme à deux doigts de s'évanouir, elle se laissait mener là où la peur lui avait toujours interdit d'aller : vers la perte de contrôle totale.

Et sur cette voie, Alan la guidait d'une main sûre. Sa curiosité d'elle était sans limites. Avec une patience inépuisable, il réveillait chaque pore, chaque grain de sa peau, comme pour cartographier son corps au millimètre. Et ses mains, ses lèvres se mouvaient sur elle avec une tendresse telle qu'elle avait l'impression de flotter en lévitation au-dessus du lit.

Shelby n'avait jamais eu une notion très nette de ce qu'était la langueur. Mais elle mesura toute la portée du terme lorsqu'elle voulut déboutonner la chemise d'Alan. Ses bras étaient lourds… si lourds. Et ses doigts si agiles d'ordinaire semblaient avoir perdu toute leur adresse.

A force de la sentir tâtonner, Alan émit un grognement sourd qui ressemblait fort à un signe d'impatience. Sa bouche se mêla plus voracement à la sienne et il pesa sur elle de tout son poids. Son baiser se fit exigeant, dominateur. Mise au défi par ses caresses plus agressives, Shelby émergea de sa torpeur. Elle cessa de recevoir dans l'abandon pour prendre et donner à son tour.

Une même ardeur les habitait désormais. Les mains de Shelby avaient retrouvé toute leur dextérité lorsqu'elle lui retira sa chemise. Très vite, leur étreinte tourna à la course, à la compétition, à la lutte. C'était à qui pousserait l'autre le plus loin. Les caresses d'Alan avaient perdu leur douceur exquise. Ni l'un ni l'autre, d'ailleurs, ne recherchaient plus la tendresse. D'emblée, il y avait eu entre eux un feu vif qu'ils avaient trop longtemps étouffé sous la cendre.

Alan sentait Shelby trembler partout où ses mains la sollicitaient, partout où sa langue glissait sur sa chair tendrement suppliciée. Il savait qu'elle avait passé le cap, que la peur était désormais derrière elle. Dans l'amour, il trouvait Shelby telle, exactement, qu'il l'avait rêvée : à la fois fragile et forte, tornade et feu follet. Et libre comme peu de femmes l'avaient été dans ses bras.

Exigeante, tout feu tout flammes, elle se mouvait sous lui, avec lui, sur lui, ondulante et provocante jusqu'à lui faire perdre la maîtrise du jeu. Chaque inspiration brève qu'il prenait était chaude, humide, chargée de son troublant parfum que la moiteur de l'amour exaltait. Il avait l'impression de l'absorber en lui, de la boire à longs traits, de mêler si étroitement leurs êtres et leurs substances que les frontières de leurs corps se dissolvaient.

Ils ne menaient plus ni l'un ni l'autre, désormais. Née de leurs étreintes, la force qui les guidait avait cessé de leur appartenir. Alan ne contenait plus rien. Ce fut Shelby qui le prit en elle. Shelby qui étouffa contre ses lèvres un cri qui n'était pas de soumission. Tels la foudre et le tonnerre, ils se répondaient, se faisaient écho, et, dans un paroxysme de fureur, se confondirent et culminèrent.

La pluie de printemps n'avait pas cessé. Elle continuait à danser au même rythme sur le toit. Peut-être avaient-ils dormi, étroitement enlacés, bras et jambes mêlés pendant des heures ? Ou leur assoupissement n'avait-il duré que quelques secondes ? Ni Shelby ni Alan n'auraient été en mesure de se prononcer. Naviguant sur un radeau hors temps et hors espace, ils voguaient en confortable synergie.

Shelby se blottit au creux du corps d'Alan. Les yeux clos, la respiration régulière enfin, elle découvrait un état de paix profonde, en parfait contraste avec la tempête qu'elle venait de traverser.

Mais c'était la tempête — et son acceptation d'y entrer — qui lui avait procuré cette incomparable sérénité. Elle souleva paresseusement une paupière et sourit.

Alan... C'était lui. Rien que lui. Il était sa paix, son repos, sa demeure.

Stable et solide. Fantaisiste et obstiné. Il y avait tant d'étiquettes qu'on pouvait coller sur lui. Mais aucune d'elles ne résumait Alan à elle seule. Peut-être était-ce cette pluralité de facettes chez lui qui l'avait désarmée. Comment résister à un homme si riche en aspects et en visages ? C'était bien parce qu'elle se sentait si démunie face à lui, qu'elle avait tout fait — mais en vain — pour lui échapper.

Sous ses paumes, Alan sentait Shelby et rien que Shelby. Son cœur battait tout contre le sien, et sa poitrine se soulevait et retombait au rythme régulier de sa respiration. Le mot « félicité » lui traversa l'esprit sans qu'il eût la force de le prononcer à voix haute. Il était encore assommé par la tornade et le sang continuait à rugir à ses tempes. Toutes les cellules de son corps semblaient en ébullition. C'était Shelby assurément qui coulait en lui, comme une liqueur, comme un vent fort qui coupait le souffle, comme une brise fraîche qui mettait à distance la dure réalité du monde. Une réalité qu'il avait toujours choisi de regarder en face. Mais avec Shelby à son côté, les aspérités paraissaient moins marquées, les pentes moins abruptes à gravir.

Il avait besoin de ces couleurs, de cette lumière, de ce tourbillon qu'était Shelby. Tout comme il était prêt à lui donner le calme et l'ancrage qu'elle pouvait attendre de lui.

Les paumes à plat, il fit descendre ses mains de ses épaules à sa taille, en une glissade lente et possessive.

— Mmm…, murmura-t-elle avec des langueurs de chatte paresseuse. Encore… Caresse-moi le dos.

Il s'exécuta, sortant peu à peu de sa torpeur en la sentant si réceptive sous ses doigts. Il changea de position et s'immobilisa net.

— Euh… Shelby ? Je ne voudrais pas t'inquiéter mais je sens quelque chose de mou et de velu sous mes orteils.

— De mou et de velu ?

162

— Si c'est ton chat, il ne respire plus.

— MacGregor…, murmura-t-elle d'une voix assoupie.

Il lui embrassa les tempes, les cheveux.

— Oui ?

— Pas toi. Le cochon.

Alan dut laisser passer un temps de silence pour digérer l'information.

— Je te demande pardon ?

— Oh, Alan, tu es inimitable. J'adore la façon dont tu dis ça.

Rassemblant son énergie, Shelby se pencha au-dessus de lui, trouva une boîte d'allumettes à tâtons et alluma une bougie.

— Ah, voilà. J'avais envie de voir ton visage… Alan, je te présente MacGregor.

Elle pressa ses lèvres sur les siennes avant de lui désigner l'animal au pied de son lit.

— Tu as donné mon nom à un cochon en peluche lavande ?

Son regard était si comiquement indigné, son expression si typiquement masculine que, prise de fou rire, elle retomba contre sa poitrine.

— J'ai essayé de reléguer ton cochon dans un placard mais il ne s'est pas laissé faire. Alors je l'ai placé là en décrétant que ce serait le seul MacGregor dont les manœuvres de charme lui vaudraient une place dans mon lit.

— Et c'est ce que j'ai fait, selon toi ? J'ai manœuvré pour m'insinuer dans mon lit ?

— Et comment ! Tu savais très bien que la place forte que je suis finirait par succomber sous tes assauts. Tu crois peut-être que j'étais armée pour me défendre contre ces ballons, ces peluches, ces fraises et ces arcs-en-ciel ?

La flamme de la bougie dansait doucement dans l'obscurité, projetant sur le visage d'Alan des ombres mystérieuses.

— J'étais *très* déterminée à ne pas céder, pourtant. Je m'étais juré que, quoi qu'il arrive, je n'irais jamais jusque-là.

Alan lui prit le poignet pour le porter à ses lèvres.

— Que tu n'irais jamais jusqu'où ? Jusqu'à m'ouvrir ton lit ?

— Pas mon lit, non. Je t'ai ouvert bien plus que cela. Ce que je ne voulais surtout pas, c'était tomber amoureuse.

Il y eut un silence. Les doigts d'Alan se crispèrent sur son poignet, puis se détendirent. Son regard était si intense, soudain, qu'il semblait la pénétrer tout entière. Elle sentit contre sa poitrine les battements accélérés de son cœur.

— Tu es amoureuse de moi, Shelby ?

— Oui.

La simple syllabe, à peine chuchotée résonna en elle comme un coup de gong.

Sans un mot, Alan la serra contre lui. La gorge nouée, il la sentit fondre dans son étreinte. Jamais il n'aurait osé espérer qu'elle lui donne autant et aussi vite.

— Quand ? demanda-t-il dans un souffle.

Soulevant la tête, elle fit pleuvoir de petits baisers sur son torse.

— Quand ? Mmm… quelque part entre le moment où nous sommes sortis sur la terrasse des Write et celui où j'ai soulevé le couvercle d'un certain panier de fraises.

— Il t'en a fallu, du temps ! Moi, il a suffi que je te voie et c'était fait.

Riant tout bas, elle chercha son regard.

— Si tu m'avais dit ça, il y a une semaine ou même hier soir, je t'aurais pris pour un illuminé… Et je n'aurais peut-être pas eu tort. Mais quelle importance si nous sommes un peu cinglés l'un et l'autre ? Notre folie ne fait de tort à personne.

Avec un profond soupir, elle cueillit son visage entre ses paumes. Shelby se savait capable de tendresse. Pour les enfants.

Pour les animaux. Parfois même pour une figure anonyme croisée dans la rue. Pour les hommes qui avaient partagé son lit, cependant, elle ne se souvenait pas d'en avoir jamais ressenti. Mais lorsque sa bouche se mêla à celle d'Alan, elle fut submergée par une douceur, une profondeur d'affection telle qu'elle s'en trouva comme inondée. De ses mains patientes d'artiste, elle caressa, modela son visage, enregistrant les contours pour pouvoir les restituer de mémoire.

Puis elle passa à son cou. A ses épaules, dont les muscles fermes résistaient sous les doigts. Alan avait le type même d'épaules sur lesquelles il faisait bon s'appuyer. Elles offraient un lieu où déposer son fardeau lorsqu'il devenait trop lourd à porter.

Un sourire se dessina sur les lèvres de Shelby. Elle ne ressentait ni l'envie ni la nécessité de transférer le poids de ses problèmes sur Alan. Il lui suffisait de savoir qu'il lui prêterait une épaule si elle en avait besoin. Juste le temps d'y laisser reposer la tête et de fermer les yeux quelques instants.

Pressant ses lèvres au creux de son cou, Shelby retrouva l'écho de sa propre odeur sur lui. Et la découverte l'enchanta.

— Je peux te dire quelque chose sans que ça te monte à la tête ? demanda-t-elle en lui caressant doucement les flancs.

— Mmm… Je ne te promets rien. Nous autres mâles sommes de fates créatures, baignant dans une autosatisfaction permanente. C'est connu.

— Tu te souviens, le jour où tu es passé dans mon atelier, quand tu as ôté ton polo pour le rincer ? Lorsque je me suis retournée et que je t'ai vu torse nu, j'ai eu envie de poser mes mains sur toi… Et j'ai été à deux doigts de le faire.

Ses mots trouvèrent un écho chez Alan, le touchant au cœur et aux entrailles, ranimant l'élan de son désir.

— Je ne t'aurais pas opposé une résistance trop farouche.

165

— De toute façon, si j'avais décidé d'abuser de toi, sénateur, murmura-t-elle avec un petit rire sensuel, tu n'aurais eu aucune chance de m'échapper.

— Ah non ?

Shelby se pencha pour lui effleurer les côtes de la pointe de la langue. Et sourit lorsqu'elle entendit le souffle d'Alan s'accélérer.

— Un MacGregor finira toujours par s'incliner devant une Campbell, proclama-t-elle, le regard plongé dans le sien.

Alan se préparait à répliquer lorsque la main de la jeune femme glissa à rebours de sa cuisse. La déclaration de Shelby était de celles qui appelaient une riposte. Mais il n'avait pas forcément besoin de mots pour avancer ses arguments. Puisque Shelby semblait en verve, il lui laissait le soin d'ouvrir les hostilités. Dans ce combat au corps à corps, il commencerait par se soumettre sans rechigner à sa bouche gourmande et à ses jolies mains ravageuses.

Dehors, la pluie infatigable poursuivait sa petite musique allègre. Mais, très vite, Alan n'entendit plus que la respiration de Shelby, ses soupirs et ses murmures.

Elle se mouvait sur lui avec lenteur, déposant un baiser par-ci, mordillant par-là, ne bâclant aucune étape du parcours fantasque qu'elle improvisait au gré de son inspiration. Lorsqu'elle fit une pause pour venir boire un baiser à ses lèvres, Alan estima qu'il était temps pour lui de passer à la contre-offensive. Et de montrer qu'un MacGregor ne pliait jamais l'échine sans montrer d'abord ce qu'il avait dans le ventre.

Saisissant sa taille d'un geste vif, il la fit rouler sur lui. Les joues de Shelby étaient empourprées par le désir, ses cheveux tombaient comme une cascade de feu autour de son visage. Saisi aux tripes, Alan imprima cette vision dans sa mémoire. Il la garderait comme un viatique, en prévision des nuits froides et des journées sans joie. Il la retourna alors sous lui et vit sa chevelure flamboyer sur le vert intense du couvre-lit. Eclairée par la fragile lumière de la bougie, elle avait l'air d'une créature à demi sauvage, à mi-chemin entre l'elfe et la gitane. Les yeux d'un gris très pur fixés sur lui exprimaient un mélange déconcertant d'attente, de défi, d'amour.

— Nous, MacGregor, avons nos méthodes pour mater les Campbell rétives, murmura-t-il.

Shelby sourit sans répondre. A travers ses paupières mi-closes, elle vit la bouche d'Alan descendre lentement vers la sienne. Mais il ne lui offrit pas la satisfaction d'un baiser. Ses lèvres dévièrent pour glisser le long de sa joue, descendre tracer des cercles de plus en plus rapprochés autour de ses seins. Chaque fois qu'elle se centrait sur une sensation, il repartait ailleurs, usant de cette patience inépuisable qui était sa meilleure arme. Il avait l'art de doser ses caresses, de jouer avec son plaisir pour la mener vers des extrémités qui frisaient la souffrance.

Vint le moment où tout bascula, où le reste du monde ne fut plus qu'une abstraction lointaine. La terre, peut-être, avait cessé de tourner sur son axe. Ou l'univers avait implosé pour se concentrer en un seul point de lave brûlante.

Shelby tremblait violemment lorsque Alan vint en elle. Il la prit avec lenteur, mêlant leurs respirations haletantes. Un instant, la course du temps parut ralentir. Puis elle repartit en accéléré et il n'y eut plus qu'un grand mouvement de matière qui se contractait, s'étirait, tourbillonnait au cœur du néant.

8.

Shelby ouvrit un œil, constata qu'il faisait gris, et se blottit confortablement contre Alan pour s'octroyer une petite dose de sommeil supplémentaire. Mais Alan avait manifestement d'autres projets en tête que le repos. Sa main glissa le long de son dos, s'anima sur ses hanches, fila sur ses reins.

— Tu te réveilles toute seule ou je m'en charge ? lui chuchota-t-il à l'oreille.

Elle émit un vague grognement.

— Je suppose que ce son indistinct signifie que ton opinion n'est pas encore faite ?

Pressant les lèvres contre le cou de Shelby, Alan sentit son pouls assoupi, lent et régulier comme un mécanisme d'horlogerie. Mais il se faisait fort d'accélérer un peu le mouvement.

— Je peux peut-être t'aider à orienter ta décision ?

Se délectant de son consentement assoupi, il entreprit de la faire sortir, étape par étape, des limbes du sommeil. Qu'il puisse la désirer aussi impérieusement alors qu'ils avaient fait l'amour la moitié de la nuit le sidérait. Mais elle était si tiède, si douce — et ses petits soupirs le rendaient fou.

Il sentait la libido dormante de Shelby juste sous la surface, prête à affleurer et néanmoins contenue, si bien qu'elle lui laissait toute initiative pour explorer ses réactions à sa guise.

Ils firent l'amour avec lenteur et paresse, comme un prolongement à deux de leurs rêves de la nuit.

— Je vote pour que nous restions au lit jusqu'à ce qu'il cesse de pleuvoir, murmura Shelby un peu plus tard tandis qu'ils reposaient côte à côte.

— Idéalement, il nous faudrait des jours et des jours. Voire une semaine… Mais tu ne dois pas ouvrir ta boutique, ce matin ?

— C'est toujours Kyle qui s'y colle, le samedi. Nous pouvons dormir comme des bienheureux jusqu'à ce soir et nous réveiller de temps en temps pour faire l'amour.

Il caressa amoureusement la rondeur de ses seins.

— J'ai un déjeuner officiel, hélas.

Shelby réprima un soupir. Pour un homme comme Alan, les contraintes de la vie publique envahiraient toujours tout, les week-ends y compris.

— Ça nous laisse quand même encore quelques heures, murmura-t-elle, refusant de se laisser démoraliser.

— Et le petit déjeuner ?

Shelby réfléchit à la question puis décida que ce matin, exceptionnellement, elle se sentait plus indolente qu'affamée.

— Tu sais cuisiner, toi ?

Il sourit.

— Non.

Sourcils froncés, elle lui attrapa les oreilles.

— Comment ça, tu ne sais pas cuisiner ? Je croyais que tu étais un ardent défenseur des droits de la femme ?

— Mais je le suis. Loin de moi l'idée de vouloir te coller aux fourneaux. Tu cuisines de ton côté, au fait ?

— A peine, admit-elle.

Il rit doucement.

— Avec l'appétit que tu as, ça me surprend.

— Oh, je me débrouille. J'ai une véritable vocation de pique-assiette. Et toi ? Comment es-tu organisé ?

— J'ai la chance d'avoir McGee.

— C'est ton cuisinier ?

— Mon majordome, en fait.

— Mon cher…

— Il fait pour ainsi dire partie de la famille. Je croyais qu'il ne quitterait jamais ni mes parents ni Hyannis. Mais lorsque je suis venu à Washington, McGee a estimé qu'il était de son devoir de venir s'occuper de moi… Il se trouve que j'ai toujours été son préféré, vois-tu.

— Ah tiens ?

Shelby eut une vision du petit garçon qu'il avait été. Secret. Observateur. Attentif à des détails auxquels les autres enfants de son âge avaient dû rester insensibles.

— Et pourquoi toi plus que ton frère ou ta sœur ?

— Si je n'étais pas aussi modeste, je te répondrais que j'ai toujours été un enfant modèle, au caractère facile, à l'humeur égale.

— Menteur ! Et comment expliques-tu ton nez cassé si tu étais si exemplaire que ça ?

Il fit la grimace.

— Mon nez cassé ? C'est le résultat d'un direct du droit de Rena.

Shelby éclata de rire.

— Ta sœur t'a aplati le nez ? La croupière qui distribue les cartes au black-jack ? Ah, c'est trop génial !

Alan lui attrapa le bout du nez et le lui tordit d'un geste amical.

— Cœur de pierre, va. Tu sais que ça a été sacrément douloureux, sur le coup ?

— J'imagine, oui. Elle te mettait K.O. régulièrement, ta sœur Rena ?

170

— Attention, je n'ai jamais dit qu'elle avait eu le dessus, protesta Alan dignement. Elle s'était jetée sur Caine pour tenter de le tabasser parce qu'il avait insinué qu'elle faisait les yeux doux à un de ses amis.

— Les frères ont toujours de ces réflexions pénibles…

— *Certains* frères, oui. Quoi qu'il en soit, j'avais entrepris de séparer les combattants lorsque le coup de Serena est parti. Et comme par hasard, elle a manqué Caine et c'est moi qui l'ai pris en pleine figure.

Comme Shelby pouffait de rire, il secoua la tête.

— C'est à cette occasion que j'ai renoncé à faire carrière dans la diplomatie. La grande leçon que j'ai retirée de l'accident, c'est que c'est toujours le médiateur qui ramasse.

Hilare, Shelby laissa reposer un instant sa tête contre son épaule.

— Je suis sûre que ta sœur était bourrelée de remords.

— Au départ, oui. Mais dès que le sang a cessé de couler, elle a réagi plus ou moins comme tu le fais aujourd'hui.

— Quelle insensibilité ! Allez, pour te consoler, je me charge de te concocter un vrai petit déjeuner. Tu vas voir ce que tu vas voir.

Dans un de ces grands sursauts d'énergie dont elle était coutumière, Shelby s'extirpa de sous les couvertures. Après quelques recherches infructueuses, elle finit par trouver son peignoir sous le lit.

— Tu viens ? On va voir s'il reste quelque chose de vaguement comestible dans mon réfrigérateur, proposa-t-elle lorsque Alan eut enfilé son jean.

— *Vaguement comestible ?* Ça ne paraît pas très encourageant, comme perspective culinaire.

— Ne commence pas à voir les choses en noir avant même que nous ayons fait une évaluation des stocks.

Ils traversèrent le séjour où le chat installé sur le canapé leur tourna ostensiblement le dos lorsqu'ils passèrent devant lui.

Shelby soupira.

— Il continue de faire la tête. Il ne me reste plus qu'à lui acheter du mou pour me faire pardonner… Qu'est-ce que tu en penses, Eulalie ? Il a un sale caractère, non ?

Le perroquet émit une sorte de grincement.

— Eh bien… On dirait qu'elle s'est levée de la patte gauche, elle aussi, commenta Alan.

— Pas du tout. Si elle a parlé, c'est qu'elle est dans d'excellentes dispositions, au contraire.

— Parce que tu appelles ça « parler » ?

En guise de réponse, Shelby ouvrit la cage de l'oiseau et en sortit un petit bac plein d'eau souillée qu'elle tendit à Alan.

— Tiens. Occupe-toi de ça, puis tu feras le café. Je me charge du reste.

Sans lui laisser le temps d'émettre un avis, elle sortit récupérer le journal sur le pas de sa porte. Sceptique, Alan considéra le minuscule abreuvoir, comme si elle lui avait remis un bébé entre les bras en lui proposant de changer sa couche.

Pendant qu'il rinçait le bac, elle revint en parcourant des yeux la première page du *Washington Post*.

— Bon, apparemment, il ne s'est rien passé de très spectaculaire. Le voyage du Président au Moyen-Orient continue de faire les gros titres… Tu aimes voyager, toi, Alan ? s'enquit-elle soudain en jetant le quotidien sur la table.

Conscient que la question était plus lourdement chargée de sens qu'elle n'en avait l'air, Alan répondit de façon aussi neutre que possible.

— Ça dépend. Dans mon métier, je n'ai pas toujours le choix, en fait.

— J'imagine, oui.

La gorge soudain nouée, Shelby s'accroupit devant le réfrigérateur ouvert. « N'y pense pas pour le moment, O.K. ? Pour aujourd'hui, au moins, laisse la réalité à ta porte. »

— Voyons, lança-t-elle gaiement. Nous avons un quart de litre de lait, un reste de riz cantonais et de poulet aux ananas. Une demi-lichette de fromage de chèvre. Et un œuf… Royal, non ?

Alan vint regarder par-dessus son épaule.

— Un seul œuf ?

— Ce n'est pas une raison pour se laisser abattre… Il faut envisager toutes les possibilités, murmura Shelby en se mordillant pensivement la lèvre.

— Moi j'envisagerais surtout de descendre au café du coin.

— Oh, Alan, un rien te décourage… Regarde, j'ai trois tranches de pain de mie. Cinq en comptant les talons. Ce qui nous fait deux tranches et demie chacun.

— D'accord. Mais c'est toi qui prends les talons.

— Monsieur est difficile.

Tout en faisant claquer doucement sa langue contre son palais, Shelby sortit le lait et l'œuf du réfrigérateur.

— Difficile, non. Exigeant, oui.

Pendant qu'il préparait le café, Alan la regarda mélanger le lait et l'œuf avec un peu de farine dans un saladier. Puis il la vit fouiller un bon moment dans le placard sous l'évier avant d'en extraire triomphalement une poêle à frire.

Elle croisa son regard amusé en se relevant.

— Je n'ai pas l'occasion de la sortir souvent, admit-elle en la dépoussiérant à l'aide d'un torchon.

— En temps normal, j'aurais remis le café du coin sur le tapis… Le seul problème, c'est que, pour sortir, il faudrait que tu t'habilles, constata-t-il avec un léger soupir. Et je te préfère de loin en version semi-dévêtue.

Shelby lui adressa un brûlant sourire d'invite, mais lorsqu'il s'approcha pour y répondre, elle secoua la tête en riant.

— Quand c'est l'heure de manger, c'est l'heure de manger, sénateur.

Elle trempa une tranche de pain dans son mélange et la plaça dans la poêle.

— Essaye de me trouver deux assiettes, tu veux bien ?

Alan s'exécuta puis revint l'embrasser dans le cou.

— Mmm… je te préviens. Les pains perdus brûlés sont pour toi.

Il rit doucement.

— Tu as du sucre glace quelque part ?

— Je ne crois pas, pourquoi ? Tu n'aimes pas le sirop d'érable ?

— Je préfère le sucre.

— Désolée pour toi, mais ce sera du sirop ou rien. Du moins, s'il en reste. Ouvre le deuxième placard sur ta gauche, pour voir ?

Shelby eut le temps de porter la poêle, les assiettes et les couverts sur la table avant qu'Alan ne finisse par mettre la main sur un maigre reste de sirop.

— Victoire, le voici ! Avec un peu de chance, on devrait pouvoir en tirer le contenu d'une cuillère à soupe, estima-t-il d'un air sombre.

— Parfait. Ça nous fait une cuillère à café et demie chacun.

Elle se servit avec précaution puis fit passer le reste à Alan.

— Je ne suis pas très organisée pour les corvées de réapprovisionnement, admit-elle.

— En ce qui concerne les boîtes pour chat, tu es tout à fait au point, en revanche. Tu dois en avoir au moins six en réserve.

174

— Moshé boude si je ne change pas de marque tous les jours.

Alan goûta le pain perdu et eut une moue appréciative.

— Honnêtement, je dois reconnaître que tu m'impressionnes, Shelby. Je ne m'attendais pas à ce que ce soit mangeable. En revanche, j'ai du mal à comprendre qu'avec un caractère comme le tien, tu te laisses tyranniser par ce vieux chat despotique.

— Nous avons tous nos faiblesses. Et pour le reste, Moshé est un colocataire idéal. Il n'écoute pas mes conversations au téléphone, ne puise pas dans mes réserves de chocolat et n'emprunte jamais mes vêtements.

— Ce sont tes critères de sélection en matière de vie commune ?

— Entre autres, oui.

Alan l'observa quelques instants en silence. Elle avait fait un sort à ses toasts en un temps record et prenait à présent le temps de boire son café à petites gorgées.

— Si je te promets de respecter ton téléphone, tes chocolats et ta garde-robe, accepteras-tu de m'épouser ?

Elle reposa bruyamment sa tasse sur sa soucoupe. Alan assista à ce phénomène rare entre tous : une Shelby interloquée soudain réduite au mutisme.

— Shelby ?

Elle secoua la tête, puis, toujours sans un mot, empila les assiettes et les couverts pour les porter dans l'évier. Les lèvres serrées, elle se cantonnait dans un silence prudent. Si, par malheur, elle ouvrait la bouche, le mot « oui » risquait de lui échapper en traître.

Une boule de plomb était venue se loger dans sa poitrine. Si pesante qu'elle prit appui un instant contre l'évier pour regarder la pluie tomber. Lorsque les mains d'Alan vinrent se poser sur ses épaules, elle ferma les yeux.

Pourquoi n'avait-elle rien vu venir ? Elle le *savait*, pourtant, que pour un homme comme Alan, amour et mariage étaient deux concepts indissociables.

Mais pourquoi se sentait-elle à ce point… tentée ? Elle n'avait rien contre le mariage, cela dit. S'engager envers un homme qu'elle connaissait à peine ne la choquait pas non plus outre mesure. Toute sa vie, elle avait pris des décisions impulsives. Et elle ne se souvenait pas d'en avoir jamais regretté aucune.

Mais Alan n'était pas simplement Alan. Le mot « sénateur » figurait dans son titre. Et il ne se contenterait pas d'enchaîner les mandats parlementaires. Son talent, ses idéaux le mène-raient plus loin et plus haut que ça. Il était voué à vivre sous le regard du public.

Elle l'entendit se lever pour venir se placer derrière elle.

— Shelby, murmura-t-il en lui pétrissant doucement les épaules, tu es la femme que j'aime. Je n'ai encore jamais rencontré personne avec qui j'ai eue envie de partager ma vie. Mais avec toi, c'est une évidence. Je veux passer des milliers d'autres matinées comme celle-ci… j'ai envie de me réveiller à ton côté, de m'endormir en te tenant dans mes bras, d'entendre le son de ton rire.

— Moi aussi, j'ai besoin d'être avec toi.

— Alors épouse-moi.

— A t'entendre, ce serait si simple.

— Simple ?

Il rit doucement.

— Non, Shelby, je sais pertinemment que ce sera tout sauf simple. Mais je sais aussi que c'est vital, nécessaire.

— Alan… s'il te plaît, je n'ai pas envie de penser à cela, pas maintenant. Je t'aime et tu me rends heureuse — follement heureuse. Laisse-moi un peu de temps pour goûter ce bonheur sans arrière-pensée. Je t'en prie…

176

Il était tenté d'insister. De la couvrir de baisers pour lui arracher un engagement, une promesse. Mais il la sentait si vulnérable, soudain. Et si effrayée. Et il lui était odieux de faire pression sur elle dans ces conditions.

— Je peux te promettre d'attendre, Shelby. Mais je ne m'engage pas à patienter éternellement.

Shelby se retourna pour poser les deux mains en corolle autour de son visage.

— Ce ne sont pas des promesses que je te demande, Alan. Tout ce que je veux, c'est aujourd'hui, c'est maintenant. C'est ce week-end de pluie à Georgetown. Pourquoi penser à demain lorsque le présent a ce goût d'infini ?

En pressant ses lèvres contre celles d'Alan, Shelby ressentit un élan d'amour si intense qu'elle se sentit comme en implosion lente.

— Viens, retournons nous coucher. Fais-moi l'amour, Alan. Lorsque tu me tiens dans tes bras, il n'y a plus que toi et moi au monde.

Même s'il ne comprenait pas entièrement son désespoir, Alan y fut sensible. Sans un mot, il la souleva, la porta sur son lit et accéda à sa demande.

— Je peux encore prétexter un empêchement de dernière minute, proposa Alan en se garant devant chez lui.

— Mais non, pourquoi ? Cela ne me pose aucun problème de t'accompagner à cette soirée, je t'assure.

Shelby se pencha pour l'embrasser avant de descendre de voiture. La pluie avait enfin ralenti et ne tombait plus que sous forme d'une bruine légère qui se déposa en minuscules gouttelettes sur le velours grenat de sa veste.

— Ces dîners dansants ont leur charme, enchaîna-t-elle. Même lorsque ce sont des réunions politiques déguisées.

Alan la rejoignit sur le trottoir et passa le bras autour de ses épaules.

— Je te soupçonne d'être disposée à m'accompagner n'importe où pourvu qu'il y ait des satisfactions gastronomiques à la clé.

— Il est vrai que l'argument « bouffe » entre en ligne de compte, admit Shelby en lui enlaçant la taille. Et, en plus, ça me donne l'occasion de fureter un peu chez toi pendant que tu te changes.

— Il se pourrait que tu trouves ma maison un peu trop… *tranquille* à ton goût. Pire encore que ma voiture.

Avec un rire sensuel, Shelby lui mordilla l'oreille.

— Tranquille ? Toi, tu ne l'es pas, en tout cas. J'ai découvert le côté résolument ardent et sauvage que tu caches soigneusement.

— A propos d'ardeur et de sauvagerie, si nous restions à la maison, nous passerions une soirée plus stimulante, observa Alan en poussant la porte d'entrée.

Sitôt le seuil franchi, Shelby noua les bras autour de son cou.

— Je pourrais éventuellement renoncer à satisfaire mes papilles gustatives si tu fais l'effort de me procurer des plaisirs d'un autre type, chuchota-t-elle contre ses lèvres.

Alan allait répondre à l'invite lorsqu'un toussotement bref se fit entendre. McGee se tenait dressé, raide comme la justice, devant la porte du salon de réception. Son visage ridé était parfaitement inexpressif, comme l'exigeaient les codes élémentaires de sa profession. Et néanmoins, même à distance, Alan sentait les vagues de mécontentement émaner de sa personne pour se propager massivement jusqu'à lui.

Il faillit pousser un soupir. Comment McGee se débrouillait restait pour lui un mystère. Le vieux domestique était tout aussi raide, compassé et impavide qu'à l'ordinaire. Et néanmoins, sans prononcer un mot, il s'arrangeait pour exprimer vigoureusement sa réprobation.

Ainsi était McGee : sa conscience morale incarnée, en quelque sorte.

— Vous avez eu plusieurs appels en votre absence, monsieur le sénateur.

Alan réprima un sourire. Même ce « monsieur le sénateur » que McGee n'utilisait qu'en compagnie était lourd de reproches informulés.

— Rien d'urgent, j'espère ?

— Non, rien d'urgent, monsieur le sénateur, répondit McGee en roulant ses « r », à l'écossaise.

Alan fit les présentations et Shelby, ravie, alla serrer la main du majordome.

— Vous êtes originaire des Highlands, McGee ?

— Du Perthshire, oui.

Le sourire de Shelby aurait charmé les pierres.

— Ma grand-mère vient de Dalmally. Vous connaissez ?

Alan vit le regard du vieux domestique s'adoucir.

— Bien sûr que je connais Dalmally. Il n'y a pas plus beau coin que celui-là.

— Je suis de votre avis. Ce sont les montagnes, surtout, qui ont fait impression sur moi. Je n'ai jamais vu de couleurs aussi extraordinaires que là-bas. Vous y retournez souvent ?

— Une fois par an, pour voir fleurir la bruyère. Parcourir la lande, lorsque la bruyère est en fleur, c'est ma définition du bonheur.

Décidément, le charme de Shelby opérait. C'était la phrase la plus longue — et la plus sentimentale — que McGee eût jamais prononcée en présence d'une personne étrangère à la famille.

— McGee, si vous voulez bien préparer le thé, je vais monter me changer. Le mieux serait de servir Mlle Campbell dans le petit salon.

— Mlle *Campbell* ?

L'impassibilité de McGee ne résista pas à cette révélation. Ses yeux s'arrondirent pendant une fraction de seconde. Shelby crut même y déceler un pétillement d'humour.

— Ho, ho ! Je sens qu'il va y avoir du grabuge, marmonna le vieux majordome tout en se dirigeant vers la cuisine.

Alan conduisit Shelby jusqu'au salon.

— Tu as réussi à délier la langue de McGee. C'est un exploit.

— Tu trouves ? C'est tout juste s'il a prononcé deux phrases.

— Mais pour McGee, ma chérie, c'est quasiment une allocution !

Shelby sourit en examinant la pièce.

— Ma foi… Je le trouve plutôt à mon goût, ton majordome. Ce qui m'a plu, surtout, c'est la façon dont il t'a fait comprendre, sans prononcer un mot, qu'il n'était pas content *du tout* que tu ne sois pas rentré de la nuit.

Glissant les mains dans les poches de sa jupe, Shelby alla se planter devant le tableau du paysage sous la tempête. Le salon était ordonné, apaisant, avec ici et là une touche de couleur hardie. Shelby songea à la coupe vert jade qu'elle avait tournée le lendemain de sa rencontre avec Alan. Ici, dans ce salon, elle irait à la perfection. Comme si elle avait façonné le pot à dessein pour qu'il trouve sa place dans cette pièce.

Sans même le connaître, elle avait fabriqué un objet adapté à son décor.

En sachant qu'elle-même, en revanche, ne s'adapterait jamais dans ce cadre… Rejetant cette pensée déprimante, Shelby se tourna vers Alan.

— J'aime la façon dont tu vis.

Alan fut surpris par la simplicité de sa remarque. Il s'était attendu à un de ses habituels commentaires légers, où affleurait toujours quelque sous-entendu ironique.

— J'aime te voir ici, murmura-t-il en la prenant dans ses bras.

Shelby aurait voulu se cramponner à son cou, fermer les yeux, se noyer dans ses baisers pour oublier le reste du monde. Mais elle se contenta de lui effleurer la joue en souriant.

— Tu devrais monter te changer. Plus vite nous arriverons là-bas, plus vite nous en repartirons.

Il pressa les lèvres au creux de sa paume.

— Voilà un raisonnement comme je les aime. Je ne serai pas long, mon amour.

Restée seule, Shelby ferma les yeux, submergée par un brusque accès de panique. Qu'allait-elle devenir ? Comment pouvait-elle se sentir si proche de cet homme, l'aimer comme elle l'aimait, tout en sachant qu'un avenir avec lui était impossible ? Des signaux d'alerte se répondaient d'un bout à l'autre de son cerveau affolé. « Attention ». « Sois prudente ». « Souviens-toi »…

Il était clair que tout les opposait. Même un *enfant* se rendrait compte qu'Alan et elle n'avaient rien en commun. Le cœur lourd, Shelby ouvrit les yeux pour regarder autour d'elle. L'ordre qui régnait dans ces pièces n'était pas plaqué, artificiel. Il reflétait la personnalité d'Alan. Elle aimait sincèrement l'ambiance qui se dégageait des lieux, la beauté sans ostentation des objets, la calme solidité du mobilier.

Mais ce n'était pas *son* style.

Si elle vivait dans le chaos de son côté, ce n'était ni par paresse ni par négligence mais parce que le désordre était son choix.

181

Il y avait une bonté innée chez Alan qu'elle n'était pas certaine de partager. Une tolérance dont elle se savait dépourvue. Lorsqu'il posait un acte, Alan s'appuyait sur des faits ou sur des théories soigneusement construites. Alors qu'elle naviguait à vue en comptant sur le hasard ou sur l'inspiration du moment.

Effarée, Shelby se passa la main dans les cheveux. Comment deux êtres aussi opposés pouvaient-ils s'aimer autant ?

Elle aurait dû obéir à son instinct premier et prendre la fuite. Fermer boutique, quitter Washington, disparaître sans laisser de traces… Avec un léger rire involontaire, Shelby secoua la tête. Même si elle était partie, cela n'aurait rien changé. Elle aurait eu beau détaler comme un lapin, Alan l'aurait suivie à son rythme. Calmement. Sans se presser. Et lorsque, à bout de souffle, elle se serait effondrée à même le sol, elle aurait trouvé Alan debout à côté d'elle à l'attendre de pied ferme.

— Votre thé, mademoiselle Campbell.

Au premier coup d'œil, Shelby tomba amoureuse du service à thé que McGee apportait sur un plateau.

— Je rêve ou c'est du Meissen ? Mais si, quelle merveille ! Et de la porcelaine rouge, en plus. Vous permettez ?

Elle souleva une des tasses, admira le décor et la finesse.

— Mmm… Johann Böttger, début du XVIIIe siècle. Absolument exquis. Voyez-vous, McGee, pouvoir admirer un service comme celui-ci dans la vitrine d'un musée, c'est une bonne chose. Mais je trouve surtout merveilleux que ces objets servent encore à un usage quotidien. Qu'on puisse les toucher, les manipuler, y poser les lèvres.

L'air vaguement décontenancé, McGee hocha la tête.

— Si l'alchimiste Böttger a trouvé la formule de la porcelaine dure, il n'a jamais atteint le but qu'il s'était fixé : égaler les maîtres orientaux. Mais chacun de ses « échecs » est un petit chef-d'œuvre.

A l'expression du majordome, Shelby comprit qu'il commençait à s'inquiéter sérieusement pour l'avenir de la vaisselle d'Alan. Amusée, elle reposa la tasse sur le plateau.

— Désolée, McGee. C'était plus fort que moi. J'ai un faible pour la terre.

— La terre ?

Elle tapota la théière du bout du doigt.

— Tout commence avec un peu d'eau et un peu d'argile.

McGee opina dignement.

— Tout commence et tout finit par un peu de poussière, en effet… Vous souhaitez sans doute vous asseoir, mademoiselle ?

Elle prit place sur le canapé pour lui faire plaisir. Le majordome disposa gravement le service à thé devant elle.

— Dites-moi, McGee… Alan a-t-il toujours eu ce côté calmement imbattable ?

— Oui, mademoiselle, répondit le majordome sans hésiter.

— C'est bien ce que je craignais, marmonna Shelby.

— Je vous demande pardon, mademoiselle ?

Shelby releva la tête en souriant.

— Considérez que je n'ai rien dit, McGee.

Alan trouva Shelby dans une attitude méditative, le regard rivé sur le contenu de sa tasse.

— Tu as l'air bien pensif, commenta-t-il en s'immobilisant à l'entrée de la pièce.

Dès qu'elle le vit, un sourire illumina son visage, effaçant le soupçon de mélancolie qui assombrissait ses traits.

— Bravo. Tu t'es changé en un temps record… Il faudra que tu rassures McGee sur mon compte, en revanche. Je me suis montrée un peu trop enthousiaste en découvrant ton service à thé et je crois qu'il me soupçonne de vouloir glisser une soucoupe ou deux dans mon sac avant de repartir.

Reposant sa tasse, Shelby se leva pour passer son bras sous celui d'Alan. Elle examina sa tenue, sourit et lissa le col de sa chemise.

— Tu es tout à fait distingué, comme ça.

— Distingué… ou *tranquille* — voire « pépère » ?

Elle pouffa.

— Aucun souci de ce côté-là, sénateur. Tu as encore de la marge. Si je sens que tu bascules du côté de « pépère », je me charge de te secouer à temps.

Comme ils passaient dans le vestibule, Alan l'immobilisa en lui glissant un bras autour de la taille.

— Stop. J'ai une urgence… Ça fait une heure et vingt-trois minutes que je ne t'ai pas embrassée, chuchota-t-il contre ses lèvres.

Sa bouche couvrit la sienne avec la calme assurance qu'Alan mettait en toute chose. Lorsqu'elle s'offrit à son baiser, il les mena l'un et l'autre jusqu'à la limite où tout bascule. En prenant soin de rester juste en deçà.

— Je t'aime, chuchota-t-il en lui mordillant la lèvre.

Nouant les bras autour de son cou, elle chercha de nouveau sa bouche. Il l'embrassa jusqu'à la sentir fondre et ployer entre ses bras.

— Ce soir, quel que soit l'homme avec qui tu danseras, pense à moi, chuchota-t-il.

Le souffle coupé, Shelby leva les yeux. Dans le regard d'Alan brûlait un feu sombre auquel elle se savait impuissante à résister. Pendant une fraction de seconde, le pouvoir qu'il détenait sur elle la terrifia. S'il le désirait, il pouvait anéantir sa volonté, l'absorber dans sa sphère d'influence, la transformer en marionnette docile.

184

Maintenant ses lèvres pressées contre les siennes, elle soutint son regard.

— Ce soir, quelle que soit la femme avec qui tu danseras, c'est moi que tu désireras… et je le saurai, ajouta-t-elle tout bas en posant la tête sur son épaule.

Son regard tomba sur le reflet que leur renvoyait le grand miroir encadré à l'or fin. Alan, grand, mince, d'une élégance très conventionnelle dans son smoking noir. Et elle, aussi peu orthodoxe que possible dans une veste en velours ajustée et une étroite jupe rose qu'elle avait dégotée chez un antiquaire spécialisé en vêtements d'époque.

Elle fit pivoter Alan pour le placer face à la glace.

— Qu'est-ce que tu vois ? demanda-t-elle.

Glissant le bras autour de sa taille, il examina le couple qu'ils formaient. Le sommet de la tête de Shelby arrivait au niveau de sa mâchoire. Elle portait une nuance de rose a priori incompatible avec sa carnation et sa chevelure. Mais sur Shelby, l'effet était tout simplement extraordinaire. Elle aurait pu sortir tout droit du miroir ancien, comme un témoignage vivant de l'époque où il avait été fabriqué.

A part qu'elle ne portait pas de camée à son cou mais un collier fantaisie qu'elle avait dû dénicher dans une des innombrables petites boutiques de Georgetown.

Il contempla le pâle ovale de son visage, le gris de ses yeux légèrement troublé par le doute.

— Je vois une femme et un homme qui s'aiment, dit-il. Deux personnes très dissemblables et, néanmoins, bizarrement assorties.

Shelby posa la tête sur son épaule, à la fois séduite et contrariée qu'il ait si bien saisi le sens de sa question.

— Lui, on aimerait plutôt le voir avec une fille blonde à la beauté un peu froide, vêtue de la classique petite robe noire des grandes occasions, non ?

Alan parut réfléchir un instant.

— Ainsi pour toi, l'amour se résume à apparier deux personnes esthétiquement compatibles ? s'enquit-il avec une gravité feinte.

Secouant la tête, Shelby scruta les traits d'Alan dans le miroir. Il avait une expression si calme, si raisonnable qu'elle ne put s'empêcher de rire.

— Je suppose que tu n'attends pas de réponse à cette question, Alan ? Bon, puisque c'est comme ça, je me comporterai ce soir de façon tout aussi distinguée que toi.

— Ah ça, non, surtout pas ! protesta-t-il en l'entraînant vers la porte. Tu veux gâcher ma soirée ou quoi ?

Ni l'élégance des éclairages, ni l'éclat du cristal, ni la beauté des nappes damassées ne dépaysèrent Shelby ce soir-là. Elle retrouvait, quasi intact, l'arrière-plan familier de son enfance. Un monde avec lequel elle avait pris certaines distances sans jamais pour autant le quitter tout à fait.

Très à l'aise dans ce milieu qu'elle connaissait comme sa poche, Shelby conversait avec un responsable de commission assis à sa gauche.

— Si tu n'étais pas aussi têtu, Léo, et que tu acceptais de changer de raquette, je suis sûre que tu améliorerais considérablement ton jeu.

— Mon jeu *s'est* amélioré, protesta son voisin de table en haussant ses épaules massives. Cela fait une éternité que nous n'avons pas joué ensemble, Shelby. J'ai fait des progrès fulgurants.

Shelby sourit.

— Alors il serait temps que je te défie de nouveau sur un court.

186

— Je me ferais un plaisir de te mettre une pâtée, petite fille.

— Ne crie pas victoire trop tôt, Léo.

Shelby avait eu l'agréable surprise de se trouver placée à la droite de Léo Ferty, un vieil ami de la famille. Si elle connaissait la grande majorité des personnes présentes à ce dîner, elle se serait ennuyée à mourir avec la plupart d'entre elles.

Ambition et amour du pouvoir.

Tel un coûteux parfum, on sentait l'un et l'autre flotter dans la pièce, sous les hauts plafonds décorés de fresques. Pour Shelby, l'ambition n'était pas un problème. Ce qui lui pesait, c'était la raideur, la langue de bois, le poids des règles et des traditions qui faisaient de cet univers un carcan.

Un carcan auquel Alan, qu'il le veuille ou non, serait toujours forcé de se soumettre.

Refusant de s'appesantir sur ces considérations, Shelby se concentra sur son interlocuteur. Elle avait promis à Alan de se comporter admirablement. Et jusqu'à présent, elle avait fait des efforts plus que méritoires dans ce sens.

— Dites-moi, MacGregor, vous avez déjà joué au tennis avec cette demoiselle ? demanda Léo en se penchant vers Alan.

— Pas encore, non. Mais nous veillerons à réparer cette omission.

— J'aime autant vous prévenir tout de suite, grommela Léo. Elle aime gagner et elle est prête à tout pour y arriver. Sans respect aucun pour l'adversaire.

— Ah, il est hors de question que je t'accorde des points d'avance à cause de ton grand âge, Léo, le taquina-t-elle.

Le responsable de commission eut un sourire bourru.

— *Mon grand âge ?* Petit démon, va.

Shelby se tourna vers Alan.

— Tu joues au tennis, toi ? s'étonna-t-elle en l'examinant à travers ses paupières mi-closes. Je te verrais plutôt devant un jeu d'échecs. Les stratégies à long terme, c'est ton style, non ?

— J'aime beaucoup les échecs également. Il faudra que nous fassions une partie ensemble.

— Une partie d'échecs ? D'une certaine manière, nous en avons déjà joué une, je crois ? observa-t-elle avec un sourire en coin.

— Tu veux prendre ta revanche ?

Shelby caressa Alan d'un regard brûlant.

— Ce ne serait peut-être pas très prudent, si ? Imagine que je gagne et que je parvienne réellement à te dire non, cette fois ?

La connivence amoureuse qui s'exprimait à travers les mots, le sourire de Shelby agirent sur Alan comme le plus puissant des aphrodisiaques. Bon sang, ce dîner interminable ne prendrait donc jamais fin ! Il la voulait pour lui seul, dévêtue, pantelante, livrée à lui corps et âme. C'était l'odeur de Shelby qui martelait ses sens. Pas le parfum exquis des roses disposées en bouquets bas sur la table. Pas les fumets de l'excellent magret de canard que l'on venait de poser devant lui.

Une seule voix au milieu de cette foule lui donnait des frissons, et c'était celle de Shelby. Il pouvait soutenir une conversation avec la congressiste assise à côté de lui, mais ses pensées étaient avec Shelby, son désir était pour Shelby, son être entier n'aspirait qu'à elle seule.

Alan sentit un assaut de panique lui cisailler la poitrine. Une telle intensité de passion pouvait, à la longue, vous altérer la raison. La tension s'atténuerait-elle avec le temps ? Du coin de l'œil, il observa le profil de Shelby. Ces traits aigus, cette chevelure flamboyante, cet éclat, cette énergie… Non, aimer Shelby ne serait jamais « tranquille ». Et la passion qu'il éprouvait pour elle ne se changerait pas en affection paisible.

Mais elle était la figure même de son destin. Tout comme il était la figure du sien. Et que pouvaient-ils faire d'autre que s'incliner devant l'inéluctable ?

La rumeur des conversations enflait puis retombait, ponctuée par la discrète musique classique en fond sonore. Au café, on vit apparaître les premiers cigares et de gracieux fume-cigarette vinrent se ficher entre des lèvres carmin ou vermillon. Des volutes de fumée bleues et blondes s'élevèrent paresseusement vers le plafond. La politique, comme toujours, était au cœur des discussions. Alan entendit Shelby s'exprimer en termes concis et peu flatteurs sur un projet de loi qui devait être soumis au Congrès la semaine suivante. Même si Alan partageait son avis sur le fond, il lui serait à jamais impossible d'adhérer à la forme de son discours. En rebelle consacrée, Shelby s'exprimait sans prendre de gants. La diplomatie ne serait jamais son style.

Se rendait-elle compte, au moins, à quel point son attitude était complexe ? Elle se proclamait ennemie jurée de la politique et des politiciens. Mais elle n'en évoluait pas moins dans ce milieu comme un poisson dans l'eau. Shelby suivait l'actualité avec attention, connaissait toutes les ficelles du métier et se montrait parfaitement capable de soutenir une conversation, même pointue, sur les petites et les grandes questions qui agitaient le Capitole comme la Maison Blanche.

Et si malaise il y avait, ce n'était pas du côté de Shelby qu'il se situait. Elle soutenait des points de vue tout à fait cohérents, même si elle les exprimait sans précautions oratoires excessives. Le regard d'Alan glissa sur les autres convives réunis à leur table. Shelby était moins raffinée que les autres femmes présentes. Mais seulement parce qu'elle avait choisi de conserver l'éclat du joyau brut, refusant de se laisser lisser, polir, retailler.

Elle avait réussi l'exploit de rester elle-même, sans ostentation. Si Shelby se distinguait du lot, ce n'était pas par défi, mais tout simplement parce qu'elle était unique, lumineuse, résolument différente.

La jeune femme brune, mince comme une liane, assise en face de lui était indéniablement plus belle que Shelby. L'ambassadrice blonde de Suède était plus majestueuse. Mais une fois la soirée terminée, ce serait Shelby et rien que Shelby qui resterait dans les mémoires. La députée de l'Ohio pouvait être remarquablement drôle et la sous-secrétaire d'Etat à la Culture brillait par son érudition. Et c'était néanmoins avec Shelby que l'on avait envie de nouer une conversation.

La raison était difficile à nommer. Peut-être parce qu'elle était libre, vivante et authentique. Et que son côté solaire attirait irrésistiblement.

Les lèvres de Shelby vinrent frôler son oreille.

— Accepteriez-vous de m'accorder cette danse, monsieur le sénateur ? J'ai besoin de poser mes mains baladeuses sur ta personne. Et ce serait le seul moyen de me serrer fort contre toi sans contrevenir aux lois élémentaires de la décence.

Alan commença par laisser passer sur lui la première vague brûlante de désir suscitée par ses paroles. Puis il se leva et s'inclina devant elle, sous le regard attentif de Léo et de la plupart des invités présents.

— C'est étonnant comme nos esprits fonctionnent en concordance, observa-t-il en la guidant jusqu'à la piste de danse.

Il la prit dans ses bras et ajouta dans un murmure :

— Et comme nos corps s'accordent à la perfection.

La tête renversée en arrière, Shelby darda sur lui un regard qui promettait des océans de nuits d'amour, de secrets. Ses lèvres mi-closes murmuraient leur invite. Alan la trouva sublime.

— Etant donné que tout nous oppose, nous ne devrions pas nous mouvoir sur une piste de danse en parfait accord, sénateur. Nous ne devrions pas non plus nous comprendre à demi-mot. Il y a là quelque énigme dont je ne parviens pas à trouver la clé.

— Tu es un défi à la logique, Shelby. Comment voudrais-tu qu'il y ait une explication sensée à un phénomène qui te concerne ?

Elle se mit à rire, ravie par la façon dont fonctionnait son intelligence.

— Tu es un homme infiniment trop rationnel, Alan, pour que l'on puisse débattre de quoi que ce soit avec toi.

— J'en déduis que tu débattras ferme, au contraire, et que nous aurons toujours des discussions enflammées à tout propos.

— Exactement, admit-elle avec un soupir en posant la tête sur son épaule. Tu me connais trop bien, Alan. Je suis en danger de t'aimer trop. Ce n'est plus de l'amour, c'est de l'adoration, à ce stade.

Alan se souvint que Myra avait utilisé ce même mot d'« adoration » pour qualifier les sentiments de Shelby pour son père.

— Je suis prêt à prendre le risque, murmura-t-il. Et toi ?

Les yeux clos, Shelby eut un mouvement imperceptible de la tête dont il ne sut s'il exprimait un acquiescement ou un déni effaré.

Plus tard, ce soir-là, alors que Shelby évoluait sur la piste de danse avec un ancien camarade d'armée de son père, Léo posa une main massive sur l'épaule d'Alan.

— Alors, mon ami, parlez-moi un peu de vos projets. Vous marquez des points dans votre combat solitaire pour les sans-abri, dit-on ?

Une ébauche de sourire se dessina sur les lèvres d'Alan.

— Pas si solitaire que ça, mon combat. Et j'ai des nouvelles très positives de Boston où plusieurs foyers sont déjà ouverts.

— Ce serait une bonne chose si votre projet pouvait aboutir avant la fin du mandat présidentiel en cours, commenta Léo en allumant un cigare. Cela ferait basculer pas mal d'électeurs de votre côté. Au cas où vous décideriez d'entrer en lice pour les prochaines présidentielles, j'entends.

Tout en portant son verre à ses lèvres, Alan sentit son regard glisser en direction de Shelby.

— C'est un peu tôt pour y penser, Léo.

Ce dernier envoya un rond de fumée au plafond.

— Non, ce n'est pas un peu tôt. C'est le bon moment, au contraire, même si l'échéance concrète est dans huit ans. Du soutien, vous en aurez. Je connais beaucoup de gens qui seraient prêts à se battre pour vous, si de votre côté vous acceptiez de franchir le pas.

Alan regarda son voisin de table droit dans les yeux.

— J'ai déjà eu quelques échos qui vont dans le même sens, en effet. Et j'apprécie la confiance que l'on me témoigne ici et là, en haut lieu. Mais ce n'est pas une décision que je prendrai à la légère. Quelle qu'elle soit, d'ailleurs.

Léo sourit.

— Il y a toujours des arguments pour et des arguments contre, bien sûr. Mais les circonstances nous laissent-elles forcément le choix ? Tout à fait entre nous, je ne vois guère que vous, dans le sérail, qui ayez le profil requis. Vous avez la probité, l'intelligence, mais aussi l'envergure.

— A priori, je pensais qu'à trente-cinq ans, j'avais encore du temps devant moi.

— En d'autres circonstances, peut-être. Mais regardons les choses en face, Alan : vous êtes le seul dans le lot à avoir le charisme d'un futur Président. Votre jeunesse, d'ailleurs, peut jouer en votre faveur. Vous avez eu le temps de faire vos preuves comme congressiste mais la routine du pouvoir ne vous a pas encore usé. A votre actif, vous avez un brillant cursus universitaire. Et vous vous êtes également distingué dans le domaine sportif, ce qui fait un point de plus pour vous. Les Américains aiment à penser que leur président excelle sur tous les plans. Vous venez d'un très bon milieu, solide et sans tache. Et le fait que votre mère soit une chirurgienne réputée fera également pencher la balance de votre côté.

— Ma sainte mère sera enchantée de l'apprendre, ironisa Alan.

Léo eut un geste ample de la main.

— Vous savez comme moi que chaque détail a son importance. Notre électorat traditionnel comporte une proportion importante de femmes actives. Avec vous, elles se sentiront comprises. Votre père, lui, a la réputation d'être un original et un individualiste forcené. Mais s'il mène ses affaires à sa façon, il a toujours été scrupuleusement honnête.

Alan fit tourner pensivement son vin dans son verre.

— Léo… Qui vous a mandaté pour vous livrer à ces travaux d'approche ?

— Et vous êtes également perspicace, conclut Léo en riant. Disons qu'on m'a demandé de dégrossir un peu le sujet avec vous afin de sonder vos intentions.

— Bon, très bien, alors je serai clair : je n'exclus pas de me lancer dans la course pour l'investiture à l'occasion des prochaines primaires.

— Parfait. C'est la réponse que j'espérais… Reste maintenant la question de Shelby, ajouta Léo pensivement. Personnellement, je l'adore. Mais sera-t-elle un atout dans votre campagne ?

J'ai été un peu surpris de découvrir que vous étiez en couple, ce soir. Mais après tout… pourquoi pas ? Rien n'interdit, que l'épouse d'un Président ait un caractère bien trempé.

— Tout à fait, rétorqua Alan plutôt sèchement.

— Pour commencer, Shelby est — et restera toujours — la fille du sénateur Campbell. C'est une enfant de la politique, qu'elle le veuille ou non. Personne n'aura besoin de lui expliquer les règles, l'usage, le protocole. Elle est pour ainsi dire tombée dedans à la naissance. D'un autre côté, il faut reconnaître que c'est une originale. Et pas qu'à moitié, d'ailleurs.

Léo tapota sur son cigare pour en faire tomber la cendre.

— Elle a pas mal rué dans les brancards, toutes ces années. Mais sans rompre pour autant avec son milieu d'origine. Certains — dont je suis — apprécient sa fraîcheur et son naturel. D'autres tordent le nez et ne voient pas ses « excentricités » d'un très bon œil.

Pendant qu'Alan rongeait son frein en silence, Léo replaça son cigare entre ses lèvres et le mâchonna un moment avant de poursuivre :

— De toute façon, Shelby est encore jeune. Je ne dis pas qu'elle est malléable, car nous savons l'un et l'autre que ce n'est pas le cas. Mais je pense qu'il y a moyen d'arrondir un peu les angles et d'atténuer les aspects un peu trop saillants du personnage. Avec le passage des années, elle perdra en agressivité et gagnera en discrétion. Surtout que le milieu d'où elle vient et l'éducation qu'elle a reçue sont au-dessus de tout reproche. Son originalité, sa fraîcheur, la façon détonante dont elle dit ce qu'elle pense vous apporteront la petite touche de romantisme qui peut faire basculer l'opinion en votre faveur. Globalement, je pense que Shelby Campbell fera une excellente épouse de Président. Il faudra juste retravailler un peu son image.

Tenté de lui lancer son vin à la figure, Alan jugea préférable de poser son verre.

— Il est hors de question que Shelby change quoi que ce soit à sa façon d'être pour se conformer à une image prédéfinie. Elle n'a pas à être un « atout » pour qui que ce soit sauf pour elle-même. Notre relation ne concerne que nous, Léo. Je n'ai pas l'intention de livrer Shelby en pâture à la machine à broyer politique.

Léo Ferty fronça les sourcils en contemplant la pointe de son cigare. Il avait touché un point sensible, de toute évidence. Mais il n'était pas mécontent de la façon dont Alan parvenait à maîtriser sa rage. Rien de plus périlleux pour une nation que d'avoir une tête brûlée aux commandes.

— Je comprends parfaitement que vous teniez à préserver votre vie privée, Alan. Mais si vous briguez la Maison Blanche, votre épouse aura nécessairement un rôle à jouer, elle aussi. Notre culture est basée sur le couple. On considère que la femme est le reflet de l'homme et vice versa.

Alan savait qu'il n'avait pas tort. Ce qui n'était pas fait pour améliorer son humeur. Il touchait là au cœur de son problème avec Shelby. Et les exigences de sa vie amoureuse semblaient plus que jamais incompatibles avec celles de sa vocation politique.

— Ma décision, je la prendrai en temps utile. Mais Shelby restera Shelby. Je refuse qu'elle se sente obligée d'entrer dans quelque moule que ce soit à cause de moi. Et c'est mon dernier mot, Léo.

9.

Le lundi matin, Shelby ouvrit Calliope en pleine forme. Le soleil brillait de nouveau dans un ciel sans nuages. Mais même si des pluies de mousson s'étaient soudain déversées sur Washington, son humeur serait restée inaltérée sous les trombes. Elle avait passé toute la journée du dimanche chez elle avec Alan, sans mettre le nez dehors. Sa chambre à coucher était devenue un microcosme enchanteur où, vingt-quatre heures durant, ils s'étaient suffi à eux-mêmes.

Mais aujourd'hui, après avoir fait le plein d'amour et de plaisir, elle se sentait débordante d'énergie et à cent pour cent réceptive au monde extérieur. Prenant le *Washington Post*, Shelby l'ouvrit à la page des dessins humoristiques et suivit d'un œil amusé les aventures du personnage baptisé « Macintosh ». Les coudes calés sur la caisse et le menton en appui sur les paumes, elle éclata de rire à la lecture de la minibande dessinée.

Sacré Grant. Il avait une façon vraiment désopilante de croquer les politiques. Elle ne se lasserait jamais de son approche des événements. Il était rare, d'ailleurs, que les personnages publics qui faisaient l'objet de ses caricatures prennent ombrage de ses trouvailles. D'une certaine manière, il s'agissait pour eux d'une consécration, même s'ils étaient rarement présentés sous leur jour le plus glorieux.

Comme d'habitude, les dessins n'étaient pas signés. Seules les initiales « G.C. » figuraient discrètement dans un coin. Peut-être était-il plus sage de garder l'incognito lorsqu'on avait fait de la satire son gagne-pain ?

Shelby secoua la tête. Elle ne pouvait que s'incliner devant tant de modestie. Etre brillante dans l'anonymat ne serait jamais sa tasse de thé. De même qu'elle ne supporterait pas de vivre cachée loin du monde. Elle tournait les pages de son journal en sirotant son café refroidi lorsque la porte de la boutique s'ouvrit. C'était Maureen Francis qui avait troqué son ciré jaune contre un ensemble très design.

— J'ai failli ne pas vous reconnaître sans votre tenue de marin pêcheur, s'exclama Shelby spontanément. Vous êtes radieuse, ce matin.

— Merci.

Maureen posa sa serviette en cuir à côté de la caisse.

— Je viens récupérer mes achats. Et je tenais à vous remercier, surtout.

— Une seconde, je vais chercher vos cartons... Me remercier pour quoi, au fait ? lança Shelby par-dessus son épaule tout en tentant de se frayer un chemin dans le désordre de son atelier.

— Pour l'adresse que vous m'avez donnée.

Maureen passa derrière la caisse pour venir la rejoindre et jeta un coup d'œil intrigué sur le tour, les étagères où s'alignaient les biscuits attendant une seconde cuisson.

— Vous allez sans doute me trouver très curieuse. Mais j'aimerais tellement vous voir à l'œuvre !

— Venez faire un saut un mercredi ou un samedi. Si vous avez la chance de me trouver dans de bonnes dispositions, je vous montrerai comment je procède.

— Je peux vous poser une question stupide ?

— Bien sûr. Tout le monde a droit à trois questions stupides par semaine.

Maureen eut un grand geste qui engloba à la fois la boutique et l'atelier.

— Comment faites-vous pour être à la fois au four et au moulin, si je puis m'exprimer ainsi ? Produire, créer, c'est une chose. Mais lorsqu'en plus, il faut vendre… Ça fait beaucoup pour une seule personne, non ?

— Ce n'est pas une question stupide, déclara Shelby après réflexion. Elle me paraît même très pertinente. En fait, j'ai besoin de mon indépendance, pour commencer, et de la solitude qui va avec mon côté créatif. Mais je ne peux pas pour autant me passer du monde extérieur. Il faut que je voie des gens, que j'échange, que je brasse. D'autre part, c'est plutôt stimulant d'être son propre maître, non ?

Maureen hocha la tête.

— Oh oui… Même si je suis parfois tentée de repartir en courant à Chicago pour retrouver la sécurité qu'offre un emploi salarié. Ça ne vous arrive jamais de vous sentir vaciller ?

— L'insécurité fait partie du jeu. Je me dis parfois qu'il doit exister une sorte de filet de sécurité invisible pour des gens comme nous.

— Il s'agirait de faire confiance à la vie, autrement dit ?

— En gros, oui… Et de croire en ses propres capacités aussi, enchaîna Shelby en tendant un des cartons à Maureen. Donc si j'ai bien compris vous avez appelé Myra ?

Elles sortirent de l'atelier, les bras chargés de paquets.

— Oui. Dès le samedi après-midi, en fait. Je n'ai eu que le mot « Shelby » à prononcer et hop ! Elle m'a invitée à déjeuner chez elle aujourd'hui.

— Myra perd rarement son temps.

Shelby souffla pour remonter la frange qui lui tombait sur les yeux et posa les paquets sur sa caisse.

— Je vous tiendrai au courant, promit Maureen en remplissant son chèque. Il est rare que l'on tende la main à un inconnu comme vous l'avez fait pour moi. Vraiment, j'apprécie.

— Puisque vous croyez en ce que vous faites, c'est normal que les autres y croient aussi, observa Shelby en riant. Cela dit, Myra n'est pas quelqu'un de facile.

Maureen sourit.

— Moi non plus. Donc ça tombe bien ! Dites, vous allez penser que j'exagère, mais c'est plus fort que moi : comment ça s'est terminé, l'autre fois, avec le sénateur du Massachusetts ? Je vous avoue que, sur le coup, je ne l'avais pas reconnu. Je l'ai pris simplement pour un amoureux transi.

Alan en « amoureux transi » ? Shelby ne put s'empêcher de sourire. La formule n'était pas faite pour lui déplaire.

— Voyez-vous, Maureen, j'ai la réputation d'être entêtée et même opiniâtre. Mais ce fichu sénateur est encore plus acharné que moi… Et ma défaite a été un enchantement.

Les yeux de Maureen pétillèrent.

— Heureux dénouement, donc ? Je m'en réjouis pour vous. Sincèrement. Un homme qui a des pensées arc-en-ciel, je vote pour et sans hésitation !

— Je suis ravie qu'Alan recueille vos suffrages, rétorqua Shelby en riant. Je vais vous aider à charger tout ça dans votre voiture.

Une fois ses achats stockés dans le coffre, Maureen lui serra chaleureusement la main.

— Encore merci pour tout. Je reviendrai sûrement vous embêter dans votre atelier un mercredi ou un samedi.

— Pas de problème. Si jamais je vous aboie après, patientez un peu. Ce ne sont généralement que de mauvais passages.

Maureen se glissa au volant.

— O.K., on fait comme ça. Et transmettez mes amitiés au sénateur !

199

Debout sur le trottoir, Shelby salua sa nouvelle amie d'un grand signe de la main. Toujours le sourire aux lèvres, elle décida d'emballer la coupe verte.

C'était largement son tour, après tout, de faire une surprise à Alan.

Des surprises, Alan en eut un certain nombre, ce jour-là, et pas toutes des plus plaisantes.

Il était rare qu'il se sente harassé et à bout de nerfs, mais à midi, il se sentait approcher dangereusement du point de saturation. Les rendez-vous s'étaient enchaînés toute la matinée et il avait eu mille problèmes à résoudre à la seconde. Les médias le laissaient froid d'ordinaire, mais le reporter qui avait fondu sur lui à la sortie du Congrès s'était montré plus tenace à lui seul qu'une horde de moustiques sanguinaires.

Peut-être était-il guetté par le surmenage. Ou encore sous le coup de l'exaspération suscitée par Léo. Mais lorsqu'il sortit de l'ascenseur pour se diriger vers son bureau, Alan n'aspirait plus qu'à une chose : qu'on lui fiche la paix.

— Dieu merci, vous voilà enfin, monsieur MacGregor ! s'exclama son assistante en se précipitant à sa rencontre. Le téléphone n'a pas cessé de sonner, ce matin. Voyons, j'ai un certain Ned Brewster, du syndicat des métallurgistes. Ensuite, votre collègue Martha Platt. Shiver, adjoint au maire de Boston pour le foyer de Back Bay ; Smith, le conseiller en communication. Puis une Mme Cardova, assistante sociale dans les quartiers nord, qui tient à vous parler personnellement de…

— Plus tard, la coupa Alan.

Et il se retira dans son bureau en refermant la porte derrière lui. *Dix minutes.* Il s'octroyait dix minutes montre en main.

200

Sans entretien et sans téléphone. Et sans autre compagnie que la sienne.

Il s'effondra dans son fauteuil et fit la grimace. Bizarre. En temps normal, il ne ressentait pas ce besoin de s'abstraire du tourbillon de ses activités quotidiennes, pourtant. Avec une sourde exclamation de contrariété, Alan tourna les yeux vers la fenêtre. Il avait vue sur la face est du Capitole dont le dôme blanc symbolisait la démocratie, la liberté de pensée et la justice — un trio de valeurs qu'il défendrait sa vie durant. Sur la place du Capitole, de grands pots de fleurs avaient été placés après les attentats. Depuis toujours l'humanité était ainsi faite. Certains avaient besoin de construire. D'autres de détruire.

Une menace bien concrète pesait sur ceux qui consacraient leur vie à la politique. Et s'il devenait candidat à la Maison Blanche, il ne serait jamais à l'abri d'une tentative d'assassinat.

Alan soupira et se prit la tête entre les mains. Il ne pouvait continuer beaucoup plus longtemps à ajourner sa décision. En principe, il avait encore un peu de temps devant lui, bien sûr. Et il ne comptait d'ailleurs pas annoncer publiquement ses intentions avant au moins un an. Mais pour lui-même et pour Shelby, il avait besoin de savoir.

Avant de réitérer sa demande de mariage, il devait être parfaitement clair sur l'avenir qu'il lui proposait. S'il se lançait dans la course à la présidence, ce ne serait pas seulement un nom, une famille et un foyer qu'elle partagerait avec lui. En tant que première dame du pays, elle serait contrainte de sacrifier *aussi* une partie de sa vie privée.

Sa décision, il ne pouvait déjà plus la prendre seul, autrement dit. Car il considérait Shelby en tout point comme son épouse même si, légalement, rien ne les liait encore.

Alan pesta lorsque l'Interphone bourdonna sur sa table de travail. Sur les dix minutes qu'il s'était promises, cinq seulement venaient de s'écouler.

— Oui ?

— Je suis désolée de vous déranger *encore*, monsieur MacGregor, mais j'ai votre père sur la quatre qui vous demande avec une certaine insistance.

Alan se passa la main dans les cheveux.

— Bon, O.K., je le prends. D'autre part, c'est à moi d'être désolé pour mon mouvement d'humeur, Arlene. Je sais que ce n'est pas une excuse mais j'ai eu une matinée stressante.

— Pas de problème. Je sais ce que c'est. Votre père semble d'humeur particulièrement… exubérante.

— Mmm… Je vois. Vous auriez dû travailler pour le corps diplomatique, Arlene.

Il entendit le rire amusé de la jeune femme juste avant de changer de ligne.

— Salut, papa.

La voix de stentor de Daniel MacGregor vint lui tonner dans les oreilles.

— Ma foi… Tu es encore vivant, apparemment ? Je suis soulagé de l'apprendre. Ta mère et moi, nous pensions que tu avais succombé à quelque accident fatal.

Alan réussit à garder un ton sobre.

— Maintenant que tu le dis, je me suis effectivement coupé la semaine dernière en me rasant… Et toi, comment vas-tu ?

— Il me demande comment je vais ! se récria Daniel en poussant un soupir théâtral. Très franchement, je suis étonné que tu saches encore qui je suis. Que tu aies oublié ton pauvre vieux père, passe encore. Mais ta *mère,* Alan… tu penses à ta mère, de temps en temps ? Elle passe ses soirées à attendre que son grand fils l'appelle. Toi, le premier-né de ses enfants.

202

Avec un imperceptible soupir, Alan se renversa contre son dossier. Combien de fois, déjà, il avait maudit sa condition d'aîné qui permettait à son père de formuler régulièrement ce reproche commode. Cela dit, Daniel avait également ses expressions toutes faites destinées à culpabiliser Serena et Caine. « Toi, ma fille unique ». « Toi, le plus jeune de mes deux fils »...

Ils avaient chacun leur croix à porter, en fait.

— Je n'ai pas eu une seconde à moi. Tu veux me passer maman ?

— Ta mère a dû partir en urgence à l'hôpital, mon garçon. Et c'est un peu pour ça que je téléphone, d'ailleurs. Comme je la vois qui soupire, qui s'étiole et qui tourne en rond parce que son fils aîné lui manque, je profite de son absence pour faire appel à ton sens filial — ou du moins à ce qu'il en reste. Il serait temps que tu viennes passer un jour ou deux à la maison, mon fils.

Alan secoua la tête en souriant. Des coups de fil comme celui-là, il en avait déjà reçu quelques-uns. Une fois tous les deux ou trois mois en moyenne, son père s'emparait de son téléphone et exerçait sur ses trois enfants un chantage affectif éhonté. Et cela, en cachette de sa femme. Anna l'aurait sermonné pendant des heures si elle avait su ce qu'il mijotait.

— Je pensais que *maman* serait surtout pressée de voir Rena, maintenant que *ses* vœux se réalisent et qu'elle se prépare à devenir grand-mère. Comment va ma petite sœur, au fait ? Elle continue de s'arrondir ?

— Tu verras ça par toi-même dès vendredi. J'ai décidé — non, qu'est-ce que je raconte ?... Justin et Rena ont annoncé qu'ils passeraient le week-end prochain à la maison. Ils aiment bien venir se ressourcer à Hyannis, de temps en temps. Caine et Diana seront également de la partie.

— Je vois que tu as été particulièrement actif, marmonna Alan.

— Pardon ? Arrête de chuchoter comme ça, mon garçon. Tu n'es pas dans l'hémicycle, là.

— Je disais que vous alliez être envahis ce week-end, maman et toi, rectifia Alan prudemment.

— Personnellement, je n'aime rien tant que de passer un dimanche tranquille à écouter chanter les oiseaux. Mais pour ta mère, je peux faire un petit sacrifice… C'est surtout à ton sujet qu'Anna s'inquiète, d'ailleurs. Que son fils aîné soit encore célibataire à trente-cinq ans, ça la ronge. Tu crois que la lignée des MacGregor se perpétuera toute seule, si tu continues à ne t'intéresser qu'à la politique ?

— Rena s'est déjà chargée de perpétuer la dynastie… En fait, je me suis demandé dernièrement si elle n'attendait pas des jumeaux, insinua Alan dans l'espoir d'orienter son père sur d'autres pistes.

— Des jumeaux ? Tiens, c'est vrai que nous en avons eu quelques-uns dans la famille, il me semble. Il faudrait que je vérifie l'arbre généalogique.

Alan entendit son père farfouiller dans un tiroir secret de son bureau pour en sortir un des gros cigares qu'il fumait en cachette de son épouse.

— Ah oui, au fait, pendant que je te tiens, Alan… C'est quoi, ces âneries que je lis dans les journaux ?

— Précise un peu ta pensée, suggéra-t-il, amusé.

— Je suppose qu'il s'agit d'une erreur d'impression, marmonna Daniel. Je te connais, mon fils. Tu as tes défauts, mais je t'ai inculqué un sens suffisant de l'honneur pour que tu ne te compromettes pas avec n'importe qui.

Alan faillit éclater de rire.

— Je ne te suis pas bien, là, papa. De quoi me parles-tu, au juste ?

— C'est quoi le vrai nom de famille de cette fille ?

— *Quelle* fille ? s'enquit Alan pour le plaisir de faire durer le quiproquo.

— Quelle question ! Celle de la photo. Jeune et jolie comme un cœur.

— Ah ! tu veux parler de Shelby Campbell ?

Un silence de mort tomba à l'autre bout de la ligne. Alan regretta amèrement de ne pas avoir la tête du vieux brigand sous les yeux.

— *Campbell ?* Tu as bien dit « Campbell » ? Parce que tu fréquentes les voleurs et les assassins, maintenant ? Cela ne te dérange pas de fricoter avec les pires ennemis de notre clan ?

— Oui, Shelby apprécie beaucoup les MacGregor, elle aussi.

— Alan Duncan MacGregor, mon fils ! rugit Daniel. Tu mérites des coups de fouet ! Je vais t'écorcher vif !

— Tu auras l'occasion d'essayer ce week-end. Une fois que je t'aurai présenté Shelby.

— Une Campbell en ma demeure ? Plutôt périr !

— Une Campbell en ta demeure, oui. Et même, bientôt, une Campbell dans ta famille. Et cela avant l'hiver prochain si je parviens à mes fins.

— Parce que… parce que tu envisages de te *marier* avec une descendante de ces barbares ?

Daniel en balbutiait presque. Alan l'imaginait d'ici : déchiré entre le plaisir d'apprendre que son fils aîné songeait enfin à convoler en justes noces et l'indignation de le voir choisir une ennemie jurée de son clan.

— Je l'ai déjà demandée en mariage, en fait. Mais elle ne veut pas de moi. Pas pour le moment, en tout cas.

— Elle ne veut pas de toi ? tonna Daniel. Cette fille est idiote, ou quoi ? Non, elle le fait exprès, c'est sûr… Les

Campbell ont toujours eu du sang de sorcier dans les veines. Elle a dû t'ensorceler, je ne vois pas d'autre explication... Bon, allez, amène-la-moi, ta Campbell. Que je me fasse une idée de ce qu'elle complote.

Alan s'amusait tellement qu'il faillit éclater de rire. Stress et mauvaise humeur avaient disparu comme par miracle.

— Très bien. Je lui demanderai si elle veut bien accepter de m'accompagner à Hyannis ce week-end.

— Comment ça, tu lui demanderas si elle accepte ? Tu ne lui poses même pas la question. Tu l'embarques, ta Campbell ! Point final !

Imaginant Shelby et son père face à face, Alan décida qu'il ne manquerait cette première rencontre pour rien au monde.

— Bon. Je verrai ce que je peux faire. A vendredi, en tout cas. Et embrasse maman de ma part.

Ce soir-là, lorsque Shelby ouvrit sa porte à Alan, elle vit immédiatement la fatigue qui pesait sur ses épaules et marquait les coins de sa bouche. Elle lui prit le visage entre les mains et le couvrit de baisers.

— Mauvaise journée pour la démocratie ?

— Une *longue* journée pour la démocratie, surtout, murmura-t-il en l'attirant contre lui pour la serrer dans ses bras.

En fait, il se sentait prêt à affronter des milliers de journées aussi éprouvantes que celle-ci. A condition de retrouver Shelby chaque soir en rentrant chez lui.

— Désolé. Je suis en retard.

— Tu es là, c'est l'essentiel. Je te sers quelque chose à boire ?

— Je ne dis pas non.

Shelby sourit.

— Allez, installe-toi sur le canapé. Je vais m'occuper de toi comme une parfaite petite femme d'intérieur. Avec un peu de chance, je devrais tenir au moins un quart d'heure dans le rôle. Après ça, je ne garantis plus rien.

Elle le fit asseoir, desserra le nœud de sa cravate et la lui retira, puis défit les deux premiers boutons de sa chemise. Alan la gratifia d'un superbe sourire de pacha lorsqu'elle lui retira ses chaussures.

— Pas mal… pas mal du tout, même. Je crois que je vais y prendre goût.

— Ne t'habitue pas trop quand même, le mit-elle en garde en allant lui chercher sa boisson. La prochaine fois, tu risques de me trouver affalée dans un fauteuil et hors d'état de lever le petit doigt.

— Dans ces cas-là, ce sera à moi de te bichonner.

Shelby lui tendit son verre de whisky et se pelotonna contre lui. Il lui glissa un bras autour des épaules et ferma les yeux.

— Voilà. C'est exactement ce dont j'avais besoin.

— D'un scotch ?

— Non, de toi, chuchota-t-il en se penchant sur ses lèvres. De toi et rien que de toi.

— Tu veux me parler de tes soucis du jour, Alan ? Des fonctionnaires trop zélés, des démarcheurs divers et variés qui ont compliqué ton emploi du temps et empoisonné ton humeur ?

— Oh, je me suis juste frotté à quelques bureaucrates teigneux avec des mentalités de petits comptables… Et toi ? Ta journée ? Ton commerce ?

— Calme plat ce matin. Et un flot d'étudiants cet après-midi. Apparemment, la poterie serait devenue à la mode… Tiens, à ce propos, j'ai quelque chose pour toi.

Elle se leva avec sa vivacité habituelle et disparut dans la pièce qui lui servait de réserve. Alan étira les jambes sur le canapé et découvrit qu'il n'était pas fatigué du tout, tout compte fait. Juste détendu.

Et heureux comme un roi.

— C'est un cadeau, annonça Shelby en posant un paquet sur ses genoux. Il n'est pas aussi inventif et romantique que tes petits envois surprise. Mais c'est une pièce unique.

Elle se laissa tomber de nouveau à côté de lui pendant qu'il défaisait l'emballage. Sans un mot, il sortit la coupe et la souleva en la tenant à deux mains. Comme un empereur romain brandissant un trophée, songea Shelby. Et c'était exactement ainsi qu'elle avait imaginé qu'il la prendrait.

Toujours en silence, Alan examina son cadeau. La coupe était lisse et précieuse sous ses doigts. Sous l'émail vert jade, des nuances plus claires apparaissaient en transparence. Les lignes étaient sobres, d'une simplicité rigoureuse. Il ne se souvenait pas qu'un cadeau ait jamais eu autant de prix à ses yeux que celui-là.

Il posa la poterie avec précaution sur la table basse.

— Shelby, elle est magnifique, merci, murmura-t-il en portant les doigts de la jeune femme à ses lèvres. Depuis le début, je suis fasciné par tes mains. Elles sont si petites, si délicates. Et en elles, pourtant, repose cette puissance créative remarquable que tu as reçue en partage.

De nouveau, il contempla la coupe.

— C'est ce que tu étais en train de tourner le jour où je suis venu te voir dans ton atelier, n'est-ce pas ?

Shelby lui jeta un regard ravi.

— Tu es observateur pour un non-initié... Oui, je pensais à toi et voilà ce qui a fini par apparaître sous mes doigts, murmura-t-elle en caressant l'arrondi du pot. Il est donc juste

208

que cette coupe te revienne. Et quand j'ai vu ta maison, j'ai su qu'elle y avait sa place.

— Elle est faite pour moi, acquiesça Alan en se tournant pour la prendre dans ses bras. Et toi aussi, d'ailleurs… Tu le savais ?

Avec un soupir heureux, elle posa la tête sur son épaule. Lorsqu'il le disait ainsi, comment ne pas le croire ?

— Et si on passait un coup de fil pour se faire livrer un repas chinois à domicile ?

— Mmm… Je croyais que tu tenais absolument à aller au cinéma pour voir le dernier film de je ne sais plus qui.

— Ça, c'était mon envie ce matin. Mais ce soir, je vote plutôt pour du porc sauce aigre-douce et de longs baisers sur le canapé… Et plus, si affinités.

Avec un léger murmure de plaisir, elle lui mordilla l'oreille.

— En fait, je me contenterais même de quelques vieilles biscottes et d'un vague bout de fromage, s'il le faut.

— Il y a aussi une autre possibilité : faire l'amour d'abord et dîner ensuite.

Ravie, Shelby se laissa tomber contre la montagne de coussins en l'entraînant dans sa chute.

— C'est merveilleux d'avoir un esprit clair et ordonné comme le tien. J'adore la façon dont tu raisonnes, tu sais. C'est une vraie révélation lorsqu'on a, comme moi, le chaos dans l'âme… Embrasse-moi, Alan. Exactement comme tu m'as embrassée la première fois. C'était un baiser royal, inimitable. Je ne m'en suis jamais remise.

Ses paupières étaient mi-closes, ses lèvres à peine entrouvertes. Avec sa folle chevelure répandue sur les petits coussins aux couleurs chatoyantes, elle aurait enfiévré l'imagination d'un peintre. Alan la contempla un instant en silence. Et se demanda s'il retrouverait la patience dont il avait réussi à faire preuve la première fois. Imaginer ce que serait l'amour avec Shelby avait été stimulant. Mais à présent qu'il *savait* ce qu'était l'amour avec Shelby, aurait-il l'abnégation nécessaire pour faire durer l'attente, pour étirer le temps de l'approche jusqu'à l'infini ? La personne réelle de Shelby était plus affriolante que les plus osés de ses fantasmes ; elle l'excitait plus que ses rêves érotiques les plus fous.

Il goûta cependant ses lèvres avec lenteur, prenant sur lui pour la redécouvrir, comme au premier jour, en promenant doucement sa bouche sur la sienne. Il ressentait un sentiment d'urgence, une faim dévorante. Mais ils avaient la nuit — ils avaient la *vie* — devant eux pour la satisfaire. Shelby soupira, gémit, trembla. Et sa réaction l'émut si violemment qu'il faillit basculer dans un déchaînement de passion aveugle. Alors qu'il ne l'avait même pas encore touchée, à l'exception de leurs bouches qui, déjà, se faisaient l'amour.

Mais que le désir puisse être à la fois torture et extase, il le savait mieux que personne depuis qu'il partageait les nuits de Shelby Campbell…

Les yeux clos, Shelby cherchait à tâtons les boutons de la chemise d'Alan. Jamais elle ne se lasserait de le toucher, de le caresser, de laisser ses mains courir sur lui. Ses plus grands plaisirs avaient toujours été de nature tactile. Lorsqu'elle était attirée par la beauté d'un objet, elle avait besoin d'y porter les mains. Et il en allait de même avec Alan. Mais chaque contact avec lui était comme un premier contact ; chaque caresse restait bouleversante et unique.

Le cœur de son amant battait vite sous sa paume alors même que sa bouche courtisait la sienne avec une patience encore inaltérée. Elle écarta les pans de sa chemise, la repoussa de ses épaules pour pouvoir le caresser plus librement.

210

Alan émit un son rauque, presque animal. D'un coup, son baiser se fit conquérant, possessif, exigeant. Et Shelby plongea au cœur d'une de ces tempêtes qu'Alan semblait déclencher en elle à volonté. Tout n'était plus que nuages furieux, éclairs fulgurants, ciels fuligineux. Et dans le vacarme de son propre sang rugissant à ses oreilles, Shelby entendait distinctement le fracas du tonnerre. Alan lui arracha ses vêtements avec une hâte presque débridée. Puis il la caressa intimement, à un rythme sauvage, excitant qui l'amena très vite à culminer, la tête vide de toute pensée, sans autre recours que celui de se laisser absorber par le vortex.

Alan l'entendit appeler son nom mais il était dans l'incapacité de répondre. Un fond sauvage en lui qui n'avait jamais trouvé à s'exprimer s'éveillait en réponse à la sensualité libre et spontanée de Shelby — comme s'éveillerait la rage de vivre de la panthère si on ouvrait les portes de sa cage. Une puissance incontrôlée se déchaînait en lui et il aurait été incapable, même en rassemblant toute sa volonté, de ralentir et de se reprendre. Mais Shelby ne faisait rien pour l'arrêter. Son corps palpitait sous le sien et elle s'arc-boutait, criait, lui réclamait plus encore.

Ce qu'il lui demandait, il n'aurait su le formuler. Ce qu'elle lui répondait, il n'était plus en état de l'entendre. Il savait simplement qu'il n'y avait plus entre eux ni entraves ni limites ; qu'il lui appartenait désormais comme il s'appartenait lui-même.

Shelby ouvrit les yeux, vit son visage au-dessus du sien et son regard qui avait cessé d'être rêveur. Les yeux d'Alan étaient sombres, leur éclat curieusement intense.

— Je ne te laisserai plus repartir, Shelby, déclara-t-il d'une voix rauque, presque féroce qui vibra longuement en écho dans sa tête. Jamais.

Puis sa bouche se mêla passionnément à la sienne et tout se perdit dans l'indicible.

— Tu es sûr que tu n'en veux plus ?

Assise en tailleur sur le lit dans un court kimono de soie, Shelby cueillit un champignon chinois entre ses baguettes et le glissa entre ses lèvres. Derrière elle, on entendait converser à la télévision mais l'écran restait toujours aussi désespérément aveugle. Adossé contre les oreillers, Alan s'étira longuement.

— Certain, oui. J'ai assez mangé. Tu as l'intention de réparer ce poste, Shelby, ou de le laisser en l'état encore quelques mois ?

— Mmm… Je m'en occuperai dès que je serai d'humeur à le faire. Ça peut durer deux jours comme ça peut durer un an.

Shelby se pencha pour poser les assiettes par terre à côté du lit.

— Ah, ça fait du bien d'avoir un petit quelque chose dans l'estomac, commenta-t-elle avec un de ces jolis sourires de chatte repue qu'Alan commençait à bien connaître.

Son appétit satisfait, elle reporta son attention gourmande sur lui.

— Tu as une musculature magnifique, je ne le dirai jamais assez… Combien sont-ils, parmi les électeurs de Washington et d'ailleurs, à savoir que le sénateur du Massachusetts est irrésistible en caleçon ?

— Seul un infime pourcentage de la population détient cette information cruciale.

Shelby dessina d'un doigt caressant la cambrure de son pied.

— Tu n'as jamais pensé à poser pour des publicités, comme les footballeurs ? Ça pourrait promouvoir ton image, non ?

Du style : « Je ne reçois jamais un dignitaire étranger sans mon slip Tartempion. »

Alan rit doucement.

— C'est une bonne chose que tu ne sois pas mon directeur de campagne !

— Qu'est-ce que tu peux être collet monté, sénateur ! s'exclama-t-elle en se jetant sur lui de tout son long. Songe un peu aux possibilités que cela t'ouvrirait.

Alan glissa une main sous son peignoir.

— Je ne pense qu'à ça, justement… aux ouvertures… et aux possibilités…

Tout en s'abandonnant à ses caresses, Shelby n'en poursuivait pas moins son idée.

— Une page entière de pub dans les magazines nationaux, un flash publicitaire télévisé juste avant les infos… Je peux te garantir que je m'empresserais de réparer mon téléviseur.

— Songe quand même que les autres représentants de l'Etat ne voudront pas être en reste. Ça va lancer une mode. Imagine nos ministres, nos hauts fonctionnaires, nos juges posant en petite tenue. Les journaux seraient envahis, il n'y aurait plus que ça dans les magazines, à l'écran et sur les affiches.

Shelby visualisa le phénomène et fit la grimace.

— Oh, mon Dieu, cela pourrait déclencher un désastre national.

— Un désastre mondial, tu veux dire ! Le phénomène ferait boule de neige. Et une fois partie, plus moyen d'arrêter la machine.

Elle pencha la tête pour faire claquer un baiser sonore sur ses lèvres.

— Tu as gagné, MacGregor : je renonce à mon projet. C'est ton devoir patriotique de rester habillé en toute circonstance… Sauf ici, précisa-t-elle en s'employant activement à retirer le seul vêtement qu'il portait encore.

Il lui prit le visage entre les mains et l'attira contre le sien pour goûter ses lèvres. La langue de Shelby se déploya contre la sienne, se fit tendre, souple et séductrice.

— Shelby…, protesta-t-il contre sa bouche. J'avais quelque chose à te demander. Mais si tu continues à me distraire comme ça, je vais encore oublier de le faire.

— Mmm… ça peut attendre, non ?

— Arrête de me déconcentrer, veux-tu ? L'affaire est d'importance. Je suis convoqué en haut lieu, ce week-end.

— Ah oui ? murmura-t-elle en glissant la pointe d'une langue mutine au creux plus que sensible de son oreille.

Sur un éclat de rire, Alan la fit rouler sous lui et la maintint prisonnière, en lui immobilisant les bras derrière la tête.

— Shelby Campbell ! Tu m'écoutes, oui ou non ? J'ai eu un coup de fil de mon père cet après-midi.

Les yeux gris pétillèrent d'humour.

— Ah, le Grand Chef de Clan s'est manifesté.

— Exact. Ce week-end, il y a rassemblement familial chez les MacGregor. Un happening incontournable. Et j'aimerais que tu viennes avec moi.

Elle haussa un sourcil sarcastique.

— Tu veux me traîner au cœur même des bases ennemies à Hyannis ? Sans armure et sans armée ?

— Nous hisserons le drapeau blanc avant d'entrer.

Une ombre tomba soudain sur l'allégresse de Shelby. Accompagner Alan dans sa famille ? N'était-ce pas, déjà, une façon d'officialiser leur relation ?

Alan releva tendrement la frange qui lui tombait sur le front.

— J'ai ordre de ramener « La Campbell » de gré ou de force en la demeure paternelle, fit-il en roulant les « r ». Mon père veut voir de ses yeux comment cette fille d'assassins et de voleurs a réussi à entortiller un MacGregor et à le détourner du droit chemin.

— Ah, c'est comme ça que ton père voit les choses ?

— Il s'est exprimé plus ou moins en ces termes, oui.

Shelby releva le menton.

— On part quand ?

10.

Shelby poussa une exclamation de surprise lorsqu'elle découvrit la hautaine demeure en granit dressée au sommet de la falaise : si on lui avait demandé de dessiner l'habitation de ses rêves, elle aurait sans doute esquissé les contours d'un édifice semblable à celui-là. La pierre qui avait servi à la construction semblait sans âge, vénérable et austère et portait l'empreinte de l'océan qui mugissait en contrebas. Dans la lumière qui faiblissait à l'approche du soir, le quasi-château paraissait étrange et mystérieux, chargé de lourds secrets.

Lorsqu'elle tourna la tête vers Alan, Shelby vit qu'il attendait sa réaction avec un amusement manifeste.

— Tu savais que je tomberais amoureuse de ton fief familial au premier coup d'œil, MacGregor !

Alan lui effleura les cheveux.

— J'ai pensé que ce délirant produit de l'imagination macgregorienne pourrait exercer un certain attrait sur toi, en effet.

— Si j'avais grandi ici, j'aurais fait ma chambre dans la tour. Et j'aurais élu quelques fantômes comme camarades de jeu.

— Il n'y a pas de fantômes ici. Même si mon père nous menaçait régulièrement d'en importer d'Ecosse... Mon père qui, entre parenthèses, a aménagé son bureau dans la tour, précisa-t-il avec un clin d'œil.

— Mmm… je vois. Tu penses que nous pourrions avoir quelques points communs, le Grand MacGregor en Chef et moi ?

Shelby examina la haute tour avec ses fenêtres à meneaux et ses meurtrières. Elle était de plus en plus curieuse de connaître l'original qui avait osé faire construire ce délicieux anachronisme.

Les fleurs plantées en folle abondance au pied de la façade apportaient une touche de couleur bienvenue. Etait-ce là encore l'œuvre du Grand MacGregor ? se demanda Shelby. Non. Quelque chose lui disait qu'il s'agissait plutôt de la contribution d'Anna, la chirurgienne. Les pétunias, les campanules et les giroflées représentaient peut-être un antidote salutaire à la maladie et à la mort, affrontées au quotidien.

Si la demeure était signée Daniel et que le jardin portait effectivement la griffe d'Anna, les parents d'Alan devaient former un couple intéressant. La maison comme les massifs avaient été conçus par des personnalités fortes et originales qui se riaient des modes, des normes ainsi que de l'élégance de bon ton.

Avant même qu'Alan ait coupé le contact, Shelby était descendue de voiture et se précipitait pour admirer la vue d'ensemble. Séduite, elle riait de délice, la tête en arrière, sa chevelure impossible volant autour d'elle.

Alan s'adossa contre le capot du véhicule de location et se contenta d'observer. Regarder Shelby était déjà en soi une occupation à part entière.

— C'est dommage que ton père n'ait pas mis sa menace à exécution. A sa place, je n'aurais pas hésité à les importer, ces spectres écossais sanguinaires. De vrais fantômes bien sinistres qui font tinter leurs chaînes en hantant les couloirs.

Elle mêla ses doigts à ceux d'Alan.

— Embrasse-moi, MacGregor, chuchota-t-elle en repoussant la frange qui lui tombait sur les yeux. Et serre-moi fort, fort contre toi. Le lieu se prête à l'étreinte passionnée des amants.

Nouant les bras autour de sa taille, elle se pressa contre lui. Lorsque ses lèvres cédèrent sous celles d'Alan, ce fut comme si une tempête se déchaînait en mer, même si le ciel était sans nuages. Lorsqu'ils s'embrassaient ainsi, étroitement enlacés, perdus l'un en l'autre, ni les mouettes cherchant un abri à l'approche de la nuit, ni la lente apparition de la lune ne pouvait les distraire. Le monde se rétrécissait en un seul point de passion brûlante dont ils étaient à la fois le centre et la périphérie.

Le cœur gonflé d'un amour éperdu, Shelby saisit le visage d'Alan entre ses paumes lorsqu'ils s'écartèrent l'un de l'autre. Une vague poignante de regret la submergea. Regret des promesses qu'elle ne pouvait lui faire, d'un engagement qu'elle doutait de pouvoir prendre, de l'avenir qu'elle ne serait peut-être jamais en mesure de lui donner.

— Je t'aime, Alan, murmura-t-elle d'une voix étranglée. De cela, au moins, tu peux être certain.

Dans les yeux clairs de Shelby, Alan vit s'assembler les lourds nuages de la peur. Oui, elle l'aimait. Mais elle n'était pas encore prête. Et même s'il était tenté de lui extorquer mille serments pour l'éternité, il lui laisserait encore un peu de temps avant de revenir à la charge.

— Je sais que tu m'aimes, murmura-t-il en lui prenant les deux mains pour lui embrasser les poignets… Alors on se lance ? Tu es prête à défendre les couleurs des Campbell en territoire hostile ?

Shelby laissa reposer sa tête sur son épaule lorsqu'ils se dirigèrent main dans la main vers la porte.

— Je te préviens, Alan : je compte sur toi pour ressortir entière de ce traquenard.

Il lui effleura la joue d'un baiser.

— Ah non, c'est à toi de jouer, là, Shelby. Tu te débrouilleras avec mon tyran de père. Je t'ai déjà expliqué pourquoi j'avais horreur de jouer les médiateurs.

Elle rit doucement.

— J'adore ta lâcheté, sénateur.

Levant les yeux pour admirer la lourde porte de chêne, elle nota les armoiries familiales gravées sur le heurtoir en cuivre. Shelby sourit en découvrant la tête couronnée du lion des MacGregor.

— Ton père n'est pas le genre d'homme que la modestie étouffe, je crois ?

— Disons qu'il a une haute idée de ses origines. Et qu'il ne craint pas de les afficher.

Alan souleva le heurtoir. Il retomba aussi bruyamment que si un coup de canon avait été tiré dans le silence recueilli du soir.

— Le clan MacGregor, poursuivit-il en imitant l'accent écossais de Daniel, est un des rares à avoir l'autorisation de faire figurer la couronne royale dans ses armoiries. Nous sommes gens de bonne souche et de noble race guerrière.

— Balivernes, riposta Shelby d'un ton qui rappelait à tel point celui de Daniel qu'Alan éclata de rire.

La porte massive s'ouvrit et Shelby se trouva nez à nez avec un homme blond, jeune, de haute taille. Il avait un regard bleu qui respirait l'intelligence, un visage mince et attirant.

— Ah, tu peux rire, Alan, commenta-t-il en s'adossant contre le chambranle. Cela fait une heure maintenant que papa tempête contre les traîtres et les infidèles… J'imagine que vous êtes la redoutable sirène qui a fait perdre le cap à mon frère Alan ? enchaîna-t-il en se tournant vers Shelby.

Le ton d'amicale ironie dans sa voix ne déplut pas à Shelby.

— En effet, oui. Je suis l'ennemie, venue en mission commandée.

— Shelby Campbell... Caine MacGregor, mon frère, les présenta Alan.

— Je vous signale que vous êtes la première Campbell à pénétrer en ces lieux consacrés. Vous pouvez entrer, mais c'est à vos risques et périls.

Shelby posa un pied dans le vestibule et découvrit avec plaisir les grandes tapisseries d'Aubusson au mur, les beaux meubles massifs et fiers. De grands bouquets de fleurs printanières embaumaient l'atmosphère et une discrète odeur d'encaustique se mêlait à leur parfum.

— Bon... Eh bien, me voici dans la place. Et la foudre ne s'est pas encore abattue sur le toit. C'est déjà une première étape de franchie.

— Alan !

Malgré sa grossesse avancée, Serena dévala l'escalier avec sa légèreté coutumière et se jeta au cou d'Alan.

— Tu m'as manqué, grand frère.

— Tu sais que tu es très belle, enceinte, Rena ?

Il posa avec précaution la main sur son ventre.

— Alors profite bien du spectacle car ça ne va plus durer très longtemps, répliqua Rena en riant. Il ou elle a l'air pressé de découvrir le vaste monde... Tu sens ?

— Tu parles que je le sens ! Il tape dur, ce petit. Un futur footballeur, peut-être ?

— Ou *deux* footballeurs, en l'occurrence ? C'est la nouvelle obsession de papa. Il n'arrête pas de me répéter que j'attends peut-être des jumeaux. Je me demande *qui* a pu lui mettre cette idée saugrenue en tête ?

Alan sourit.

220

— Désolé. Simple manœuvre d'autodéfense.

— Mmm... Bon, ça va pour cette fois.

Serena se tourna vers Shelby.

— Je suis contente que vous ayez eu l'héroïsme de vous aventurer jusqu'ici, Shelby.

— J'avais hâte de connaître la sœur qui a cassé le nez d'Alan.

Rena éclata de rire.

— Je vois que ma réputation m'a précédée ! Rassurez-vous, je me suis assagie depuis : à présent, je réfléchis d'abord, je frappe ensuite. Mais ne restons pas là... Je vais vous présenter le reste de la famille.

Séduite par la chaleureuse spontanéité de la sœur d'Alan, Shelby lui emboîta le pas.

— Vous n'auriez pas une armure à me prêter, par hasard ?

— Alan vous a préparée mentalement à l'épreuve qui vous attend ?

— Plus ou moins, oui.

— Si mon père vous épuise, envoyez-moi un S.O.S. Depuis que j'attends mon bébé, je n'ai qu'à soupirer un peu bruyamment pour monopoliser toute son attention sur moi.

Alan et Caine emboîtèrent le pas aux deux jeunes femmes.

— Rena a l'air décidée à prendre les présentations en main, commenta Alan.

Avec un sourire en coin, Caine lui entoura les épaules.

— Nous sommes tous dévorés par la curiosité depuis que papa nous a annoncé d'un ton outragé que tu avais pactisé avec « La Campbell ». Pour une fois que tu t'intéresses sérieusement à une fille, tu nous fais un remake de Roméo et Juliette... Elle a l'air d'avoir une sacrée personnalité, ta demoiselle Campbell, en tout cas. J'espère que tu l'as prévenue que papa aboie fort mais qu'il ne mord jamais.

— Je préfère la laisser se faire une opinion elle-même. Le clash risque d'être intéressant, non ? J'ai hâte de les voir tous les deux en présence.

Shelby s'immobilisa à l'entrée de la pièce et prit quelques secondes pour s'imprégner de la scène qui se déployait sous ses yeux. Un homme sombre avec un beau profil d'Indien, habillé avec une élégance raffinée, fumait en silence. Alors même qu'il gardait une immobilité de statue, on le sentait aux aguets, capable de se mouvoir à la moindre alerte avec la fulgurance d'un chat sauvage. Perchée sur le bras de son fauteuil, une jeune femme très brune à la peau cuivrée lui parlait à voix basse. Ils avaient un physique saisissant l'un et l'autre.

En face d'eux, une femme qui ne pouvait qu'être la mère d'Alan tenait un ouvrage de broderie sur les genoux et tirait sereinement l'aiguille. Au centre du petit groupe se dressait un fauteuil plus haut, plus imposant que les autres.

L'homme qui l'occupait sortait, lui aussi, du commun. A la différence de Caine et d'Alan, Daniel MacGregor avait une silhouette massive, avec des épaules puissantes de gladiateur. Les cheveux d'un roux flamboyant, l'incontestable noblesse du visage lui donnaient l'allure d'un tragédien antique. Shelby nota avec amusement qu'il portait le plaid aux couleurs des MacGregor drapé sur son veston.

— Fais un peu attention à elle, Justin ! Rena devrait se reposer au lieu de se démener comme ça, bougonnait Daniel en s'adressant à l'homme brun assis en face de lui. Une femme enceinte n'a pas sa place dans une salle de casino à 2 heures du matin.

Le dénommé Justin rejeta lentement la fumée de son cigare.

— Tu as déjà vu Serena obéir aux ordres de qui que ce soit, Daniel ?

— Non, mais lorsqu'une femme attend un enfant…

— Lorsqu'une femme attend un enfant, ce n'est pas une maladie, compléta Serena pour lui. Alors pourquoi se comporterait-elle comme une invalide ?

Daniel allait répondre lorsque son regard tomba sur Shelby.

— Tiens, tiens…, observa-t-il en relevant le menton avec une arrogance accrue.

Ignorant son père, Serena entreprit malicieusement de faire les présentations en commençant par Justin.

— Shelby Campbell… Justin Blade, mon mari.

Shelby croisa un regard vert étonnamment observateur. Justin prit le temps de se livrer à un rapide examen de sa personne avant de daigner sourire. Le résultat fut étourdissant.

— Diana, ma belle-sœur, poursuivit Serena.

Le regard de Shelby se porta sur Diana, puis sur Justin.

— Vous êtes apparentés, n'est-ce pas ?… Frère et sœur ?

Diana hocha la tête en souriant.

— Exact. Vous avez la famille Blade au grand complet assemblée devant vous.

— Et votre tribu d'origine ?

Justin sourit de nouveau en tirant sur son cigarillo.

— Comanche.

— Des descendants de guerriers, commenta Daniel en frappant son accoudoir de sa main ouverte pour attirer l'attention sur lui. Une lignée impeccable.

Shelby lui jeta un regard neutre, puis se laissa guider par Serena jusqu'à la femme à la broderie pendant que Daniel, tristement négligé, continuait à ronger son frein.

— Ma mère, Anna MacGregor, poursuivit Rena avec un rire étranglé dans la voix.

— Nous sommes ravis de vous accueillir parmi nous, Shelby.

La voix d'Anna était calme, douce, rassurante. Mais sa poignée de main dégageait une force singulière.

— Je suis tombée amoureuse de votre jardin, madame MacGregor. Il est magnifique.

Anna sourit.

— Merci. J'ai la faiblesse d'en être fière.

Daniel toussota bruyamment pour montrer son impatience. Les yeux d'Anna pétillèrent d'amusement.

— Vous avez fait bon voyage jusqu'ici, Shelby ?

Le dos tourné à son hôte, Shelby se retint de rire.

— Parfait, oui, je vous remercie. Je…

Mais la patience de Daniel avait clairement atteint ses limites.

— Ce n'est pas bientôt fini, tous ces salamalecs ! Laissez-moi jeter un coup d'œil sur cette petite, à la fin !

Shelby se retourna lentement pour faire face au chef de famille, trônant, le dos droit, dans son fauteuil royal.

— Papa, je te présente Shelby Campbell, intervint Alan qui se délectait ouvertement de la situation.

— *Campbell*, répéta Daniel d'un ton hautain.

Shelby se campa devant lui sans lui tendre la main.

— *Aye*, oui, répondit-elle en écossais. Campbell, en effet.

Daniel prit son air le plus menaçant.

— Mes ancêtres auraient préféré être infestés par les puces que de recevoir un Campbell chez eux.

Alan vit sa mère ouvrir la bouche pour protester. Mais il lui fit signe de ne pas intervenir.

— Je ne doute pas que les MacGregor et les puces aient toujours fait bon ménage, en effet, rétorqua Shelby avec un large sourire.

224

— Ne confondez pas tout, jeune fille ! tonna Daniel. Les barbares puants, c'étaient vous, les Campbell ! Il n'y en a jamais eu un pour racheter l'autre.

Shelby inclina la tête comme pour mieux étudier le personnage.

— Mon grand-père disait toujours que les MacGregor étaient de mauvais perdants, observa-t-elle pensivement.

Le visage de Daniel s'empourpra de colère.

— Perdants ? Comme si un MacGregor avait jamais perdu contre un Campbell ! Jamais en combat loyal, en tout cas. Les coups de couteau dans le dos, c'était votre spécialité, en revanche.

— Je vous sers quelque chose à boire, Shelby ? intervint Caine.

Shelby tourna la tête vers le frère d'Alan et nota qu'il faisait de louables efforts pour garder son sérieux.

— Volontiers, oui. Du whisky. Ecossais bien sûr. Et sans glaçon, répondit-elle en lui décochant un rapide clin d'œil… Si les MacGregor avaient fait preuve de sagesse, ils n'auraient peut-être pas perdu leurs terres, leur kilt et leur nom, poursuivit-elle en reportant son attention sur Daniel. Les rois ont tendance à être terriblement chatouilleux lorsqu'on cherche à les renverser de leur trône.

— *Quels* rois ? Nous Ecossais n'avons jamais eu besoin d'un roi anglais pour nous dicter notre conduite sur nos propres terres.

Shelby hocha la tête en acceptant la boisson que lui tendait Caine.

— *Aye*, acquiesça-t-elle. C'est une vérité à laquelle je suis prête à lever mon verre.

Daniel poussa un grand « Ha » sonore et vida son whisky d'un trait. Sourcil levé, Shelby le regarda faire puis suivit son exemple sans broncher.

Un silence total tomba autour d'eux. Sourcils froncés, Daniel contempla le verre vide à côté du sien. Puis son regard croisa celui, résolument insolent, de Shelby. Dépliant sa haute silhouette de son fauteuil, il se dressa devant elle. Massif, imposant, il dominait la fragile Shelby d'une bonne tête. Et elle, les poings sur les hanches, faisait front. Pour la première fois en trente-cinq ans d'existence, Alan regretta de ne pas être peintre.

Lorsque la tension dans la pièce eut atteint son point culminant, Daniel redressa la tête et partit d'un grand rire heureux.

— Ventrebleu, voilà une fille comme je les aime ! Vous êtes la bienvenue chez nous, Shelby Campbell.

Très vite, Shelby réussit à se faire une idée des personnalités en présence. Daniel était bruyant, théâtral, exigeant. C'était un faux despote au cœur tendre qui adorait ses enfants. Anna avait le regard et le tempérament de son fils aîné. Elle parlait peu mais dominait tranquillement son petit monde — y compris son colosse de mari. En observant Anna, Shelby découvrit qu'Alan avait hérité de sa patience, de sa lucidité et de son intelligence. Trois qualités qui, combinées, conféraient à leur possesseur un ascendant redoutable.

D'emblée, Shelby s'attacha à la famille d'Alan. Pris un à un, les MacGregor étaient intéressants. En tant que groupe, ils étaient carrément fascinants. Quant à leur étrange demeure, Shelby s'y trouva aussitôt comme chez elle. Comment aurait-elle résisté aux voûtes des plafonds, aux gargouilles, aux armures, aux passages secrets ? Ils dînèrent dans une salle grande comme son appartement. La cheminée à elle seule donnait le vertige. Tout était follement excentrique, terriblement ostentatoire et formait néanmoins une harmonie inattendue.

Du bout du doigt, Shelby suivit le bord de son assiette.

— Vous avez un service extrêmement précieux, commenta-t-elle. C'est du Wedgwood de la fin du XVIIIe. Ce jaune est très rare.

— Je l'ai reçu en héritage de ma grand-mère, expliqua Anna. C'était son seul et unique trésor. J'ignorais cependant que le jaune ajoutait de la valeur.

— Les bleus, les lavande, les verts sont plus faciles à obtenir. Mais c'est la première fois que je vois cette nuance particulière ailleurs que dans un musée.

— Pour moi, une assiette est une assiette. Je n'ai jamais compris qu'on puisse s'extasier pendant des heures sur de la vaisselle, marmonna Daniel, assis à sa droite.

— Parce que tu te passionnes pour le contenu plus que pour le contenant, commenta Serena avec un sourire taquin.

— Shelby est potière, intervint Alan sans laisser à son père le temps de former une réponse indignée.

Daniel parut un instant déconcerté par cette information.

— Potière ? Vous fabriquez des pots ?

— Entre autres, oui.

— Je me souviens que notre mère possédait un tour mécanique qu'elle actionnait avec une pédale. Elle fabriquait de la poterie traditionnelle, murmura Diana. Tu te rappelles, Justin ?

— Bien sûr. Notre famille en tirait même une partie de ses revenus. Il y avait un magasin dans la réserve auquel maman vendait certaines pièces. Et vous, Shelby ? Vous vivez de votre art ?

Shelby fut touchée par le lien très fort qui semblait exister entre le frère et la sœur.

— J'en vis, oui. A Georgetown, j'ai ma boutique juste à côté de mon atelier.

Daniel qui appréciait le commerce hocha la tête avec satisfaction.

— Vous êtes une femme d'affaires, alors. Et vous avez du talent ?

Portant son verre de vin à ses lèvres, Shelby tourna un regard amusé vers Alan.

— A ton avis ?

— Tu sais très bien que tes dons me fascinent. Et tu n'es pas seulement douée en tant qu'artiste. Pour quelqu'un qui n'a aucun sens de l'organisation, tu as réussi à combiner tes diverses activités avec un instinct assez sûr. Ce qui te permet de mener ta vie exactement comme tu l'entends.

— J'apprécie ce genre de compliments un peu tordus, conclut Shelby après réflexion... Alan, lui, a une existence beaucoup plus structurée. Jamais il ne tomberait en panne d'essence sur l'autoroute, par exemple.

— J'apprécie ce genre de critique un peu tordue, marmonna Alan dans son vin.

— Cela fait un équilibre, commenta Daniel en brandissant une fourchette impérieuse dans leur direction. Vous avez l'air de savoir ce que vous voulez dans la vie, pas vrai, jeune fille ?

— Dans l'ensemble, oui.

— Je suis sûr qu'en tant que *First Lady*, vous marquerez les esprits, Shelby Campbell.

Les doigts de Shelby se crispèrent sur le pied de son verre.

— Peut-être, oui. Si c'était mon ambition de le devenir.

— Que ce soit votre ambition ou non, c'est le sort qui vous attend dans la mesure où vous vous êtes attachée à cet ostrogoth-là.

Alan jura intérieurement.

— Tu anticipes un peu, papa, tu ne crois pas ? Je n'ai pas encore décidé si je serai oui ou non candidat. Et Shelby n'est pas encore certaine de vouloir m'épouser.

— Comment ça, elle n'est pas certaine de vouloir t'épouser ? s'emporta Daniel en reposant son verre de vin. Campbell ou pas Campbell, cette jeune femme ne me paraît pas idiote. C'est le sang fort des Highlands qui coule dans ses veines. Elle nous mettra de beaux petits MacGregor au monde.

Alan soupira avec impatience. Notant sa réaction, Justin tenta une manœuvre pour détourner l'attention du patriarche.

— Savez-vous, Shelby, que Daniel me travaille au corps pour que je renonce à mon propre nom de famille et que j'adopte celui de mon épouse ?

— Cela s'est déjà fait, pour maintenir une lignée, intervint Daniel avec le plus grand sérieux. Quoi qu'il en soit, l'enfant de Rena sera un MacGregor, même s'il ne porte pas le nom. De même pour la progéniture de Caine lorsque ce garçon se décidera enfin à faire ce qu'il a à faire.

Daniel gratifia son plus jeune fils d'un regard sévère avant de reporter son attention sur l'aîné.

— Mais j'en reviens à toi, Alan, mon premier-né. Tu sais qu'il est de ton devoir de prendre femme et d'engendrer. Nous ne vivons pas que pour nous-mêmes, mon garçon. Nous sommes les maillons d'une longue chaîne que nous tissons de génération en génération.

Alan s'apprêtait à taper du poing sur la table pour arrêter le massacre lorsqu'il vit les yeux de Shelby pétiller d'amusement.

— Mon père est étonnant, dans son genre, non ? lui murmura-t-il à l'oreille.

— Il est incroyable ! Ça se déroule toujours comme ça, vos réunions de famille ?

Avec un léger soupir, Alan acquiesça.

— Toujours, oui.

Shelby secoua la tête.

— Je crois que je suis amoureuse.

Interrompant le patriarche en plein discours, elle lui tira sur la manche.

— Daniel ? Sans vouloir offenser ni Alan ni votre femme, je crois que si je dois épouser un MacGregor, ce sera vous.

Daniel demeura un instant muet, les yeux écarquillés. Puis il partit de son grand rire.

— *Aye*, Shelby Campbell, vous êtes un petit miracle. Je crois que vos ancêtres ne vous méritent pas.

— Là, tu as réussi l'exploit de l'arrêter net, commenta Alan quelques heures plus tard alors qu'il faisait faire le tour du propriétaire à Shelby. C'est du jamais vu, dans cette famille.

Elle entrelaça ses doigts aux siens.

— Je trouve ton père irrésistible, à sa façon… Mais son premier-né ne me laisse pas indifférente non plus, ajouta-t-elle à mi-voix en se dressant sur la pointe des pieds pour lui mordiller le lobe de l'oreille.

— Attention, ce terme de « premier-né » est à prononcer avec le plus grand respect, maugréa Alan. Si tu savais comme…

— Oh, c'est fabuleux ! s'exclama Shelby en découvrant un vase en porcelaine de Sèvres sur une console. Alan, cette demeure est une véritable île aux trésors. Je crois que je ne me lasserai jamais de fureter dans les recoins.

Elle ouvrit de grands yeux en découvrant une armure.

— Tu t'es déjà glissé dans un de ces machins-là quand tu étais petit ?

— Caine a tenté l'expérience une fois. J'ai mis plus d'une heure à l'en extraire.

— Oh, pauvre grand frère responsable et solidaire, murmura Shelby en lui attrapant le visage entre les mains. Tu étais tellement exemplaire.

Son rire fut étouffé par un baiser si sensuel et échevelé qu'elle en perdit le souffle.

— Caine est entré dans l'armure parce que je lui avais suggéré que ce serait une expérience passionnante, révéla Alan avant de s'emparer de nouveau de sa bouche.

— Ta personnalité me déconcertera toujours, chuchota-t-elle. Ainsi tu étais manipulateur ?

— Moi ? Pas du tout. Je suis juste un dirigeant-né.

Le cœur battant, elle scruta ses traits.

— En fait, je suis persuadée que tu n'étais pas aussi parfait et bien élevé que tu cherches à me le faire croire. Avoue que tu le méritais, ce nez cassé.

— Caine le méritait plus que moi, en tout cas.

Shelby rit doucement lorsque Alan l'entraîna dans un corridor mal éclairé.

— Tu avais l'air content quand je me suis frottée à ton père.

— J'aime bien ces ambiances type comédie de boulevard.

— De boulevard ? Avec ton père, ça tire plutôt du côté de la tragédie antique… Mais dis-moi, pourquoi Daniel s'est-il mis en tête que nous allions nous marier ? s'enquit-elle en abandonnant la tête contre son épaule.

— Je lui ai dit que je t'avais demandée en mariage. Et pour mon père, il va de soi qu'une telle offre de la part de son premier-né ne saurait en aucun cas être déclinée.

Alan pivota de manière à la coincer entre sa personne et le mur sombre du couloir.

— Alan…

Il se souvint qu'il s'était promis de ne pas la brusquer. Mais ce fut plus fort que lui.

— Combien de temps comptes-tu me laisser encore dans l'incertitude ? Je t'aime, Shelby. Telle que tu es. De la tête aux pieds.

Elle pressa sa joue contre la sienne.

— Moi aussi, je t'aime, Alan. Tellement que par moments j'en oublie qui je suis. Et c'est ce qui m'effraie le plus, je crois… Il faut me laisser encore un peu de temps. Je sais que c'est beaucoup te demander, mais tu es plus calme, plus tolérant, plus juste que moi. Puisque ta nature est meilleure que la mienne, sois patient avec moi, tu veux bien ?

Alan s'était rarement senti aussi peu juste, patient et tolérant qu'en cet instant. S'il avait obéi à son instinct premier, il aurait insisté, exigé… supplié même. Mais le sang des MacGregor en lui l'empêchait de tomber à genoux. Et connaissant Shelby, il savait que la manière forte resterait sans effet.

— C'est entendu, j'attendrai encore. Mais il faudra que nous parlions tôt ou tard. Ne serait-ce que parce que j'ai certaines décisions à prendre.

Le cœur soudain étreint par une angoisse térébrante, Shelby s'humecta les lèvres.

— A Washington, nous parlerons. Et je te promets de te donner une réponse. Mais pas maintenant, murmura-t-elle dans un souffle.

— Pas maintenant, acquiesça-t-il en lui couvrant le visage de baisers… Je pense que tout le monde est couché, vu l'heure. Que dirais-tu d'un bain de minuit ?

— Un bain de minuit ? murmura Shelby rêveusement tandis qu'il glissait la langue au creux de son oreille. Je n'ai pas apporté mon maillot.

Alan l'entraîna en riant dans le couloir suivant.

— Vraiment ? Comme c'est dommage ! Nous allons être obligés de nous en passer.

Il poussa deux grandes portes battantes qu'il referma avec soin derrière eux. La piscine se détachait, bleu turquoise, entre ses bords en fines mosaïques. La chaleur, les plantes étaient tropicales. Après les sombres couloirs voûtés, le dépaysement était total.

— J'ai toujours pensé que tu étais bâti comme un nageur, commenta Shelby en massant les épaules d'Alan… C'est magique ici, j'ai l'impression d'avoir atterri sur une île.

Alan lui prit la main.

— On commence par un sauna, annonça-t-il.

— Mmm… Tu crois ?

— Tout à fait. Ça ouvre les pores, murmura-t-il en déboutonnant son chemisier.

Shelby entreprit de le dévêtir de son côté.

— Tu as remarqué que la plupart du temps tu portes nettement plus de vêtements que moi ? protesta-t-elle en s'attaquant à son nœud de cravate.

— J'aime bien te compliquer la tâche.

Il prit le temps de la boire un instant des yeux avant d'attraper deux draps de bain sur une étagère derrière lui. Avec sa carnation délicate, elle avait l'air d'une nymphe gracile échappée d'une fontaine. Shelby était mince mais épanouie, avec une harmonie sensuelle dans l'allure et dans le geste.

Et elle était sienne. Tellement sienne.

Shelby s'entoura de la serviette comme d'un sarong et alla s'allonger dans la cabine de sauna.

— Il t'arrive d'utiliser l'intimité du sauna pour nouer des intrigues au sommet, monsieur le représentant de la nation ? s'enquit-elle paresseusement en caressant la cuisse d'Alan.

— J'ai tendance à penser à autre chose qu'à la politique lorsque je me trouve nu dans un espace humide et chaud.

— Mmm… Montre-moi à quoi tu penses lorsque tu te trouves dans une intimité chaude, Alan.

Les yeux clos, Shelby s'abandonna à ses caresses. Il l'attira sur ses genoux et lui mordilla les lèvres, les couvrant ensuite de ces petits baisers languides qui avaient le don de la transformer en guimauve fondante.

— Ton corps me fascine, Shelby. Il est si vivant, si souple, si doux. Je pourrais te regarder, te toucher pendant des heures… Je n'ai jamais su ce qui m'a attiré en premier chez toi : si c'était ta silhouette ou ton rire ou la vivacité de ton esprit. J'ai dû succomber à une impression d'ensemble, en fait.

Renversée contre lui, elle sourit doucement, heureuse de laisser ses mots, ses lèvres, ses doigts glisser sur elle. Comme s'il lui faisait l'amour avec la voix. La chaleur du sauna détendait ses muscles ; elle s'alanguissait, fondait, se faisait corolle ouverte.

Passer un bras autour du cou d'Alan exigea d'elle un effort soutenu. Seule sa bouche restait encore active. Elle avait juste l'énergie nécessaire pour se concentrer sur leurs baisers, pour investir toute son immense vitalité amoureuse dans ces frottements affriolants de dents, de langues et de lèvres.

Alan l'attira tout contre lui et leurs peaux humidifiées par la chaleur s'épousèrent comme pour se confondre. Ses mains coururent sur son corps avec plus d'insistance ; il lui donna du plaisir jusqu'à ce qu'elle se tende comme un arc en soupirant son nom.

Lorsqu'elle retomba sans force contre lui, il la prit dans ses bras et se leva.

— C'est dangereux de rester trop longtemps là-dedans, mon amour. Nous allons nous rafraîchir un peu.

— C'est impossible, murmura Shelby d'une voix alanguie. Je continuerai à brûler à tout jamais.

— Tu verras, l'eau est fraîche… presque aussi douce que ta peau.

Elle noua les bras autour de son cou.

— Mais je n'ai plus de forces, je vais couler à pic, chuchota-t-elle.

— Je te repêcherai, promit-il en sautant avec elle.

Shelby poussa un cri au contact de l'eau et refit surface en se cramponnant à lui de plus belle.

— Elle est glacée !

— Non, elle est à vingt-sept degrés. Mais c'est le contraste avec le sauna qui fait cet effet.

Shelby frissonna, l'éclaboussa au visage et plongea pour traverser la piscine sous l'eau. Lorsqu'elle émergea à l'autre extrémité, elle trouva Alan qui l'attendait patiemment.

— Frimeur ! s'exclama-t-elle, à bout de souffle, en repoussant les cheveux qui lui tombaient sur les yeux.

Dressé devant elle, avec l'eau qui lui arrivait juste en dessous de la taille, il avait la beauté d'un dieu grec échappé de l'Olympe. Se laissant flotter sur le dos, elle sourit avec délectation.

— Je persiste à penser que ton anatomie vaut son pesant d'or, mon cher sénateur. Si jamais tu décides de laisser tomber la politique, je te conseille de te reconvertir comme maître-nageur. Affecté à une plage de naturistes, bien sûr.

— C'est toujours bon de savoir qu'il y a moyen de se recycler quelque part.

Alan se remplit les yeux de la vision qu'elle offrait. Son corps pâle flottant dans le rectangle turquoise, les vaguelettes qui lui léchaient la peau. Un rayon de lune se déversait par la grande baie vitrée et frissonna à la surface de l'eau.

Le désir qu'il avait contenu dans le sauna resurgit soudain avec force. Il la rejoignit d'une seule brasse puissante et lui attrapa la taille. Shelby lui agrippa les épaules et il vit son excitation se refléter dans ses yeux. Puis sa bouche se souleva à la rencontre de la sienne et il fut comme aspiré dans un tourbillon de passion aveugle.

Shelby fut surprise de retrouver sans transition le haut degré de stimulation physique qu'ils avaient atteint avant leur baignade. La bouche d'Alan fouillait la sienne avec impatience, ses mains se crispaient sur ses hanches pour l'amener contre lui. Elle enfouit les doigts dans ses cheveux mouillés, murmurant mille promesses, formulant mille demandes.

L'élément liquide ralentissait leurs mouvements, les contraignait à refréner leur impatience. Leurs respirations saccadées se firent sonores ; l'eau brassée avec violence clapotait follement. Ils savaient l'un et l'autre que la lenteur n'était plus de mise, que leur faim était sans appel. Lorsque leurs corps se déchaînèrent dans une ultime frénésie, il n'y eut plus ni ici ni ailleurs, rien qu'une jouissance sans frontières et sans visage.

11.

— Bien dormi, Shelby ?

Shelby étouffa un bâillement en négociant le dernier virage du grand escalier central. Serena l'attendait au pied des marches.

— Apparemment, nous sommes les seules lève-tard ici, commenta la sœur d'Alan. Les seuls êtres civilisés dans un monde de brutes, autrement dit. Tu as déjeuné ?

Shelby secoua la tête.

— Pas encore, non. Mais je me mettrais volontiers un petit quelque chose sous la dent. Je ne sais pas si Alan vous a prévenus, mais j'ai un appétit immodeste.

— Parfait. Comme personne ne se lève à la même heure chez nous, nous avons une pièce réservée juste à côté de la cuisine où nous « petit-déjeunons » plus ou moins à tour de rôle. C'est Caine qui donne le coup d'envoi. Il est toujours debout à l'aube. Alan et mes parents le suivent généralement de près. Diana, elle, dépasse rarement les 8 heures du matin. Quant à Justin, c'est un irrégulier dont je n'ai toujours pas réussi à définir le rythme… Heureusement que j'ai le prétexte de ma grossesse pour justifier l'heure à laquelle j'émerge parfois de mon lit.

Shelby sourit.

— Moi, je paresse sans même me donner d'excuse.

— Bravo. Savoir assumer nos faiblesses est ce qui fait notre force.

Serena poussa une porte et elles pénétrèrent dans une grande pièce accueillante et ensoleillée. Shelby se dirigea tout droit vers le vaisselier ancien pour admirer une collection d'étains de Nouvelle-Angleterre.

— Je n'en reviens pas, de cette maison, murmura-t-elle.

Serena rit doucement.

— Crois-en ma vieille expérience, on n'en revient jamais vraiment une fois qu'on y a mis les pieds… Des gaufres, ça te dit ?

— Ça me dirait beaucoup, même. Il n'y a rien qui me parle autant que quelques gaufres dorées de bon matin.

— Il me semblait bien que nous allions nous entendre, toi et moi. Je reviens dans une seconde.

Restée seule, Shelby examina une toile abstraite au mur, renifla un grand bouquet d'iris, de lupins et de delphiniums disposés avec un goût exquis dans une coupe en cristal. Un week-end ne serait pas de trop pour découvrir les mille merveilles que recelait cette demeure. Et néanmoins, elle s'y sentait déjà comme chez elle. Et elle était aussi à l'aise dans la famille d'Alan que dans la sienne, étrangement.

Tout aurait pu être si simple entre eux. Le mariage, une maison, des enfants. Si seulement Alan n'avait pas eu vocation à conquérir la Maison Blanche…

Avec un léger soupir, Shelby appuya le front contre la vitre et contempla les vastes pelouses qui s'étendaient devant l'aile sud.

— Shelby ?

Elle se retourna lentement et vit le regard attentif de Serena posé sur elle.

— J'ai apporté le café et les oranges pressées. Les gaufres seront prêtes dans quelques minutes.

Shelby s'assit à table pendant que Serena leur versait à boire.

— Alan m'a dit que vous dirigiez un casino à Atlantic City, Justin et toi ?

— Oui. Nous sommes associés. Mon mari possède encore d'autres casinos hôtels dont il est seul propriétaire… pour le moment.

Shelby hocha la tête. D'emblée, elle avait ressenti pour Serena une connivence mêlée d'affection.

— Tu vas le convaincre de tout partager avec toi, c'est ça ?

— Petit à petit, oui. Je commence à bien me débrouiller avec Justin. Surtout depuis qu'il a perdu son pari et qu'il a été obligé de m'épouser.

Shelby éclata de rire.

— Vous êtes vraiment incroyables, dans cette famille ! Vous avez joué votre mariage sur un coup de dés, Justin et toi ?

— Pas sur un coup de dés, non. A pile ou face. Nous avons le jeu dans le sang, lui et moi. Jusqu'à présent, Justin avait toujours gagné tous nos paris, mais celui-là, j'ai fait en sorte de l'emporter.

— Mmm… je vois, s'esclaffa Shelby en reposant sa tasse. C'était *ta* pièce de monnaie, c'est ça ?

Serena fit oui de la tête.

— Justin se doute qu'elle est truquée. Mais j'ai toujours refusé de la lui montrer. C'est la petite part de mystère entre nous, murmura Serena en posant la main sur l'orbe de son ventre.

— Il est fou amoureux de toi, commenta Shelby. Ça se voit à la façon dont il lève les yeux pour te regarder lorsque tu entres dans une pièce.

Serena hocha la tête.

— Ça n'a pas été facile d'emblée pour Justin et moi. Et Caine et Diana sont passés aussi par quelques crises mémorables…

— Pourtant vous avez l'air si heureux, tous les quatre.

— Maintenant, oui. Mais Justin et Diana ont eu une enfance douloureuse ; c'étaient deux farouches célibataires déterminés à le demeurer. Mais que veux-tu ? Ils ne sont pas restés inébranlables face au charme MacGregor. Quand j'ai croisé le regard de Justin pour la première fois, ça a fait tilt tout de suite. Et le même phénomène s'est produit pour Caine avec Diana.

— Vous êtes des rapides en amour, vous les MacGregor, bougonna Shelby.

Les extraordinaires yeux violets de Serena pétillèrent d'humour.

— Tu en sais quelque chose, n'est-ce pas ? Je commençais à me demander si Alan aurait la chance de trouver l'amour, lui aussi.

— Et tu crois que c'est chose faite ? murmura Shelby.

Serena posa la main sur la sienne.

— Tu ne peux pas imaginer comme je suis contente que ce soit toi, Shelby. Tu es tout le contraire du genre de femme que je craignais de le voir épouser.

— Et quel est-il, ce genre de femme ? demanda Shelby avec l'ombre d'un sourire.

— Le genre froide, maniérée, impeccable. Une qui ne prononce pas un mot plus haut que l'autre et dont on ne sait jamais si elle pense réellement ce qu'elle dit. Bref, le type même de fille avec qui j'aurais soigneusement évité de boire un café en me levant le matin.

Shelby rit de bon cœur malgré la pointe d'angoisse venue lui comprimer la poitrine.

— Ce serait pourtant une épouse idéale pour le sénateur du Massachusetts, observa-t-elle non sans tristesse.

— Pour le sénateur, peut-être. Mais pas pour l'homme. Pas pour Alan. Mon frère a tendance à être un peu trop sérieux parfois, à travailler trop, à se laisser ligoter par ce qu'il estime être son devoir. Il lui faut quelqu'un pour contrebalancer ces dispositions un peu austères ; quelqu'un pour le ramener à la vie, à la joie, au plaisir.

— S'il n'avait besoin que de vie, de joie et de plaisir, je me sentirais désignée pour le rôle, rétorqua Shelby, le cœur serré.

Serena la considéra avec sollicitude.

— Je ne veux pas me mêler de ce qui ne me regarde pas. Juste te dire que ça me fait plaisir de vous voir ensemble, mon frère et toi. Je suis très attachée à Alan.

Pendant quelques secondes, Shelby maintint le regard plongé au fond de sa tasse.

— Moi aussi, finit-elle par admettre à voix basse.

Serena se renversa contre son dossier.

— Mais ce n'est pas tout à fait simple, apparemment ?

— Non, reconnut Shelby dans un souffle. Ce n'est pas tout à fait simple.

La voix d'Alan à l'entrée de la pièce les fit tressaillir l'une et l'autre.

— Ah, quand même… Les belles endormies ont fini par émerger de leur coma profond ?

— Il est à peine 10 heures, rétorqua Shelby, indignée, en tournant la tête pour l'embrasser.

— Tu as vu Justin, ce matin ? demanda Serena tandis qu'Alan se servait en café.

— Il est dans la tour. Avec notre digne père.

— Ils parlent placements, cotations en Bourse et retours sur investissements ?

— Penses-tu. Ils jouent au poker. Papa a déjà perdu cinq cents dollars.

— Et Caine ?

— Trois cents.

Serena secoua la tête d'un air désapprobateur mais ses yeux violets étaient résolument rieurs.

— Avoue, Shelby, que je suis dans une position délicate. Mon mari s'est fait une spécialité de dépouiller ma famille. Et toi, Alan ?

Il haussa les épaules.

— Cent soixante-quinze seulement. Justin a une chance insolente au jeu. J'ai préféré limiter les dégâts en abandonnant la partie.

— Les jeux d'argent sont interdits dans l'Etat du Massachusetts, monsieur le sénateur, commenta Shelby, faussement sévère.

Mais Alan n'avait déjà d'yeux que pour la montagne de gaufres que la cuisinière venait de poser devant elle.

— Tu as l'intention de manger tout ça ?

— Bien sûr… Et cette séance de poker, là-haut ? Elle est réservée aux hommes ?

— L'argent n'a pas de sexe chez les MacGregor, répondit Alan en enroulant une mèche de ses cheveux autour de son index. Pourquoi ? Tu as envie d'aller enrichir mon beau-frère toi aussi ?

Shelby sourit.

— Je n'ai pas l'habitude de perdre.

— Intéressant. Je crois que je vais monter pour vous regarder jouer un moment, déclara Serena. Où sont maman et Diana ?

— Au jardin. Diana voulait demander quelques conseils de plantations pour leur nouvelle maison.

— Parfait. Cela devrait nous laisser au moins une heure, déclara Serena en se levant.

Intriguée, Shelby suivit son exemple.

— Votre mère désapprouve les jeux d'argent ?

— Elle ne veut pas que mon père fume, surtout. Et comme papa ne conçoit pas une partie de poker sans un de ses bons gros cigares, il s'arrange pour jouer lorsqu'elle est occupée ailleurs. Je me suis toujours demandé si maman était réellement dupe. Ou si elle faisait simplement semblant de ne se rendre compte de rien.

Songeant au regard calme et observateur d'Anna, Shelby vota en silence pour la seconde solution. Ils avaient à peine commencé à gravir l'escalier de la tour, lorsque la voix puissante de Daniel parvint à leurs oreilles :

— Justin Blade, sombre suppôt de Satan ! Ce n'est pas humain d'avoir une chance pareille ! Tu les as ensorcelées, ces cartes, ou quoi ?

— C'est bien ce que je disais, les MacGregor sont mauvais perdants, commenta Shelby avec un petit soupir théâtral.

— Voyons si les Campbell réussissent à faire mieux… Voici de nouveaux amateurs, Justin.

Une odeur de cigare et de tabac fin flottait dans l'air. Les trois hommes étaient installés autour du bureau de bois massif de Daniel. Justin, un cigarillo fiché au coin des lèvres, adressa un clin d'œil à Serena.

— J'ai toujours des scrupules à prendre l'argent de ma femme.

— Tu n'auras même pas l'occasion d'essayer, déclara Serena en se perchant sur l'accoudoir de son fauteuil. Shelby aimerait faire une partie ou deux avec vous, en revanche.

Daniel se frotta les mains.

— Une Campbell ! On va voir de quel côté le vent tourne. Tiens, petite, prends une chaise. La limite est à dix dollars.

Shelby prit place à côté de lui.

— Si vous croyez que vous allez récupérer vos pertes grâce à moi, MacGregor, vous vous méprenez grandement.

Daniel en rit de plaisir.

— Distribue les cartes, mon garçon, ordonna-t-il à Caine.

En moins de dix minutes de jeu, Shelby découvrit que Justin Blade était le meilleur joueur à qui elle avait jamais eu affaire. Daniel jouait au culot, Caine avec un mélange d'impulsivité et d'intelligence. Justin, lui, était tout simplement magistral.

Consciente qu'elle ne vaincrait pas par la technique, Shelby décida de foncer en comptant sur la chance. Debout derrière elle, Alan la regarda procéder en secouant la tête. Il avait plaisir à la voir là, assise au coude à coude avec son père, leurs deux têtes rousses penchées sur les cartes. Il n'avait pas eu le moindre ajustement à faire pour intégrer Shelby dans sa vie. Comme si elle était venue se glisser tout naturellement dans un espace déjà créé pour elle. Elle était à sa place dans le bureau enfumé de son père, avec un cendrier débordant de mégots et des fonds de café qui refroidissaient dans les tasses. Tout comme elle serait à sa place à Washington, sous les lustres de Venise, à assister à un dîner de ministres.

Mais surtout, elle était à sa place dans ses bras, de jour comme de nuit. Et il avait besoin d'elle dans sa vie, comme il avait besoin d'air, de nourriture et de d'eau.

D'un geste triomphal, Daniel retourna une paire d'as sur la table. Justin, avec un sourire en coin, révéla une paire de valets et deux sept.

Caine jura, écœuré.

— Que le diable t'emporte, Blade ! vociféra Daniel.

— Ne l'expédiez pas en enfer prématurément, intervint Shelby en étalant ses cartes devant elle. Une suite. Du cinq au neuf.

— Non, je rêve. Il faut être une sale sorcière pour avoir une chance pareille, bougonna Daniel.

— Ou une sale Campbell, rétorqua Shelby en riant.

Il plissa les yeux d'un air menaçant.

— Distribue donc les cartes, petite.

Justin lui adressa un sourire complice lorsqu'elle ramassa les mises.

— Bien joué, Shelby.

Ils enchaînèrent ainsi les parties pendant une heure. Shelby continua à tabler sur le hasard en faisant fi de toute logique. Ce système lui permit de maintenir honorablement la tête hors de l'eau. Ce qui, face à un joueur d'exception tel que Justin, relevait déjà de l'exploit.

Daniel paraissait entièrement absorbé dans son jeu. Mais lorsqu'il entendit la voix de son épouse en bas de l'escalier, il réagit au quart de tour. En quelques secondes, il avait écrasé un énorme cigare à peine entamé dans un cendrier qu'il dissimula en toute hâte sous son bureau.

— Je double la mise, annonça-t-il en prenant un air dégagé.

— Vous n'avez rien à doubler, nous n'avons pas encore débuté la partie, lui rappela Shelby d'une voix suave.

Elle prit un bonbon à la menthe dans une coupe et le lui glissa d'autorité dans la bouche.

— Tenez, MacGregor, couvrez donc toutes vos traces.

Daniel lui ébouriffa affectueusement les cheveux.

— Pour une Campbell, tu es plutôt bonne fille.

— Ah, vous voilà, tous ! commenta Anna en pénétrant dans le bureau au côté de Diana. J'aurais dû me douter que vous seriez tous occupés à enrichir Justin.

Caine tendit la main pour attirer Diana contre lui.

— Et pas seulement Justin, en l'occurrence. Shelby a presque réussi à lui tenir tête.

— Il était temps que Justin se heurte à un minimum de concurrence, commenta Diana en posant le menton sur l'épaule de son mari. Que diriez-vous d'aller vous baigner avant le déjeuner, tous ?

— Bonne idée, acquiesça Daniel en poussant du bout du pied son cendrier sous le bureau. Tu aimes nager, Shelby ?

— J'adore ça. Mais je n'ai malheureusement pas prévu d'apporter un maillot.

— Aucun problème, intervint Serena. Juste à côté du sauna, nous en avons un plein placard. Tu trouveras bien quelque chose à ta taille.

Shelby jeta un regard appuyé à Alan.

— Ah, vraiment ? Un placard plein de maillots… Comme c'est commode.

Il lui adressa le plus angélique des sourires.

— Ah tiens ! Aurais-je oublié de mentionner ce détail ? En tout cas, je vote pour l'option baignade. Je n'ai encore jamais eu le plaisir de voir Shelby en maillot de bain.

Vingt minutes plus tard, Alan se retrouva de nouveau allongé dans le sauna. Non pas en compagnie de Shelby, cette fois, mais avec Caine et Justin. Les yeux clos, Alan se surprit à sourire tandis qu'il se remémorait leurs ébats de la veille.

— Elle est géniale, ta Shelby, commenta Caine avec bonne humeur en s'adossant contre la paroi de bois de la cabine. Cela dit, ça m'a surpris de te voir arriver avec une fille comme elle.

Alan ouvrit paresseusement un œil.

— Ah oui ? Pourquoi ?

— Avoue qu'elle se distingue radicalement de toutes tes amies précédentes. Tiens, prends la grande blonde coincée avec qui tu sortais cet hiver, par exemple. Elle n'aurait pas tenu plus de cinq minutes avec papa, celle-là.

— S'il y a une chose que Shelby n'est pas, c'est coincée, en effet.

Justin s'étira sur le banc au-dessus d'Alan.

— Je vote pour Shelby, moi aussi. Elle est entière, spontanée, explosive. Et la cerise sur le gâteau, c'est qu'elle sait manier les cartes. Quant à Serena, elle vous trouve très complémentaires, tous les deux.

Alan soupira.

— Dois-je en conclure que le blanc-seing familial vient de m'être donné à l'unanimité ?

La tête posée sur un bras replié, Justin se mit à rire.

— C'est une vieille habitude chez vous, les MacGregor, d'intervenir activement dans vos vies sentimentales mutuelles, non ?

Caine repoussa une mèche blonde qui lui tombait sur le front.

— Tu es bien placé pour le savoir, non, Justin ? Moi, en tout cas, je suis ravi que l'attention paternelle soit focalisée sur Alan et Shelby ce week-end. Ça nous permet de souffler un peu, Diana et moi. Pour une fois qu'il ne lui demande pas toutes les demi-heures si elle ne serait pas, par hasard, enfin enceinte.

— Vous n'êtes pas encore prêts à fabriquer votre Comanche écossais, tous les deux ? s'enquit Justin.

— On y pense… Mais on commence par vous laisser mettre le vôtre au monde. Comment te sens-tu, en tant que futur père ?

Justin fixa un instant le plafond de bois de la cabine.

— Ça fait plein d'effets contradictoires, en fait. D'un côté, l'idée que nous allons nous retrouver parents sans mode d'emploi me terrifie. Et en même temps, je suis impatient ; de plus en plus impatient. Et plus je suis impatient, plus l'inquiétude monte. Et j'ai de la peine à imaginer à quoi elle va ressembler, cette part de nous deux qui sera nous sans être nous.

— Bonne lignée, cita Caine en prenant un air martial. Solide race de guerriers.

Justin ferma les yeux en riant.

— Daniel est en train de réviser radicalement son opinion sur ses vieux ennemis, les Campbell, de toute évidence. Tu penses l'épouser, Alan ?

— Ici, oui. Cet automne.

— Hé ! Mais pourquoi n'avoir rien dit, bon sang ? se récria Caine. Papa aurait ouvert une de ses extraordinaires bouteilles de champagne millésimées pour l'occasion !

— Ce serait un peu délicat d'arroser ça alors que Shelby elle-même n'est pas encore au courant.

— Mmm… Evidemment. Et tu crois qu'elle va apprécier que tu aies pris la décision sans elle ?

— Je l'ai déjà demandée en mariage.

— Et elle t'a dit *non* ? se récria Caine.

Alan ne put s'empêcher de rire.

— Caine ! Si tu t'entendais ! Tu es vraiment le portrait craché de papa, par moments. Shelby a un petit problème avec la politique, en fait. Son père était sénateur, lui aussi. Robert Campbell, ça vous dit quelque chose ?

— Robert Campbell… celui qui s'est fait assassiner il y a une quinzaine d'années, c'est ça ? Alors qu'il faisait campagne pour les primaires ? Oui, j'imagine que ça ne doit pas être facile pour Shelby de se retrouver amoureuse d'un sénateur aussi présidentiable que toi.

Alan hocha la tête.

— C'est un gros obstacle, pour elle, en effet. Et *oui*, j'ai l'intention de me lancer à l'assaut de la Maison Blanche dans huit ans, déclara-t-il, conscient que c'était la première fois qu'il formulait sa décision à voix haute. Encore une question délicate que nous aurons à aborder ensemble, Shelby et moi, ajouta-t-il en soupirant.

— La politique, c'est ta voie, Alan, intervint Justin. Et une vocation, ça ne se commande pas.

— C'est possible. Mais depuis que Shelby est entrée dans ma vie, je sais aussi que je ne peux pas vivre sans elle.

— Et si elle te demande de renoncer à la présidence ? intervint Caine.

Alan ferma les yeux sans répondre. Et songea que s'il se trouvait contraint de choisir, il se sentirait coupé d'une part essentielle de lui-même, quelle que soit l'option qu'il retiendrait...

Dès le mercredi qui suivit son week-end à Hyannis, Shelby reçut un appel de Daniel. Elle tenait la mangeoire d'Eulalie qu'elle venait de remplir et dut décrocher de la main gauche.

— Allô !

— C'est toi, Shelby ?

Elle sourit dans le combiné. Cette voix-là, elle l'aurait reconnue entre toutes.

— Bonjour, Daniel.

— Tu ne tiens pas ta boutique, aujourd'hui ?

— Le mercredi, je me consacre à la fabrication, expliqua-t-elle en coinçant le combiné entre l'épaule et l'oreille pour placer la nourriture du perroquet dans la cage. Comment allez-vous, Daniel ?

— Bien, mon petit. Très bien... La prochaine fois que je serai de passage à Washington, je ne manquerai pas de venir visiter ton atelier.

— Et vous m'achèterez quelque chose.

Daniel laissa exploser un de ses grands rires sonores.

— Bien sûr que je t'achèterai quelque chose si tu as les mains aussi habiles que tu as la langue bien pendue. Nous avons décidé de réunir toute la famille au Comanche d'Atlantic City à l'occasion de la fête nationale du 4 juillet. Et je tenais à t'inviter personnellement.

Le 4 juillet. Shelby ferma les yeux et vit des feux d'artifice, des marchands de hot dog dans la rue, la foule joyeuse sur les quais. Elle aurait aimé se visualiser main dans la main avec Alan à regarder les couleurs exploser dans le ciel au-dessus de l'océan. Mais elle avait beau scruter sa boule de cristal imaginaire, l'avenir restait opaque, illisible et désespérément brouillé.

— Merci d'avoir pensé à moi, Daniel. Cela me ferait le plus grand plaisir de me joindre à vous.

Ce qui était la stricte vérité. Savoir si elle y serait ou non était une autre histoire.

— Tu es la compagne idéale pour mon fils aîné, affirma Daniel avec force, comme s'il avait perçu son hésitation. Si on m'avait prédit que je dirais ça d'une Campbell, j'aurais refusé de le croire. Mais le fait est que tu as une personnalité forte, une belle santé et de l'humour à revendre. C'est du bon sang écossais qui coule dans tes veines, Shelby. Du sang que tu transmettras à mes petits-enfants.

Shelby rit doucement alors même que ses yeux se remplissaient de larmes.

— Daniel MacGregor, vous êtes un bandit et un comploteur.

— *Aye*. A bientôt, à Atlantic City.

Shelby reposa le combiné et pressa les doigts sur ses paupières. Allait-elle s'effondrer à cause d'un simple discours de propagande promariage prononcé par l'incorrigible Daniel ? Le cœur comme du plomb, soudain, elle secoua la tête. Depuis le premier matin où elle s'était réveillée dans les bras d'Alan, elle avait su qu'elle ne faisait que différer l'inéluctable.

« La compagne idéale pour mon fils… »

En surface, oui, peut-être. Mais Daniel ne savait rien de la blessure qu'elle portait au fond d'elle. Même Alan était loin de se douter à quel point la plaie était profonde.

Et puis, surtout, il y avait la peur. Une peur que ni les années ni la distance n'avaient réussi à apprivoiser. Si elle fermait les yeux et qu'elle relâchait sa vigilance, les souvenirs pouvaient remonter en bloc à tout instant : les trois explosions successives qui avaient été autant de balles s'enfonçant dans la poitrine de son père… Le tressaillement, comme de surprise, le corps qui tombe et se convulse une dernière fois à terre. Le sang de son père sur sa robe. Les cris dans la foule et le garde du corps qui s'était rué sur Robert Campbell en le poussant de côté.

Elle s'était retrouvée assise à même le sol. Seule. Si seule… Et même si cela n'avait duré que quelques secondes, cette solitude de la terreur s'était inscrite en elle pour l'éternité.

Personne n'avait eu à lui dire que son père était mort. Elle avait vu la vie s'enfuir de son corps. Elle l'avait sentie s'enfuir d'elle.

Les jambes comme du coton, Shelby secoua la tête.

Plus jamais, non. Plus jamais elle ne voulait mourir de cette mort-là.

Alan…, comprit-elle lorsqu'on frappa à la porte. Shelby s'essuya les yeux, prit une profonde inspiration et alla ouvrir.

— Alors, MacGregor, commenta-t-elle d'un ton sévère. Tu n'apportes rien à manger ce soir ?

— Rien de comestible, non. Juste une fleur pour nourrir tes yeux et ravir tes narines.

Une rose. Une seule rose qui avait la couleur de ses cheveux. Shelby déglutit. Un homme épris de tradition lui offrait très sérieusement une part sérieuse de lui-même.

— On dit qu'une seule rose, c'est beaucoup plus romantique qu'une douzaine, murmura-t-elle en sentant les larmes de nouveau dangereusement proches. Merci.

Elle jeta les bras autour du cou d'Alan et pressa les lèvres contre les siennes.

— Je t'aime, chuchota-t-elle lorsqu'il la berça doucement contre lui en lui caressant les cheveux.

Alan lui prit le menton pour plonger son regard dans le sien.

— Qu'est-ce qui ne va pas, Shelby ?

— Rien. Les cadeaux me rendent sentimentale, c'est tout… Fais-moi l'amour, Alan, ajouta-t-elle dans un murmure. Maintenant… S'il te plaît…

Mais il secoua la tête. Trop de nuages obscurcissaient le gris clair des yeux de Shelby.

— Viens d'abord t'asseoir. Il est temps que nous parlions, tous les deux.

— Non, je ne peux pas. Je…

Il lui saisit les épaules.

— Shelby… nous ne pouvons pas continuer éternellement à nier les problèmes.

Shelby sentit un grand froid l'envahir. Depuis le début, elle avait su que l'épreuve de vérité finirait par tomber. Elle avait tout fait pour reculer l'échéance. Mais le moment était venu de trancher.

— Tu veux boire quelque chose, Alan ? demanda-t-elle en détournant les yeux.

— Non.

Il la força à s'asseoir et prit place à côté d'elle.

— Je t'aime, Shelby. Tu le sais. Tu sais aussi que je veux te passer une alliance au doigt, partager tes nuits, être le père de tes enfants. Nous ne nous connaissons pas depuis longtemps. D'autres femmes, à ta place, auraient besoin de temps pour être sûres de ce qu'elles ressentent. Mais tu n'es pas une autre femme.

— Tu connais mes sentiments pour toi, Alan.

— Mais tu as un problème avec mes choix de vie et je suis capable de le comprendre. Peut-être pas complètement, mais au moins en partie.

Il prit ses deux mains dans les siennes et la sentit tendue, sur la défensive.

— Nous trouverons des solutions ensemble, Shelby. Mais il y a une question au moins que je voudrais mettre sur la table : certains membres influents de mon parti m'ont assuré de leur soutien et je pense sérieusement à tenter l'aventure de la présidence. Si je suis nommé, ce ne sera pas avant huit ans. Mais c'est un processus à long terme. Et cette décision aura nécessairement un impact sur notre vie commune.

Shelby sentit une main de fer se refermer sur sa poitrine. Elle savait depuis le début qu'Alan était appelé à une plus haute destinée que celle de simple sénateur. Mais l'entendre annoncer calmement ses intentions avait quelque chose d'implacable, de définitif. Et elle aurait tant voulu pouvoir se voiler les yeux encore un peu et continuer à vivre dans le moment présent !

— Ne me demande pas mon opinion, Alan, réussit-elle à répondre calmement. Si tu es tenté, fais-le, et sans te soucier de mon avis. Tu sais ce que tu as à faire. Et tu n'as pas le droit de passer à côté de ta vocation.

Incapable de rester assise plus longtemps, Shelby se leva pour arpenter le séjour encombré.

— Je sais que ce n'est pas seulement l'amour aveugle du pouvoir qui guide tes choix. Tu es conscient des difficultés de la tâche, du poids des responsabilités, de la lourdeur de ta mission… Je crois qu'on peut dire que la présidence est ton destin, acheva-t-elle dans un murmure en posant la rose sur la table.

— C'est possible.

Alan la regarda aller et venir nerveusement dans la pièce. Elle avait pris un petit coussin rayé sur le canapé et le serrait presque convulsivement sur sa poitrine.

— Tu sais que lorsque j'entrerai en campagne, j'aurai besoin de toi pour m'épauler, Shelby.

Elle s'immobilisa net et secoua la tête.

— Je ne peux pas t'épouser.

Un éclair passa dans les yeux sombres d'Alan, mais il n'éleva pas la voix.

— Pourquoi ?

La gorge de Shelby était si sèche qu'elle se demanda si elle parviendrait à articuler une syllabe.

— Pour des raisons parfaitement logiques, Alan. Je n'ai pas vocation à recevoir le gratin de la politique internationale, je n'ai rien d'une diplomate et je n'ai aucun sens de l'organisation, comme tu me l'as dit toi-même.

— C'est une épouse que je veux. Pas une équipe électorale.

— Et merde, Alan, essaye de regarder les choses en face ! Tu sais pertinemment que je ne te servirais à rien. Même si j'essayais de rentrer dans le rôle, ce serait un désastre. Je n'ai pas la patience nécessaire pour passer mes journées chez les coiffeurs et les esthéticiennes, pour répondre aux questions des journalistes et faire preuve de tact et de doigté vingt-quatre heures sur vingt-quatre. Comment voudrais-tu que je sois la première dame du pays, alors que je n'ai rien d'une « dame » à proprement parler ? Et si tu remportes ces élections — ce qui finira par arriver, tôt ou tard —, je me retrouverai cloîtrée à la Maison Blanche, étouffée par le protocole, enchaînée à mes obligations, coupée de ma créativité comme de moi-même !

Alan attendit patiemment qu'elle ait fini sa diatribe.

— Dois-je en conclure que tu m'épouserais si je renonçais à me présenter ?

Elle se retourna en sursaut.

— Non, Alan. Ne me fais pas ça, surtout. Tu finirais par me haïr… Et je me haïrais aussi. Tu n'as pas le droit de te dérober à ton destin.

— Parce que tu crois que tu n'es pas mon destin, toi, peut-être ? explosa Alan.

La colère qu'il avait réussi à contenir le submergea avec une violence inattendue. Il se leva et lui immobilisa les deux poignets.

— Tu peux choisir de m'expulser de ta vie en m'opposant un non catégorique, Shelby. Mais comment veux-tu que je m'y résigne en sachant que tu m'aimes ? Tu crois que je suis fait en quoi, au juste ? En acier trempé ?

Effarée, elle secoua la tête.

— Ce n'est pas une question de choix. Je ne peux pas être une bonne épouse pour toi donc je *dois* refuser. C'est aussi simple que cela.

Il la secoua avec une telle violence qu'elle sentit sa tête partir en arrière.

— Arrête ces raisonnements stupides ! Je t'interdis de me mentir, Shelby. Si tu dois me tourner le dos, aie au moins la décence de me donner les vraies raisons.

Elle s'effondra d'un coup. Si Alan ne l'avait pas retenue, elle aurait glissé sans force sur le tapis.

— Je… je n'aurais pas le courage d'être ta femme, murmura-t-elle. Pas le courage d'endurer la peur…

Les larmes se mirent à ruisseler sur ses joues. Douloureuses. Irrépressibles.

— Ce serait trop dur… Savoir qu'à tout moment, ça peut recommencer… le claquement des balles, les cris dans la foule, la vie qui s'arrête d'un coup, en plein élan, injustement et pour rien.

Secouée de sanglots, elle enfouit son visage dans ses mains.

— Oh, mon Dieu, non, je n'en peux plus… c'est trop dur, trop dur… Je ne voulais *pas* t'aimer ! Je ne voulais pas que tu deviennes comme le plus précieux de moi-même. J'ai trop peur de te perdre, Alan… peur que ça recommence, peur que tout s'effondre dans la violence et le sang… J'ai déjà vu mourir sous mes yeux la personne que j'aimais le plus au monde. Si ça arrive une seconde fois, je deviendrai folle, folle à lier… C'est trop de douleur, Alan, trop de douleur pour un seul cœur.

Alan la serra contre lui, cherchant des mots pour réconforter, rassurer. Mais sur une peur aussi viscérale, aucun argument rationnel n'aurait de prise.

— Shelby, ma chérie, ne pleure plus. Je renoncerai à…

— Non ! l'interrompit-elle dans un cri en se dégageant de son étreinte. Non, tu ne renonceras pas. Tu n'as pas le droit, Alan. Si tu passes à côté du chemin de ta vie, tu ne seras plus le même homme dont je suis tombée amoureuse. Et si je change, je ne serai plus la femme qui t'a séduit.

— Je ne te demande pas de changer. Je te demande de me faire confiance, Shelby.

— Te faire confiance ? Parce que tu peux me jurer qu'aucun illuminé ne pointera son arme sur toi, peut-être ? Non, Alan, tu ne maîtriseras jamais tous les paramètres… Je t'en supplie, fais ce que tu as à faire, mais oublie-moi.

Avant qu'il puisse répondre, elle courut se réfugier dans sa chambre et claqua la porte derrière elle.

12.

Au mois de juin, le Maine était verdoyant, sauvage, magnifique. Shelby emprunta la route étroite qui longeait la côte. Elle conduisait dans un état second, en s'efforçant de faire le vide dans ses pensées. Par la vitre ouverte, elle entendait le fracas de l'océan se jetant contre les rochers. Un bruit lancinant, répétitif qui semblait parler de rage, de désespoir, de passion contrariée.

Quelques fleurs sauvages poussaient sur les talus, bravant le sel et le vent. Mais la roche formait l'essentiel du paysage. Une roche lisse, creusée par les coups de boutoir des vagues, luisant sous la cruelle caresse de l'eau.

En inspirant l'air vif et pur du Maine, Shelby retrouvait un semblant de souffle, malgré le poids qui pesait sur sa poitrine. Peut-être était-ce simplement pour reprendre sa respiration qu'elle avait jeté quelques affaires dans un sac et fui Washington en toute hâte ? Jamais elle ne s'était sentie aussi proche de la suffocation qu'après sa dispute avec Alan.

Et les chaleurs étouffantes de l'été, par chance, n'avaient pas encore envahi le Maine. Au bout de la route, dressé sur une étroite avancée rocheuse, le phare défiait l'océan. Shelby se força à détendre ses doigts crispés sur le volant. Trouverait-elle une forme de paix, ici, dans ce lieu battu par les vents, où son frère était venu chercher la consolation du silence ?

Le jour se levait à peine. Et les couleurs du soleil levant marquaient encore la jonction entre ciel et eau. De grandes mouettes blanches survolaient en criant les étendues de sable et de roche.

Shelby frissonna tant leur cri était sombre, solitaire. Secouant la tête, elle descendit de voiture et se concentra sur la silhouette rassurante du phare campé face aux éléments. La peinture blanche s'écaillait par endroits et les intempéries avaient laissé leur marque. Mais, trapu, obstiné, solide, il résistait aux assauts du temps.

Quel meilleur refuge qu'un phare contre la tempête qui la dévastait ?

Shelby prit son sac de voyage sur la banquette arrière et alla cogner à la porte. Inutile d'espérer la trouver ouverte. Grant n'était pas du genre à encourager les visites spontanées.

Elle attendit un peu, puis frappa de nouveau du poing contre le battant de bois. En se demandant combien de temps il faudrait à son frère pour se résigner à descendre lui ouvrir. Elle savait qu'il l'entendait. Grant voyait tout ; entendait tout. Il avait toujours eu des facultés de perception étonnantes.

Cinq bonnes minutes s'écoulèrent avant que la porte ne s'entrebâille enfin. Le premier constat de Shelby fut que Grant ressemblait de plus en plus à leur père. Il avait le même charme ténébreux, avec une touche de sauvagerie en plus — la rudesse des grands solitaires. A en juger par ses cheveux hirsutes et son regard endormi, elle avait dû le tirer de son lit.

Grant l'examina d'un œil sombre en frottant son menton bleu par un début de barbe.

— Qu'est-ce que tu fiches ici ?

Elle se dressa sur la pointe des pieds pour l'embrasser sur la joue.

— La chaleur de ton accueil me va droit au cœur.

— Quelle heure est-il ?

— Tôt.

Jurant tout bas, il passa la main dans ses cheveux en bataille et s'effaça pour la laisser entrer. Shelby précéda son frère, gravissant devant lui la volée de marches qui craquaient à chaque pas. Parvenu dans la pièce principale de la tour, Grant la saisit par les épaules et scruta ses traits avec ce regard calme, intense et pénétrant auquel elle n'avait jamais pu s'habituer tout à fait.

Immobile, elle subit l'examen sans broncher, consciente de sa fatigue et des cernes qui lui mangeaient les joues.

— Qu'est-ce qui t'arrive, Shelby ?

Elle haussa les épaules et jeta son sac dans un fauteuil tendu d'un tissu fatigué.

— Rien de spécial. J'avais envie de te voir.

Elle prit le temps d'examiner son frère à son tour. Grant était grand, sec, presque trop mince. Et pourtant, tout comme le phare qui l'abritait, il donnait une impression de force, immuable et tranquille.

C'était aussi pour puiser un peu de cette force à la source qu'elle était venue se réfugier dans le Maine.

— Tu ne nous ferais pas un café, Grant ?

Traversant le séjour poussiéreux, il passa côté cuisine. Là tout était net, rangé, impeccable.

— Et un petit déjeuner, ça te dirait ?

— Toujours.

Grant émit un grognement amusé.

— Tu es maigrichonne, fillette.

— On ne peut pas dire que tu sois rondouillard non plus.

Il haussa les épaules.

— Comment va maman ?

— Bien. Je crois qu'elle va refaire sa vie avec le Français.

— Avec Dilleneau, ses grandes oreilles et son intelligence subtile ?

Shelby s'assit à la table ronde en chêne pendant que Grant faisait rissoler le bacon dans la poêle.

— Exact. Le portrait est sommaire, mais ressemblant. Tu as l'intention de l'immortaliser ?

Grant lui jeta un regard amusé.

— Ça dépend. Tu crois que maman serait surprise de voir son fiancé dans Macintosh ?

— Je ne sais pas… Je crois que ça lui ferait plutôt plaisir, en fait.

Elle se leva pour aller chercher des assiettes, des couverts et des tasses pendant que son frère cassait les œufs dans la poêle.

— Tu vois beaucoup de touristes, ces derniers temps ?

— Non.

La réponse était tellement sèche que Shelby faillit éclater de rire.

— Tu pourrais essayer de placer des mines tout le long de la plage. Ou de mettre des panneaux avec des têtes de mort et du fil de fer barbelé… Je n'ai jamais réussi à comprendre comment tu pouvais concilier une connaissance si fine, si intuitive de la nature humaine et ton état de misanthropie avancée.

— Je ne suis pas misanthrope. L'humanité, je n'ai rien contre. A condition de la voir ailleurs que sous mon nez.

Sans la moindre cérémonie, il posa la poêle sur la table et se servit. Grant mangea. Shelby fit semblant.

— Comment vont tes colocataires ?

— Ils se supportent. Kyle s'occupe d'eux pendant mon absence.

Grant lui jeta un regard interrogateur par-dessus le bord de sa tasse.

— Parce que tu comptes rester ici quelque temps ?

Shelby éclata de rire.

— Deux ou trois jours. Une semaine, grand maximum. Non inutile de me supplier à genoux de prolonger mon séjour, Grant. Je resterai inflexible.

Connaissant son frère, elle savait qu'il râlerait et pesterait tant et plus. Mais qu'il l'accueillerait aussi longtemps qu'elle aurait besoin de son hospitalité.

— Bon. Si tu as l'intention de t'incruster, tu me feras une corvée d'approvisionnement.

— Pour t'éviter d'aller en ville et de subir la foule ? Quel ours tu fais, Grant. Comment te débrouilles-tu pour recevoir tous les journaux du pays livrés à domicile, au fait ?

— Je paye, tout simplement. Les gens d'ici pensent que je suis bizarre.

— Tu *es* bizarre.

— Sans doute, oui, fit-il en repoussant son assiette vide pour poser les coudes sur la table. Et tu ne m'as toujours pas dit ce que tu faisais ici, Shelby.

— Une soudaine envie de prendre une bouffée d'air marin, de voir ta mine revêche, d'écouter hurler les mouettes.

— Shelby...

Elle baissa les yeux sur son assiette.

— Je... je ne pouvais plus rester à Washington, Grant. Ma vie est un désastre.

— Toutes les vies sont un désastre, répondit-il doucement en lui soulevant le menton. Allez... respire un grand coup et raconte-moi ce qui se passe.

Elle se mordit la lèvre, prit une longue inspiration tremblante et lutta stoïquement contre les larmes.

— Je suis amoureuse et je ne devrais pas l'être ; il veut m'épouser et je ne peux pas.

— Ainsi le problème a pour nom MacGregor.

Shelby releva la tête en sursaut et lui jeta un regard inter-rogateur.

— Non, personne ne m'a rien dit. Mais je lis les journaux, n'oublie pas… Et qu'est-ce que tu lui reproches, à ce MacGregor, au juste ? C'est un politicien de haut vol. Et il fait partie des rares personnes, dans ce milieu, pour qui j'ai du respect.

— C'est un homme de valeur, acquiesça Shelby. On pourrait peut-être aller jusqu'à dire que c'est un grand homme.

— Alors, où est l'obstacle ?

— Je ne peux pas aimer un politicien-brillant-promis-à-un-avenir-glorieux, répondit-elle avec force. Et encore moins en épouser un.

Grant se leva pour les resservir en café.

— Et pourquoi ?

— Je ne veux pas repasser par ce que j'ai déjà traversé, Grant.

— Tu as déjà traversé quoi ? Le mariage ? L'amour ? La maternité ?

Séchant ses larmes, Shelby lui jeta un regard noir.

— Ne fais pas semblant de ne pas comprendre, Grant. Tu sais très bien de quoi je parle.

Son frère but une gorgée de café et hocha la tête.

— Bien. Je préfère la Shelby qui mord à la Shelby qui pleure… On dit que le sénateur du Massachusetts aurait des vues sur la Maison Blanche ?

— Tu es bien informé. Ce n'est pas encore dans les jour-naux, pourtant. A croire que toutes les rumeurs de la capitale convergent jusqu'à ton phare.

— Tu n'as pas envie de voir une de tes robes de *First Lady* immortalisée au musée de Washington, petite sœur ?

— Tu as un humour assez étrange, Grant.

— Merci.

Exaspérée, Shelby écarta son petit déjeuner à peine entamé.

— Avoue que la vie est absurde ! Il y a des milliards d'individus sur cette planète et il a fallu que je tombe amoureuse d'un sénateur ! C'est hallucinant, non ?

— C'est le sénateur dont tu es amoureuse ? Ou l'homme ?

— Je ne vois pas où est la différence. L'un ne va pas sans l'autre.

Grant reposa son café et cueillit un morceau de bacon sur son assiette.

— La différence est évidente, Shelby. Et tu le sais mieux que quiconque.

Submergée par la panique, elle secoua violemment la tête.

— Je ne peux pas, Grant ! Comment voudrais-tu que je prenne un pareil risque ? Président, il le sera tôt ou tard — si on lui laisse la vie sauve suffisamment longtemps pour qu'il puisse le devenir. Et tu voudrais que je reste à ses côtés à trembler en songeant à toutes les possibilités…

— Toi et tes possibilités ! rétorqua-t-il avec impatience… Bon, d'accord, examinons-en quelques-unes. Pour commencer, l'aimes-tu ?

Shelby soupira avec impatience.

— Evidemment. Sinon je n'en serais pas là.

— Qu'est-ce qu'il représente pour toi ?

Accablée, elle enfouit son visage dans ses mains.

— Tout… Il représente tout.

— S'il lui arrive quelque chose au cours d'une de ses campagnes, tu crois que tu souffriras moins, simplement parce que tu ne portes pas une alliance au doigt ?

Shelby se sentit pâlir.

— Grant, non… S'il te plaît…

— Il nous faut vivre avec ça, Shelby. Notre histoire, nous la porterons toujours avec nous. J'étais là, moi aussi, et je n'ai rien oublié. Tu as l'intention de te couper de la vie à cause d'un événement qui remonte à plus de quinze ans ?

— C'est bien ce que tu fais, toi, non ?

Grant accusa le coup.

— Nous parlerons de moi une autre fois, si tu veux bien. Deuxième possibilité : admettons qu'il t'aime suffisamment pour renoncer à ses ambitions présidentielles ?

— Je ne me le pardonnerais jamais.

Il posa la main sur la sienne.

— Exactement. Passons à un troisième cas de figure, alors : il se présente, il gagne, atteint un âge vénérable, rédige ses mémoires et finit par parcourir le monde en ambassadeur de la paix. Ça te chiffonnerait quand même un peu, non, d'être passée à côté de cinquante années de vie commune pour éviter d'avoir à subir un drame qui n'a jamais eu lieu ?

Shelby soupira bruyamment.

— Oui, bien sûr, mais...

— Nous avons déjà fait le tour des « mais », l'interrompit-il. Naturellement, entre ces deux possibilités extrêmes, il en existe des milliers d'autres. Ton Alan pourrait se faire renverser par une voiture en traversant la rue. Tu peux périr noyée ou mourir d'un cancer dans deux ans. Il pourrait perdre les élections et devenir missionnaire.

Avec un léger sourire, Shelby posa le front sur leurs mains jointes.

— Stop. Ça suffit. Inutile de continuer, j'ai compris. Tu as toujours eu une façon implacable de me démontrer que je tenais des raisonnements tronqués, stupides ou illogiques.

— Je reconnais que c'est un de mes talents... Maintenant, voici mon conseil : sors, marche sur la plage, prends une grande dose d'air pur. Puis reviens ici, mange quelque chose et tâche de dormir au moins douze heures d'affilée. Tu as une mine épouvantable. Ensuite…

Il s'interrompit pour lui effleurer la joue.

— Ensuite, rentre chez toi. J'ai du travail.

— Tu sais que je t'adore, espèce de sale type ?

Grant eut un de ses rares sourires.

— Moi aussi, sœurette.

Avec McGee parti en Ecosse, la maison paraissait soudain plus silencieuse qu'un tombeau. Alan suffoquait dans cette ambiance mortifère. Mais il n'aurait pas quitté les lieux pour un empire. Il voulait être joignable. Présent si elle resurgissait.

Il s'était forcé à accorder vingt-quatre heures de répit à Shelby avant de revenir à la charge. Mais le vendredi, il ne l'avait trouvée ni chez elle, ni dans son atelier. Et Kyle-le-poète qui écrivait des vers, assis à la caisse de Calliope, avait été incapable de lui dire où Shelby avait disparu.

Alan tambourina du bout des doigts sur son bureau. Shelby était libre de ses faits et gestes. Elle n'avait aucun compte à lui rendre, bien sûr. Et si l'envie l'avait prise d'aller faire une virée à Zanzibar ou une croisière dans les îles grecques, il n'avait aucune raison d'être inquiet ou en colère.

Alors pourquoi se sentait-il d'humeur à tout casser ?

Se levant d'un mouvement brusque, il se mit à faire les cent pas. Si seulement elle lui avait laissé un mot, une explication, un signe.

Suffoqué par l'impuissance, il serra les poings dans ses poches. Où était-elle passée, bon sang ? Et pourquoi n'avait-elle rien dit ? Alan débita un chapelet de jurons qui aurait fait dresser les quelques rares cheveux qui restaient sur la tête de McGee. Des problèmes, il en croisait quotidiennement, pourtant. Et il n'y en avait pas eu *un* jusqu'à présent qu'il n'ait réussi à résoudre. Avec du temps et de la patience, on parvenait à bout de n'importe quelle difficulté : telle avait toujours été sa philosophie.

Mais sa patience était épuisée et il souffrait comme un damné. Il avait mal partout, telle une bête blessée à mort, et la douleur ne lui laissait pas une seconde de répit.

« Si je la retrouve, je ne la lâche plus », songea-t-il presque férocement. « Ah oui ? Et comment comptes-tu la garder, idiot ? Tu veux l'enfermer ? Te traîner en gémissant à ses pieds ? »

Quoi qu'il en soit, il *devait* trouver une solution. Il pouvait renoncer à une partie de ses rêves pour elle et demeurer lui-même. Mais sans elle, il resterait à jamais en déshérence.

— Et merde !

Alan tapa rageusement du poing contre le mur. Shelby lui avait volé une partie de lui-même pour lui fermer ensuite la porte au nez.

Faux. Faux et archifaux, rectifia-t-il en secouant la tête. Il s'était donné de son plein gré. Et son amour pour elle, il ne pouvait plus le lui reprendre, même si elle disparaissait de sa vie à tout jamais.

Or Shelby était capable — parfaitement capable — de quitter Washington sur un coup de tête en laissant tout derrière elle. Dans un sursaut de panique, Alan comprit qu'elle avait peut-être plié bagage pour de bon.

Sourcils froncés, il posa la main sur le téléphone. Pour commencer, il s'agissait de la retrouver. Et sans traîner, de préférence. Ensuite, il s'arrangerait pour la retenir d'une manière ou d'une autre. Soulevant le combiné, il composait le numéro de Deborah lorsqu'on sonna à sa porte. Pestant avec force, il raccrocha pour aller ouvrir.

Un livreur souriant se tenait sur le seuil avec un drôle de sac en plastique transparent à la main.

— J'ai ce truc-là pour vous, monsieur le sénateur, précisa le messager en lui montrant la poche en plastique dans laquelle tournait frénétiquement un minuscule poisson rouge.

— Génial, marmonna Alan tandis que le livreur s'éloignait en sifflotant. Voilà qui concrétise tous mes rêves.

Il examina son étrange cadeau. Que diable était-il censé faire d'une pareille bestiole ? Jugeant qu'il avait des préoccupations plus urgentes, il ouvrit le sachet et jeta le poisson dans le premier vase en cristal qui lui tomba sous la main. Puis il regarda le carton et lut le bref message.

« Si tu peux évoluer comme un poisson dans l'eau au sein du monde qui est le tien, cher sénateur, alors je veux bien nager avec toi. »

Alan relut la phrase trois fois puis ferma les yeux. *Elle allait revenir*. Il laissa tomber la carte sur la table et repartit en direction de la porte. Juste au moment où il l'ouvrait, la sonnette tinta.

Les mains dans les poches d'une immense salopette en jean, Shelby souriait sur le seuil.

— Salut. Je peux entrer ?

Il résista à la tentation de l'attraper au collet et de la serrer à l'étouffer dans ses bras en lui arrachant quelques promesses définitives.

Mais recourir à la force était la dernière méthode à suivre avec une fille comme Shelby.

Il s'effaça pour la laisser passer.

— Tu étais partie ?

— Juste un bref pèlerinage.

Shelby fit trois pas dans le vestibule. Il avait l'air épuisé, comme s'il avait à peine dormi depuis trois jours. Ses mains la démangeaient tant elle avait envie de caresser ce visage las et inquiet. Mais elle les garda en sécurité dans ses poches.

D'un geste, il lui indiqua le salon.

— Assieds-toi, Shelby. Tu veux que je te fasse un café ?

— Non, ça va, merci.

Soudain paralysée par le mutisme, Shelby arpenta la pièce. Et maintenant ? Comment était-elle censée aborder le sujet du mariage avec un homme qui ne lui demandait plus rien ? Tous les discours humoristiques, impertinents ou passionnés qu'elle avait préparés lui étaient sortis de la tête. Son cerveau était si désespérément vide qu'elle frisait l'électroencéphalogramme plat.

Notant qu'Alan avait placé la coupe qu'elle lui avait donnée sur le rebord de la fenêtre, elle s'en approcha pour l'effleurer d'une main distraite.

— Je pourrais commencer par m'excuser pour la façon dont je me suis effondrée l'autre fois, murmura-t-elle.

— Pourquoi ?

Shelby se retourna pour le regarder.

— Pourquoi quoi ?

— Pourquoi t'excuser ?

Elle haussa les épaules.

— J'ai horreur de pleurer. Je préfère jurer, taper, frapper.

Shelby se mordilla la lèvre. C'était du jamais-vu. Elle, Shelby Campbell qui avait toujours réponse à tout se sentait nerveuse, intimidée et quasi balbutiante. Mais le regard calme et attentif qu'Alan gardait rivé sur elle rendait sa tâche singulièrement compliquée.

— Tu es en colère contre moi ? demanda-t-elle dans un souffle.

— Non.

— Mais tu l'étais. Et c'est ton droit. Je…

Laissant sa phrase en suspens, elle tomba en arrêt devant le malheureux poisson rouge dans son vase.

— Je ne pense pas qu'il apprécie ce type d'habitat, Alan.

Comme il ne répondait pas, Shelby hésita.

— J'ai tout gâché, n'est-ce pas ? Tu ne veux plus de moi ?

— Pourquoi as-tu changé d'avis ? s'enquit-il gravement.

Avec un sourire tremblant, Shelby s'approcha pour prendre ses mains dans les siennes.

— C'est si important que ça ?

Il ne la lâcha que pour saisir son visage entre ses paumes.

— Oui, c'est important. Je veux savoir si tu peux être heureuse ; si tu peux être en paix avec tes choix, avec les miens, avec nous. Je veux que ce soit pour toujours entre nous.

— O.K., je vais te dire ce qui m'a fait changer d'avis, alors, murmura-t-elle en se dégageant pour reculer d'un pas. J'ai fait le tour des possibilités qui se présentaient à moi. J'ai projeté dans le futur tous les « si » et tous les « peut-être ». Et je n'ai pas toujours été enchantée par ce qui se profilait. Mais l'éventualité que j'ai détestée le plus était celle d'une vie sans toi. Tu ne couleras pas une retraite paisible sans une Campbell à tes côtés, MacGregor.

Il haussa un sourcil.

— Ah non ?

Elle rit doucement.

— Epouse-moi, Alan. Je ne serai pas toujours d'accord avec tes choix politiques mais je tâcherai de faire preuve de tact et de discrétion — au moins, avec les journalistes. Je ne dirigerai pas de comités et je ne ferai de la figuration en public que pour les occasions incontournables. Je n'organiserai pas de réceptions conventionnelles, mais je m'efforcerai de réunir des gens intéressants de temps en temps. Et, avec un peu de chance, la politique s'accommodera de ma personne. Elle en a vu d'autres, après tout.

Alan avait pensé qu'il ne pourrait jamais l'aimer plus qu'il ne l'aimait déjà. Il avait eu tort.

— Shelby, rien ne m'empêche de revenir à ma profession initiale. J'ouvrirai un cabinet d'avocat ici, à Georgetown, et…

— Non, Alan. Il est hors de question que je prive cette nation d'un président intègre, brillant, avec des idéaux élevés à cause de mes angoisses de petite fille. J'adorais mon père, mais je ne ferai pas le plaisir à son assassin de m'interdire de vivre à mon tour. Je ne peux pas changer la personne que je suis mais je peux te donner la confiance que tu m'as demandée. Car je crois en toi.

La gorge serrée par l'émotion, elle dut s'y reprendre à deux fois pour poursuivre.

— Je ne veux pas te mentir, Alan : je ne te dis pas que je ne tremblerai jamais de peur ; je ne te promets pas d'être toujours de bonne humeur lorsqu'il faudra parader en public et participer à d'interminables cérémonies officielles. Mais je serai fière de toi. Fière de ce que tu fais et fière de qui tu es. Le chemin ne sera pas toujours semé de pétales de rose. Mais je suis prête à me battre pour y arriver.

Il plongea son regard dans le sien.

— Avec moi ?

Elle poussa un long soupir de soulagement.

— Avec toi. Pour toujours.

Leurs bouches se trouvèrent, exigeantes l'une et l'autre. Murmurant son nom, Shelby se laissa tomber avec lui sur le tapis. Ils se déshabillèrent avec frénésie, comme s'ils avaient des mois de séparation à rattraper de toute urgence.

Très vite, leurs soupirs et leurs murmures s'élevèrent dans la maison ensoleillée.

L'après-midi tirait à sa fin lorsque Shelby sortit de sa torpeur pour presser les lèvres dans le cou d'Alan. Ils étaient allongés sur le canapé, dévêtus, bras et jambes mêlés. Une bouteille de vin ouverte était posée sur la table basse, oubliée sitôt entamée.

Se soulevant sur un coude, elle contempla le visage aimé et ressentit une paix profonde. Une paix comme aucun phare perdu au monde ne pourrait lui donner. Et cette paix, Alan la lui insufflait par sa seule présence.

Elle attendit qu'il ouvre les yeux à son tour pour se pencher sur ses lèvres.

— Je ne me souviens pas d'avoir jamais passé un meilleur samedi, chuchota-t-elle.

— Comme je n'ai pas l'intention de bouger d'une semelle au cours des prochaines vingt-quatre heures, je propose de renouveler ce même programme demain.

— Proposition adoptée à l'unanimité, sénateur… En parlant de proposition, je ne voudrais pas avoir l'air d'insister lourdement, mais quand comptes-tu m'épouser ?

— En septembre. A Hyannis.

Elle sourit.

— Dans la forteresse MacGregor ? Mmm… Pas mal. Pas mal du tout même. Mais septembre, c'est quand même dans deux mois et demi… C'est loin, non ?

— Août fera tout aussi bien l'affaire, murmura-t-il en lui mordillant l'oreille. Et en attendant, mon poisson rouge et moi, nous vous accueillons volontiers ici, toi et tes colocataires… Un voyage de noces en Ecosse, ça te dirait ?

Les yeux de Shelby pétillèrent.

— Dans les Highlands ? Un pèlerinage sur nos terres ancestrales ? J'adore ! Si tu n'as pas peur de réveiller nos haines de clans respectives…

— Aucun danger de ce côté-là.

Elle laissa glisser les mains le long de ses flancs en une longue caresse provocante.

— En attendant, je voulais te signaler qu'il y a une de tes politiques intérieures à laquelle je souscris entièrement.

— Ah oui ?

— Tout à fait. D'ailleurs, je me demandais si tu ne pourrais pas me refaire une démonstration. J'aimerais revoir un peu la procédure.

Déjà les mains d'Alan lui moulaient les hanches.

— Mais très volontiers, chère madame. C'est mon devoir d'élu d'être disponible pour tous mes électeurs.

Shelby l'arrêta juste au moment où il allait s'emparer de ses lèvres.

— Stop. Pour ce projet particulier, tu te contenteras d'une seule voix, ô représentant dévoué de la nation : la mienne.

Le Clan des MacGregor

Orgueil et Loyauté, Richesse et Passion

~

**Tournez vite la page,
et découvrez en avant-première,
un extrait du quatrième épisode
de la nouvelle saga de Nora Roberts :**

Le secret des MacGregor

~

A paraître le 1er janvier

Extrait de
Le secret des MacGregor,
de Nora Roberts

Tout en roulant à vitesse réduite sur la route étroite creusée d'ornières, Gennie avait tout loisir de contempler le paysage, si différent de celui de sa Nouvelle-Orléans natale.

Malgré l'heure déjà tardive, elle se gara à hauteur d'une petite crique, située à quelque distance de la route. Les premières impressions d'un lieu étaient à ses yeux irremplaçables et uniques. Il lui fallait absolument les capter, laisser glisser son fusain sur le papier à dessin pour tenter de traduire en lignes et en ombres le choc que procuraient ces paysages.

La mer était agitée sous un ciel de plomb. Gennie emprunta un chemin étroit qui serpentait entre les buissons de myrtilles, s'installa avec son carnet et ses crayons sur ses genoux, et commença à dessiner. De la roche encore tiède montaient des senteurs d'algue et de poisson décomposé. C'était une odeur forte, élémentaire et primitive qui semblait émaner de l'intimité même de l'océan.

Absorbée dans ses croquis, Gennie resta plus de temps que prévu dans la crique. L'absence totale de voix humaines la fascinait. Nul doute qu'elle passerait quelques semaines marquantes dans son cottage perdu, à la Pointe des Vents.

Le crépuscule éclairait encore faiblement la mer et la roche lorsqu'elle jeta son carnet de croquis sur la banquette arrière de sa voiture. Souriant toute seule, Gennie tourna la clé de contact.

Et n'obtint qu'un faible toussotement.

Sourcils froncés, elle fit une seconde tentative. Qui se solda par une sorte de sifflement suivi d'un claquement hautement suspect. Gennie pesta à voix haute. Elle contempla la route creusée de nids-de-poule et fit la grimace. Pas le moindre signe de civilisation, aussi loin que portait le regard. D'après ses calculs, elle devait être entre le village et le cottage. Si elle rebroussait chemin, elle trouverait sans doute un automobiliste serviable pour la ramener à la Pointe des Vents. Mais une fois là-bas, elle ne serait guère plus avancée. Si elle poursuivait à pied, en revanche, il ne lui faudrait guère plus d'un quart d'heure — une demi-heure au maximum — pour atteindre la maison qu'elle venait de louer.

Sa décision fut vite prise : Gennie détestait revenir sur ses pas. Elle sortit donc sa lampe de poche de la boîte à gants et alla résolument de l'avant. Très vite, elle dut se servir de sa torche pour ne pas trébucher dans le noir. Dans l'obscurité, la route était presque aussi peu praticable à pied qu'elle ne l'était en voiture. Gennie en arrivait à se demander si la piste était encore carrossable. A la faveur de la nuit, elle avait peut-être franchi définitivement les limites du monde civilisé ?

Mais cette crainte particulière s'évanouit dès l'instant où l'orage éclata. Des rideaux de pluie déferlèrent, chassés par le vent fou. Projetant le faisceau autour d'elle, Gennie dut se rendre à l'évidence. Prétendre trouver une maison inconnue plongée dans le noir à l'aide d'une simple lampe électrique relevait de l'inconscience pure et simple. Surtout par un temps comme celui-là.

Au point où elle en était, le mieux serait de revenir sur ses pas et de se réfugier dans sa voiture pour attendre la fin de la tempête. Avant de faire machine arrière, elle jeta un dernier regard au loin, par acquit de conscience. Et ce fut là qu'elle la vit : la lumière au bout du chemin.

Qui disait lumière disait présence humaine, chaleur, sécurité.

Lorsqu'elle fut suffisamment proche de la lumière pour distinguer d'où elle provenait, elle faillit éclater de rire : un phare dans la tempête, le refuge par excellence ! Ce n'était pas un faisceau tournant qui l'avait guidée dans la nuit mais l'éclat provenant d'une fenêtre.

Rassurée, Gennie pressa le pas. Si une fenêtre était éclairée, c'est que quelqu'un vivait là. Elle imagina un marin à la retraite, un vieil homme avec une pipe et un verre de rhum à la main. Lorsqu'un nouvel éclair déchira le ciel, aussitôt suivi du fracas assourdissant du tonnerre, Gennie décida qu'elle allait l'adorer, ce gardien taciturne et chenu.

Le phare lui parut massif, rassurant, d'une blancheur immaculée dans la tempête. A l'aide du rayon faiblissant de sa lampe de poche, elle trouva une porte de bois brut. Frappant du poing sur le battant épais, elle constata avec horreur que le son était absorbé par le fracas de la tempête. Au désespoir, Gennie se jeta de toutes ses forces contre le battant et recommença à taper de plus belle. Lorsque la porte s'ouvrit, elle suivit le mouvement et faillit tomber la tête la première. Le gardien réussit in extremis à la rattraper par les épaules et à la remettre sur pied.

— Merci, murmura-t-elle dans un souffle. J'ai eu peur que vous ne m'entendiez pas frapper.

Repoussant les cheveux qui lui tombaient sur les yeux, elle releva la tête et regarda l'homme qu'elle considérait comme son sauveur.

S'il s'agissait ou non d'un marin, elle n'aurait su le dire. Mais une chose était certaine : il n'était ni vieux ni ratatiné. L'homme était jeune, avec une peau hâlée, un visage anguleux aux traits marqués, des cheveux drus, indisciplinés, tout aussi noirs que les siens. La bouche était charnue, d'une évidente sensualité. Le nez droit apportait une touche d'aristocratique élégance à ce visage plutôt rude. Quant aux yeux, ils étaient sombres et insondables sous des sourcils noirs à la ligne sévère.

Le regard de l'inconnu n'était pas amical. Ni même curieux, d'ailleurs. Son « sauveur » avait l'air aussi contrarié que s'il avait eu affaire à un vendeur de tapis venu lui proposer sa marchandise au porte-à-porte.

— Comment diable êtes-vous arrivée ici, bon sang ?

Gennie frissonna. Elle avait espéré un accueil plus chaleureux. Mais l'essentiel était d'avoir échappé à la tempête.

— A pied, expliqua-t-elle.

— A pied ? Par ce temps ? Et vous venez d'où, comme ça ?

— Je suis tombée en panne de voiture à quelques kilomètres d'ici.

Elle se mit à trembler. De froid ou par contrecoup de ses mésaventures, elle n'aurait su le dire. Toujours est-il qu'il ne lui proposa pas de s'asseoir pour autant.

— Et que faisiez-vous en voiture dans le coin par soir d'orage ?

— Je… je me dirigeais vers le cottage de Mme Lawrence, expliqua-t-elle en claquant des dents. Lorsque ma voiture m'a lâchée, j'ai voulu poursuivre à pied. Mais, dans le noir, j'ai dû manquer l'embranchement pour la maison.

Elle poussa un soupir et sentit ses jambes se dérober.

— Je pourrais m'asseoir un moment ?

Il scruta ses traits un instant puis, avec un grognement vague qu'elle considéra comme un acquiescement, il lui désigna le canapé. Elle s'effondra et laissa partir sa tête en arrière un instant.

Grant considéra avec consternation sa visiteuse tombée du ciel. Que diable allait-il bien pouvoir faire d'une touriste égarée dans la tempête ? Le pire, c'est qu'elle n'avait pas l'air d'être en état de repartir. Il examina sa « réfugiée » de plus près. Ses cheveux, plus noirs que la nuit, étaient très légèrement ondulés. Son visage n'était ni fin, ni délicat, mais d'une beauté altière et grave qui rappelait certaines figures moyenâgeuses. Une princesse celtique ou une reine des Francs, avec un corps menu mais athlétique, qui se dessinait nettement sous les vêtements trempés qui lui collaient à la peau.

Que le corps et le visage soient attirants était une chose. Mais ce qui avait déconcentancé Grant un instant, c'était son regard. Elle avait des yeux immenses, très légèrement bridés, du même vert changeant que l'océan par temps clair.

Pendant une fraction de seconde, il s'était demandé si ce n'était pas une sirène que l'océan furieux avait jetée au pied de son phare.

Elle avait le parler doux et coulant des gens du Sud profond. Une langue qui paraissait presque étrangère lorsqu'on était habitué comme lui aux rudes cadences du Maine. D'autres hommes à sa place auraient applaudi à deux mains en trouvant une fleur du grand Sud devant leur porte. Mais il était trop occupé de son côté pour avoir le temps de s'intéresser aux jolies touristes de passage.

Lorsqu'elle lui sourit, Grant regretta amèrement de lui avoir ouvert.

— Je suis désolée, déclara la jeune femme d'une voix plus calme. Je déboule chez vous après avoir cogné à votre porte comme une folle et je ne pense même pas à me présenter. Je m'appelle Gennie.

Grant glissa les pouces dans les poches avant de son jean.

— Grant Campbell.

Comme il gardait les sourcils froncés et ne semblait rien avoir à ajouter, Gennie fit un effort pour l'amadouer.

— Vous ne pouvez pas imaginer, monsieur Campbell, comme j'ai été soulagée lorsque j'ai vu la lumière de votre phare au loin.

Grant continua à la regarder en silence. Et songea que ce visage lui disait vaguement quelque chose. Mais quoi ?

— L'embranchement pour le cottage est à un kilomètre et demi d'ici, déclara-t-il sèchement.

Surprise et choquée, Gennie leva les yeux. Il ne comptait tout de même pas la renvoyer dehors par ce temps pour la laisser reprendre ses recherches à tâtons ?

Elle avait toujours considéré que, pour une artiste, elle avait plutôt bon caractère. Mais elle était trempée, glacée et affamée. Et l'attitude rébarbative de ce Grant Campbell commençait à lui porter sérieusement sur les nerfs.

— Ecoutez, je vous paierai volontiers pour une tasse de café et l'usage de ce machin pour la nuit.

Elle donna une petite tape sur le canapé, soulevant un discret nuage de poussière.

— Je ne prends pas de pensionnaires.

— Et j'imagine que vous chasseriez aussi un chien malade à coups de pied ? Désolée, mais je ne ressors pas d'ici avant demain matin, monsieur Campbell. Et je ne vous conseille pas d'essayer de me jeter dehors.

Le nouveau visage
de la collection Or

◆

AMOURS D'AUJOURD'HUI

Afin de mieux exprimer sa modernité et de vous séduire encore davantage, votre collection Or a changé de couverture et de nom depuis le 1er mars 1995.

Rassurez-vous, les romans, eux, ne changent pas, et vous pourrez retrouver dans la collection **Amours d'Aujourd'hui** tous vos auteurs préférés.

Comme chaque mois, en effet, vous y attendent des héros d'aujourd'hui, aux prises avec des passions fortes et des situations difficiles...

COLLECTION
AMOURS D'AUJOURD'HUI :
Quand l'amour guérit des blessures de la vie...

Chère lectrice,

Vous nous êtes fidèle depuis longtemps?
Vous venez de faire notre connaissance?

C'est pour votre plaisir que nous avons
imaginé un rendez-vous chaque mois
avec vos auteurs préférés, vos
AUTEURS VEDETTE dans les
collections Azur et Horizon.

Les AUTEURS VEDETTE vous
donneront rendez-vous pour de
nouveaux livres vedette.

Pour les reconnaître, cherchez
l'étoile... Elle vous guidera!

Éditions Harlequin

HARLEQUIN

LE FORUM DES LECTEURS ET LECTRICES

CHERS(ES) LECTEURS ET LECTRICES,

VOUS NOUS ETES FIDÈLES DEPUIS LONGTEMPS?

VOUS VENEZ DE FAIRE NOTRE CONNAISSANCE?

SI VOUS AVEZ DES COMMENTAIRES, DES CRITIQUES À FORMULER, DES SUGGESTIONS À OFFRIR, N'HÉSITEZ PAS... ÉCRIVEZ-NOUS À:
LES ENTERPRISES HARLEQUIN LTÉE.
498 RUE ODILE
FABREVILLE, LAVAL, QUÉBEC.
H7R 5X1

C'EST AVEC VOS PRÉCIEUX COMMENTAIRES QUE NOUS ALLONS POUVOIR MIEUX VOUS SERVIR.

DE PLUS, SI VOUS DÉSIREZ RECEVOIR UNE OU PLUSIEURS DE VOS SÉRIES HARLEQUIN PRÉFÉRÉE(S) À VOTRE DOMICILE, NE TARDEZ PAS À CONTACTER LE SERVICE D'ABONNEMENT; EN APPELANT AU (514) 875-4444 (RÉGION DE MONTRÉAL) OU 1-800-667-4444 (EXTÉRIEUR DE MONTRÉAL) OU TÉLÉCOPIEUR (514) 523-4444 OU COURRIER ELECTRONIQUE: AQCOURRIER@ABONNEMENT.QC.CA OU EN ÉCRIVANT À:
ABONNEMENT QUÉBEC
525 RUE LOUIS-PASTEUR
BOUCHERVILLE, QUÉBEC
J4B 8E7

MERCI, À L'AVANCE, DE VOTRE COOPÉRATION.

BONNE LECTURE.

HARLEQUIN.

VOTRE PASSEPORT POUR LE MONDE DE L'AMOUR.

ROUGE PASSION

**De fiévreuses histoires
d'amour sensuelles!**

De provocantes histoires
d'amour passionnées et
romantiques qu'on lit d'une
seule traite. Aventureuses,
parfois humoristiques, et
sensuelles, elles mettent en
vedette des hommes et des
femmes d'aujourd'hui.

**ROUGE PASSION...
trois nouveaux titres
chaque mois.**

GEN-RP-R

<u>COLLECTION</u>
<u>HORIZON</u>

Des histoires d'amour romantiques qui vous mènent au bout du monde!

Découvrez la passion et les vives émotions qu'apportent à la Collection Horizon des auteurs de renommée internationale!

Captivantes, voire irrésistibles, ces histoires d'amour vous iront assurément droit au coeur.

Surveillez nos trois nouveaux titres chaque mois!

69 L'ASTROLOGIE EN DIRECT
TOUT AU LONG
DE L'ANNÉE.

(France métropolitaine uniquement)
Par téléphone 08.92.68.41.01
0,34 € la minute (Serveur SCESI).

Composé et édité par les
éditions Harlequin
Achevé d'imprimer en novembre 2004

BUSSIÈRE

GROUPE CPI

à Saint-Amand-Montrond (Cher)
Dépôt légal : décembre 2004
N° d'imprimeur : 45082 — N° d'éditeur : 10946

Imprimé en France